春潮NOV+

回
　　到
分
　歧
　　的
路
　口

村上春树

杨照 著

就算我全无胜算

图书在版编目（CIP）数据

就算我全无胜算 : 村上春树 / 杨照著 . -- 北京 : 中信出版社 , 2025.1. -- (日本文学名家十讲 : 我与世界挣扎久). -- ISBN 978-7-5217-7004-9

I. I313.065

中国国家版本馆 CIP 数据核字第 2024YB2966 号

本书由杨照正式授权，经由 CA-LINK International LLC 代理，
由中信出版集团股份有限公司出版中文简体字版本，
非经书面同意，不得以任何形式任意复制、转载。
中文简体字版 ©2025 年，由中信出版集团股份有限公司出版。

就算我全无胜算 : 村上春树
（日本文学名家十讲 : 我与世界挣扎久）
著者： 杨 照
出版发行： 中信出版集团股份有限公司
　　　　　（北京市朝阳区东三环北路 27 号嘉铭中心　邮编　100020）
承印者： 三河市中晟雅豪印务有限公司

开本：787mm×1092mm　1/32　　印张：10.25　　字数：200 千字
版次：2025 年 1 月第 1 版　　印次：2025 年 1 月第 1 次印刷
书号：ISBN 978-7-5217-7004-9
定价：59.80 元

版权所有·侵权必究
如有印刷、装订问题，本公司负责调换。
服务热线：400-600-8099
投稿邮箱：author@citicpub.com

总序

看待世界与时间

京都是一座重要的"记忆之城",保留了极为丰富的文明记忆。罗马也是一座"记忆之城",但罗马和京都很不一样。

罗马极其古老,到处可以感觉其古老,但也因此和现代的因素常常出现冲突。例如观光必访的特雷维喷泉"许愿池",大家去的时候不会有强烈的违和感吗?古老而宏伟的雕刻水池被封闭在逼仄的现代街区里,再加上那么多拿着手机、相机拥挤拍照的人群,那份古老简直被淹没了。

或者是比较空旷的罗马古城,那里所见的是一大片显现时间严重侵蚀的废墟,让人漫步在荒烟蔓草之间,生出"眼看他起高楼,眼看他楼塌了"的无穷唏嘘。在这里,只有古老,没有现代,没有现实。

罗马、佛罗伦萨、威尼斯这些城市里,基本上记忆归记忆,现实归现实,在古迹或博物馆、美术馆里,我们沉浸在历史文明记忆中,走出来,则是很不一样的当前现实生活环境。相对地,在京都或巴黎能够得到的体验,却是现实与历史的融混,不会有明确的界限,现代生活与古老记忆彼此穿透。

我的知识专业是历史,我平常读得最多的是各种历史书籍,因而我会觉得在一个记忆元素层层叠叠、蓦然难以确切分辨自己身处什么时空的环境中,能产生一份迷离恍惚,是最美好、最令人享受的。

二十多年来，我一再重访京都，甚至到后来觉得自己是重返京都。我可以列出许多我想去、应该去，却迟迟还没有去的旅游目的地，其中几个甚至早有机会去但都放弃了。内蒙古大草原、青藏高原、瑞士少女峰、北欧冰河与极光区，这几个地方都是大山大水、名山胜景，但也都没有人文历史的丰富背景。好几次动念要启程去看这些自然奇观，后来却总是被强大的冲动阻碍了，往往还是将时间与旅费留下来，又再回到巴黎或京都。

我当然知道在那些地方会得到自然的震撼洗礼，然而我的偏执就表现在，一想到平安神宫的神苑，或是从杜乐丽花园走向卢浮宫的那段路，我的心思就又向京都、巴黎倾斜了。我还是宁可回到有记忆的地方，有那座城市的记忆，然后又加上了我自己在那座城市里多次旅游的记忆，集体与个体记忆交错，组构了在意识中深不可测的立体内容。

*

京都有特殊的保存记忆的方式，源自一份矛盾。京都基本上是木造的，去到任何建筑景点，请大家稍微花几分钟驻足在解说牌前，不懂日文也没关系，光看牌上的汉字就好了。你一定会看到上面记载着这个地方哪一年遭到火烧，哪一年重建，哪一年又遭到火烧然后又重建……

木造建筑难以防火，火灾反复破坏、摧毁了京都的建筑、街道。照道理说，木造的城市最不可能抵挡时间，烧毁一次会换上一次不同的新风貌。看看美国的芝加哥，一八七一年经历了一场大火，将城市的原有样貌完全摧毁了，在火灾废墟上建造起新的现代建筑，才有了我们今天所认识的这个芝加哥。

京都大量运用木材，一方面受到自然环境影响，旁边的山区适合生长可以运用在建筑上的杉木；不过另一方面更重要的，是文化上模仿了中国的先例。中国传统建筑以木材而非石材构成，很难长久保存，使得留下来的古迹，时代之久远远不能和埃及、希腊、罗马相提并论。中国存留的木构古建筑，最远只能推到中唐，距今一千两百年，而且那还是在山西五台山的唯一孤例。

伴随着木造建筑，京都发展出一种不曾在中国出现的应对策略，那就是有意识地重建老房子。不只是烧掉或毁损了的房子尽量按照原样重建，甚至刻意将一些重要建筑有计划地每隔十年、二十年部分或全部予以再造。

再造不是"更新"，而是为了"存旧"。不只是再造后的模样沿袭再造前的，而且固定再造能够保证既有的工法不会在时间中流失。上一代参与过前面一次建造过程的工匠老去前，就带着下一代进行重造，让下一代也知道确切、详密的技术与工序。

这不是由朝廷或政府主导的做法，而是彻底渗入京都居民的生活习惯。京都最珍贵的历史收藏不在博物馆里，而在一间间的寺庙中。每一座寺庙都有自己的宝库，大部分宝库都是"限定拜观"，一年只开放几天，或是有些藏品一年只展示几天。最夸张的，像是大觉寺（侯孝贤电影《刺客聂隐娘》的拍摄取景地）有一座"敕封心经殿"，里面收藏了嵯峨天皇为了避疫祈福所写的《心经》，每逢戊戌年才会开放拜观——是的，每六十年一次！

我在二〇一八年看到了这份天皇手抄的《心经》。步入小小藏经殿堂时，无可避免心中算着，上一次公开是一九五八年，我还没出生，下一次公开是二〇七八年，我必定不在这个世界上了。这是我毕生唯一一次逢遇的机会，幸而来了。如此产生了奇特的时间感，一种更大尺度的历史性扑面而来的感觉。

*

就像爱德华·吉本（Edward Gibbon）在罗马古迹废墟间，黄昏时刻听到附近修道院传来的晚祷声，而起心动念要写《罗马帝国衰亡史》，我也是在一个清楚记得的时刻，有了写这样一套解读日本现代经典小说作家作品的想法。

时间是二〇一七年的春天，地点是京都清凉寺雨声淅沥的庭园里。不过会坐在庭园廊下百感交集，前面有一段稍微曲折的过程。

那是在我长期主持节目的台中"古典音乐台"邀约下，我带了一群台中的朋友去京都赏樱。按照我排的行程，这一天去岚山和嵯峨野，从龙安寺开始，然后一路到竹林道、大河内山庄、野宫神社、常寂光寺、二尊院，最后走到清凉寺。然而从出门我就心情紧绷，因为天公不作美，下起雨来，气温陡降，而且有几个团员前一天晚上逛街时走了很多路，明显脚力不济。我平常习惯自己在京都游逛，合理的做法应该是改变行程，例如改去有很多塔头的妙心寺或东福寺，可以不必一直撑伞走路，密集拜访多个不同院落，中午还可以在寺里吃精进料理，舒舒服服坐着看雨、听雨。但配合我、协助我的领队林桑[1]告诉我，带团没有这种随机调整的空间。我们给团员的行程表等于是合约，没有照行程走就是违约，即使当场所有的团员都同意更改，也无法确保回台湾后不会有人去"观光局"投诉，那么林桑他们的旅行社可就要吃不完兜着走了。

好吧，只好在天气条件最差的情况下走这一天大部分都在户外的行程。下午到常寂光寺时，我知道有一两位团员其实体力接近极限，只是尽量优雅地保持正常的外表。这不是我心目中应该要提供心灵丰富美好经验的旅游，使我心情沮丧。更糟的是再往下走，到了二尊院门口才知道因为有重要法事，这一天临时不对游客开放。在当时的情况下，这意味着本来可以稍微躲雨休息的机会也被取消了，大家别无办法，只好拖着又冷又疲累的身子继续走向清凉寺。

清凉寺不是观光重点，我们到达时更是完全没有其他访客。

---

[1] 桑：日语音译，"先生"。（本书注释如无特别说明，均为编者注。）

也许是惊讶于这种天气还有人来到寺里参观吧，连住持都出来招呼我们。我们脱下了鞋走上木头阶梯，几乎每个人都留下了湿答答的脚印，因为连鞋里的袜子也不可能是干的。住持赶紧要人找来了好多毛巾，让我们在入寺之前可以先踩踏将脚弄干。过程中，住持知道我们远从台湾来，明显地更意外且感动了。

入寺在蒲团上坐下来，住持原本要为我们介绍，但我担心在没有暖气、仍然极度阴寒的空间里，住持说一句领队还要翻译一句，不管住持讲多久都必须耗费近乎加倍的时间，对大家反而是折磨。我只好很失礼地请领队跟住持说，由我用中文来对团员介绍即可。住持很宽容地接受了，但接着他就很好奇我这位领队口中的"せんせい"（老师）会对他的寺庙做出什么样的"修学说明"。

我对团员简介清凉寺时，住持就在旁边，央求领队将我说的内容大致翻译给他听，说老实话，压力很大啊！我尽量保持一贯的方式，先说文殊菩萨仁慈赐予"清凉石"的故事，解释"清凉寺"寺名的由来，接着提及五台山清凉寺相传是清朝顺治皇帝出家的地方，是金庸小说《鹿鼎记》中的重要场景，再联系到《源氏物语》中光源氏的"嵯峨野御堂"就在今天京都清凉寺之处。然后告诉大家这是一座净土宗寺院，所以本堂的布置明显和临济禅宗寺院很不一样，而这座寺庙最难能可贵的是有着中空躯体里塞放了绢丝象征内脏的木雕佛像，相传是从中国漂洋过海而来的。最后我顺口说了，寺院只有本堂开放参观，很遗憾我多次到此造访，从来不曾看过里面的庭园。

说完了，我让团员自行参观，住持前来向我再三道谢，惊讶于我竟然对清凉寺了解得如此准确，接着又向我再三致歉。我一时不知道他如此恳切道歉的原因，靠领队居中协助，才弄清楚了，住持的意思是抱歉让我抱持了多年的遗憾，他今天一定要予以补偿，所以找了人要为我们打开往庭园的内门，并且准备拖鞋，破例让我们参观庭园。

于是，我看着原本未预期看到的素雅庭园，知道了如此细密修整的地方从来没打算对外客开放，那样的景致突然透出了一份神秘的精神特质。这美不是为了让人观赏的，不是提供人享受的手段，其自身就是目的，寺里的人多少年来，几十年甚至几百年间，日复一日毫不懈怠地打扫、修剪、维护，他们服务的不是前来观赏庭园的人，而是庭园之美自身，以及人和美之间的一种恭谨的关系，那一丝不苟的敬意既是修行，同时又构成了另一种心灵之美。

坐在被水汽笼罩的廊下，心里有一种不真实感。为什么我这样一个深具中国文化背景的台湾人，能在日本受到尊重，能够取得特权进入、凝视、感受这座庭园？为什么我真的可以感觉到庭园里的形与色，动中之静、静中之动，直接触动我，对我说话？我如何走到这一步，成为这个奇特经验的感受主体？

在那当下，我想起了最早教我认识日语、阅读日文，自己却一辈子没有到过日本的父亲。我想起了三十年前在美国遇到的岩崎教授，仿佛又看到了她那经常闪现不信任、怀疑的眼神，在我身上扫出复杂的反应。

*

我在哈佛大学上岩崎老师的高级日文阅读课，是她遇到的第一个中国台湾研究生。我跟她的互动既亲近又紧张。亲近是因她很早就对我另眼看待，课堂上她最早给我们的教材立即被我看出来处：一段来自村上春树的《听风的歌》，另一段来自日文版的海明威小说集《我们的时代》。她要我们将教材翻译成英文，我带点恶作剧意味地将海明威的原文抄了上去。她有点恼怒地在课堂上点名问我，刚发下来的几段教材还有我能辨别出处的吗。不巧，一段是川端康成的掌中小说[1]，另一段是吉行淳之介的极短篇，又被我认出来了。

从此之后岩崎老师当然就认得我了，不时会和我在教室走廊或大楼的咖啡厅说说聊聊。她很意外一个从台湾来的学生读过那么多日文小说，但另一方面，她又总不免表现出一种不可置信的态度，认为以我一个非日本人的身份，就算读了，也不可能真正理解这些日本小说。

每次和岩崎老师谈话我都会不自主地紧绷着。没办法，对于必须在她面前费力证明自己，我就是备感压力。她明知道我来修这门课，是不想耗费时间在低年级日语的听说练习上，因

---

1 掌中小说：又译"掌小说"，日本文学概念，指极为短小的小说。

为我的日语会话能力和日文阅读能力有很大的落差,但她还是不时会嘲笑我的日语,特别喜欢说:"你讲的是闽南语而不是日语吧!"因此我会尽量避免在她面前说太多日语,坚持用英语与她讨论许多日本现代的作家与作品。

她不是故意的,但是一个中国学生在她面前侃侃而谈日本文学,常常还是让她无法接受。愈是感觉到她的这种态度,我就愈是觉得自己不能放松、不能输。这不是我自己的事了,对她来说,我就代表中国台湾,我必须争一口气,改变她对于中国人不可能进入幽微深邃的日本文学心灵世界的看法。

那一年间,我们谈了很多。每次谈话都像是变相的考试或竞赛。她会刻意提及一位知名作家,我会提及我读过的这位作家的相应作品,然后她像是教学般地解说这部作品,而我刻意地钻洞找缝隙,非得说出和她不同,同时能说服她接受的意见。

这么多年后回想起来,都还觉得好累,在寒风里从记忆中引发了汗意。不过我明白了,是那一年的经验,让我得以在历史的曲折延长线上培养了这样接近日本文化的能力。我不想浪费殖民统治历史在我父亲身上留下,又传给了我的日文能力,更重要的是,我拒绝自己因为中国人的身份,而被认为在对日本文化的吸收体会上,必然是次等的、肤浅的。

于是那一刻,我有了这样的念头,要通过小说家及作品,来探究日本——这个如此之美,却又蕴含如此暴烈力量,同时还曾发动侵略战争的复杂国度。这不是一个单纯的"外国",而是盘旋在中国台湾历史上空超过百年、幽灵般的存在。

在清凉寺中,我仿佛听到自己内心如此召唤:"来吧,来将那一行行的文字、一个个角色、一幕幕情节、一段段灵光闪耀的体认整理出意义吧。不见得能回答'日本是什么',但至少能整理出叩问'我们该如何了解日本'的途径吧。"我知道,毋宁说是我相信,我曾经付出的工夫,让我有这么一点能力可以承担这样的任务。

*

写作这套书时,我有意识地采取了一种思想史的方式来讲述这些作家与作品。简而言之,我将每一本经典小说都看作是这位多思多感的作家,在自己所处的时代中遭遇了问题或困惑后因而提出的答案。我一方面将小说放回他一生前后的处境中进行比对,另一方面提供当时日本社会的背景及时代脉络,以进一步探询那原始的问题或困惑。如此我们不只看到、知道作者写了什么、表现了什么,还可以从他为什么写以及如何表现的人生、社会、文学抉择中,受到更深刻的刺激与启发。

另外,我极度看重小说写作上的原创性,必定要找出一位经典作家独特的声音与风格。要纵观作家的大部分主要作品,整理排列其变化轨迹,才能找出那种贯穿其中的主体关怀,将各部小说视为对这主体关怀或终极关怀的某种探测、某种注解。

在解读中,我还尽量维持了作品的中心地位,意思是小心避免喧宾夺主,以堆积许多外围材料、高深说法为满足。解读必须始终依附于作品存在,作品是第一位的、首要的,我的目的是借由解读,让读者对更多作品产生好奇,并取得阅读吸收的信心,从而在小说里得到更广远或更深湛的收获。

抱持着为中文读者深入介绍日本文学与文化的心情,重读许多作家作品,又有了一番过去只是自我享受、体会时没有的收获——可以称之为"移位抚情"的作用。正因为二十世纪的现代日本走了和中国几乎对立、相反的道路,日本人民在那样的社会中所受到的心灵考验,反映在文学上的,看似必定与我们不同,然而内在却又有着惊人的共通性。

他们看待世界的方式,尤其是他们看待时间在建设与毁坏中的辩证,和我们如此不同。然而,被庞大外在时代力量拖着走,努力维持个人一己生命的独立与尊严性质,这种既深刻又幽微的情感,却又与我们如此相似。阅读日本文学,因而有了对应反照的特殊作用,值得每一位当代中文读者探入尝试。

在这套书中,我企图呈现从日本近代小说成形到当今的变化发展,考虑自己在进行思想史式探究中可能面临的障碍,最后选择了十位生平、创作能够涵盖这段时期,而且我有把握进入他们感官、心灵世界的重要作家,组织起相对完整的日本现代小说系列课程。

这十位小说家,依照时代先后分别是:夏目漱石、谷崎润一郎、芥川龙之介、川端康成、太宰治、三岛由纪夫、远藤周作、大江健三郎、宫本辉和村上春树。每位作者我有把握解读的作品多寡不一，因而成书的篇幅也相应会有颇大的差距。川端康成和村上春树两本篇幅最长，其次是三岛由纪夫，当然这也清楚反映了我自己文学品味上的偏倚所在。

虽然每本书有一位主题作家，但论及时代与社会背景，乃至作家间的互动关系，难免有些内容在各书间必须重复出现，还请通读全套解读书目的朋友包涵。从十五岁因阅读川端康成的小说《山之音》而有了认真学习日文、深入日本文学的动机开始，超过四十年时间浸淫其间，得此十册套书，借以作为中国与日本之间复杂情仇纠结的一段历史见证。

目录

前言　没有终点的历程

　　——破解村上春树的小说世界　　/ 1

第一章　村上春树的创作背景　　/ 7

复制村上春树　　/ 9

最畅销的小说——《挪威的森林》　　/ 11

小林绿的勇气　　/ 13

活下去的责任　　/ 15

大学时期的社会氛围　　/ 17

西化与反美的矛盾　　/ 19

"安保斗争"的局外人　　/ 21

第二章　村上春树三大核心元素

　　——读《电视人》　　/ 25

自由、疏离与拼贴　　/ 27

"我们那个时代"　　/ 29

被突破的模范框架 /33

自言自语之诗 /36

村上式的诗意 /38

闯入家中的电视人 /41

另外一个世界的存在 /42

脱离日本传统文学 /44

过去、现在与未来 /46

符号神话与资本主义 /48

第三章　村上春树的互文丛林
　　——读《海边的卡夫卡》　　/53

关于卡夫卡的三棵大树 /55

《俄狄浦斯王》（一） /57

《俄狄浦斯王》（二） /60

《俄狄浦斯王》（三） /62

《俄狄浦斯王》（四） /65

《俄狄浦斯王》（五） /68

《俄狄浦斯王》（六） /71

"全世界最强悍的十五岁少年" /73

忒拜建城的传说 /75

神谕与自由意志 /78

对抗命运的责任 /81

田村卡夫卡的疑惑 /83

知其不可而为之 /86

无能为力的恐怖 /89

卡夫卡的《在流放地》 /92

公正的审判 /96

村上对《在流放地》的解读 /99

命运具备公正性吗？ /101

痛苦的意义 /103

要如何述说"无意义"？ /106

"爱"是对世界的重建 /109

爱不会是没有意义的 /112

大江健三郎与乌鸦 /114

四国的森林 /118

战争的回忆 /121

为死去的人活回来 /124

"森林中充满了黑暗的光辉" /125

无法被揭露的秘密 /129

不受战争困扰的新世代 /131

处理记忆的方式 /134

第四章　没有记忆的世界

——读《世界末日与冷酷异境》 /139

《世界末日与冷酷异境》的书名 /141

冷酷异境的电梯 /143

世界末日的图书馆 /146

吸收记忆的独角兽 /149

爱情、死亡与梦境 /151

第五章　村上式的爱情神话

——读《发条鸟年代记》 /155

创作的转折点 /157

妻子的离奇失踪 /159

父权与军国主义的阴魂 /162

逃避者的责任　　　　　　　　　　/ 165

隐晦的战争反省　　　　　　　　/ 168

黑洞般的生命　　　　　　　　　/ 170

总是听音乐的男人　　　　　　　/ 173

第六章 "地对地"的视角
——《地下铁事件》　　　　/ 177

"空对地"与"地对地"　　　　　/ 179

集体灾难中的个体性　　　　　　/ 181

阪神大地震与《神的孩子都在跳舞》　/ 183

卸下小说家的身份　　　　　　　/ 186

小说家与宗教狂热者　　　　　　/ 188

逃避与追寻的辩证　　　　　　　/ 190

威权的陷阱　　　　　　　　　　/ 193

善恶论与速成觉悟　　　　　　　/ 195

对比《1Q84》中深田保的教团　　/ 197

现实完胜虚构　　　　　　　　　/ 201

第七章　两个世界
　　——读《1Q84》　　/ 205

《1Q84》与《一九八四》　　/ 207
作者的虚构特权　　/ 209
乔治·奥威尔的政治寓言　　/ 211
消灭反政府的词语　　/ 215
后冷战时代的世界　　/ 217
"黎明派"与"先驱派"　　/ 219
组织与Little People　　/ 223
小组织与大组织　　/ 224
权力的秘密性　　/ 226
理解的责任　　/ 228
肉体、感情与社会伦理　　/ 231
李斯特的《巡礼之年》　　/ 233
从《1Q84》到多崎作　　/ 235
孤独的少数　　/ 237
当感受化为语言　　/ 242
职业小说家　　/ 245

"性光谱"与以暴易暴 /247

改写《空气蛹》 /250

从"东京地下铁事件"到《1Q84》 /252

从左翼组织到宗教团体 /254

美丽而舒服的故事 /256

不需要宗教的人 /258

自由意志与自我陶醉 /261

大数据下的自由意志 /263

两个月亮 /265

日本战后的政局 /267

左翼发起"安保斗争" /269

矛盾的"安保斗争" /271

日本企业的高度集体性 /274

人应该消失的地方 /276

填补空白 /278

"1Q84"的世界 /280

真实与赝品 /283

性爱与真爱 /285

从"报复者"转型为"保护者" /287

上帝的赝品	/ 289
"老大哥"与 Little People	/ 291
"我知道你在那里"	/ 293
村上文学的核心价值	/ 295
村上春树年表	/ 297

前言

没有终点的历程
——破解村上春树的小说世界

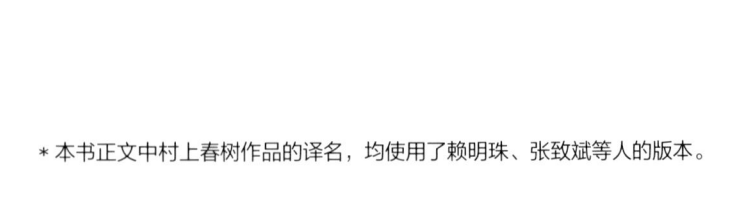

* 本书正文中村上春树作品的译名，均使用了赖明珠、张致斌等人的版本。

谈村上春树的这本书中有一小部分内容，是我最早就动笔的。

三十多年前，从一九九〇年开始，我在当时的台湾《中国时报·开卷版》写一个专栏，讨论一些值得注意的畅销书与出版现象。我记得在那个专栏里写过黑柳彻子的《窗边的小豆豆》，写过黄仁宇和"战争机器"，也写了在台湾正开始流行的村上春树。为了写那篇文章，我将中山北路的"永汉书店"里能找到的村上春树原版书，再加上一部分中文译本都读了，形成了我最早对这位从日本红到中国台湾的作家的作品意见。

之后村上春树持续书写，我也持续阅读他的新作，愈来愈惊服于他旺盛的创作力量，以及坚忍琢磨铺陈小说深厚底蕴的强大意志。十多年后，当我在"诚品讲堂"开设"现代经典细读"长期课程时，我已经明确认定，村上春树的书、他那独具风格的写作手法，必然形成现代经典，于是也就将出版没多久的《海边的卡夫卡》选入了"现代经典"分析讲授的书单。

再到二〇一〇年，我将"诚品讲堂"课程内容整理扩充，以《永远的少年——村上春树与〈海边的卡夫卡〉》这一书名出版。书还没正式出版，我已经知道那会是一本未完之书，因为就在书稿最后整理阶段，村上春树的《1Q84》第三部问世了，我当然来不及将这部篇幅庞大的小说新作的相关解读放入《永远的少年》，但我又很明白，在《1Q84》中，村上春树不只是再度突破了自己,而且是又写了一本高度考验读者耐心与专注力的作品。这种作品的特性就在于读者愈是有耐心与文本周旋,愈是专注看待各种细节,就愈会在阅读过程中得到高深的满足。这种作品岂不也正是解读者最该面对、最值得面对的挑战吗?

出版前夕,我只能勉强以附录的形式多塞进一篇文章,概要地讨论《1Q84》。然而如此一来却又打破了我原本自己对《永远的少年》这本书的设定——聚焦细读《海边的卡夫卡》,尽量将《海边的卡夫卡》里所藏的诸多典故、互文有凭有据、条理清晰地铺陈出来。如果不以《海边的卡夫卡》为限,那么不只是《1Q84》,村上春树之前的几部长篇小说,也有很多值得讨论、值得破解的地方啊!

那几年我总想着要以什么样的方式来补足对村上春树的认识与解说,然而也在那几年间,村上春树继续猛进,以不同形式又交出了更多精彩的成绩。更进一步,那几年间,村上春树的国际影响力不断水涨船高,真正的重点不是他获得诺贝尔文学奖的呼声居高不下,而是走到世界各大城市的主要书店里,几乎都找得到以那个地方的语言翻译的村上春树作品,而且到处都吸引着数量众多的读者。

《没有色彩的多崎作和他的巡礼之年》德文版上市时,我刚好在德国,见证了德国广播电台第一时间将书稿制播成节目,每天早晨按时连载播放,书店里一位年纪较大的顾客在收银台前和年轻的店员热情地交换他们每天听书的心得。

一直到二○一八年，我才终于有机会在"艺集讲堂"对感觉上缺漏愈来愈多的"村上春树理解"做一些补偿。我先用了五堂课解读当时新出版的《刺杀骑士团长》，因为讲课中不断提到这本新作与《1Q84》之间的关系，于是经学员反复要求，再用六堂课完整解读了《1Q84》。

摆在大家眼前的这本《就算我全无胜算：村上春树》收录了之前讲《海边的卡夫卡》的内容，再加上二○一八年对于《1Q84》的解读。因为这两部分加在一起，就已经有十五万字左右的篇幅，为了顾及读者阅读所需的心力投入，本来已经整理为文字的《刺杀骑士团长》课程内容就没有再放进来了。

事实上我私心以为可以放进来、该放进来的内容还有更多。二〇二二年连续看了滨口龙介的两部电影，先是对《偶然与想象》惊为天物，重拾了年少时看完电影可以将每个镜头详记重述的乐趣；接着则是对《驾驶我的车》产生了复杂冲突的观影感觉。《驾驶我的车》仍然是一部好电影，可却明显比不上村上春树的小说原著。不是说电影非得依照小说复制村上春树所写的意念、情感，然而要改编，应该要改得比小说更有电影性、电影感，不然就改得更深刻、更广袤，但滨口龙介的改法却显然是没能充分掌握、展现村上春树更深刻、更广袤的意念、情感的结果。

不见得是对滨口龙介的失望，毋宁说是更增加了对村上春树的佩服，也增加了对于读者经常不能读到他作品最深刻、最广袤处的遗憾。我不知道今年（二〇二三年）七十三岁的村上春树是不是还会再交出令人眼界大开的作品，但我确知我自己对于村上春树作品的解读还离终点很远。不只是他有一些精彩的短篇小说（例如《驾驶我的车》）值得被用最认真的态度仔细领略，他早期的长篇小说也都留藏了许多很少被好好挖掘的暖暖内含光。

例如将最早的三部作品——《听风的歌》《1973年的弹珠玩具》《寻羊冒险记》放在一起当作三部曲来读，和单独看其中任何一本，境界与意趣完全不同。要是再将隔了许多年才写的《舞·舞·舞》放进来作为第四部，突然之间，原本三部曲中极其浓厚的悲哀之感获得了纾解，反而化为某种抗拒无奈的力量。别忘了，还有收录在《面包店再袭击》短篇集中的《双胞胎与沉没的大陆》也是从《1973年的弹珠玩具》里延续出来的啊！

类似却性质不同的相关性还体现在：短篇《萤火虫》是长篇《挪威的森林》的前身；短篇《发条鸟与星期二的女人们》是长篇《发条鸟年代记》的前身；而《面包店再袭击》和《电视人》两部小说集里看似完全不相干的短篇小说，却几乎每篇都有一个叫"渡边升"的角色，不只是他们彼此之间有什么关系，而且跟《挪威的森林》里的那位"渡边君"也有什么关系吧？

太多太有趣的线索与谜，还在等着我们接受村上春树的召唤勇敢地前往探寻。

第一章

村上春树的
创作背景

复制村上春树

三十多年来,我持续阅读村上春树,大概把他在台湾出版的中译本都看了,还有一些原本以为不太可能会有译本的,也就多花一点时间直接读了日文版。例如他写音乐的文章,关于爵士乐和古典音乐。

读村上春树最大的乐趣,在于书中藏着的各种"下一步做什么"的暗示,甚至指令。这里出现一段音乐,那里出现一本书,于是一边读着一边就想:"嗯,那就去把舒伯特找出来听听吧!"或:"等我读完这段就来读读《魔山》吧!"

那是一种奇特的阅读经验,和平常读书,专心从第一行读到最后一行的经验不太一样,毋宁说比较像是在书中游逛,逛到这里会分心想去做点别的事。一面一面的大橱窗展示着不同的物件,让你犹豫思考,是要继续走下去,还是停下来走进这个店家?

而且我清楚知道这种"分心",是村上春树书中本来就内建的逻辑,不是因为我这个读者特别不认真,也不是因为他这位作者缺乏能力写出让人可以认真读下去的文字。他的小说,站在这样的游逛式基础上,因而很不一样。

不过读村上春树的小说,也会有特别的困扰。

其中一项困扰,是他的小说在台湾曾经有过众多模仿作。

尤其是二十世纪九十年代初期，突然冒出来一大堆当时被称为"新人类小说"的作品，里面充斥着"赝品村上"。很明显地，这些作者都读村上春树，被他小说中的气氛、腔调吸引了，所以下笔一写就写出这样的东西。

可是他们的"赝品村上"，很容易让人看出马脚，马上明白了他们是怎么读村上春树的小说的。他们似乎都可以不去注意到村上小说里藏着的各种暗号、暗示，从来不走进村上小说大街上开设的种种商店，去看看里面究竟真的摆放了些什么；他们轻易就被大街上一种灯光气氛眩惑了，将橱窗里展示的，不管是舒伯特、戴维斯、钱德勒还是托马斯·曼，都只当作是这气氛的道具，就这样走过大街，然后回家在自己的书桌上幻想复制一条那样的大街。

他们是村上春树太认真又太草率的读者。太认真，因为他们很用力地阅读村上写出来的文字；太草率，因为他们没有兴趣追究村上铺陈的各种符号的确切内容。因此他们自己搭盖出来的大街，如此扁平，像是电视剧里的拙劣道具布景，街道两边的橱窗都是假的，随便贴几张照片，连橱窗中的物品都不堪细看，当然就更没有可以供人进入游逛的店家了。

我极度厌恶这样没有景深的小说作品，早在一九九一年，就写了文章批判这种现象，于是很长一段时间，很多人的印象里，总以为我是讨厌村上春树的。

不，我没有讨厌村上春树。比较接近事实的是，村上春树对我,一直是困惑的谜题,吸引着我不断思考、不断试图解题。

最畅销的小说——《挪威的森林》

《挪威的森林》会是村上春树最畅销的小说,一点也不令人意外。但是《挪威的森林》在日本一上市就大卖几百万册,累积至今超过了一千万册,无可避免在我心中引发了问题:"为什么一本如此哀伤的小说,可以在一个逃避哀伤的时代里,变得如此热门?"

《挪威的森林》一开头,铺陈完了飞机上的回忆情景后,立即出现的是一口井。"井在草原尽头开始要进入杂木林的分界线上。大地忽然打开直径十米左右的黑暗洞穴,被草巧妙地覆盖隐藏着。周围既没有木栅,也没有稍微高起的井边砌石。只有那张开的洞口而已。"

这是真正的开端,也是整部小说的核心隐喻。我们的人生,至少是小说主角们的人生,就是一段走在有着一口隐藏的井的草原上的旅程。他们之所以成为小说的主角,之所以一起发展他们的爱情故事,是因为他们都在无从防备的情况下,掉入了那可怕的井。

直子形容了掉入井中的可怕:"如果脖子就那样骨折,很干脆地死掉倒还好，万一只是扭伤脚就一点办法都没有了。尽管大声叫喊，也没有人听见，不可能有谁会发现，周围只有蜈蚣或蜘蛛在爬动着，散落着一大堆死在那里的人的白骨，阴暗而潮湿。而上方光线形成的圆圈简直像冬天的月亮一样小小地浮在上面。在那样的地方孤零零地逐渐慢慢地死去。"

这其实也就是直子自己生命的描述。在她无从防备的情况下，青梅竹马的情人木月突然自杀了。没有遗书，没有解释，就这样死了。直子被抛入那大声喊叫也不会有人听见的井里。她仅能得到的一点安慰，来自同样因为木月之死大受打击的渡边君。他们两个人的爱情，是困守在井底的爱情，从一开始就充满了绝望的哀伤。

玲子姐是另一个掉入井里的人。她比直子幸运又比直子不幸。幸运的是她曾经被从井里救上去过。她遇到一个单纯的人，单纯到想和她"共同拥有心中一切"的男人，她能够重新过正常的生活。不幸的是，一次被救上来，无法保证不会第二次再掉下去，又是在无从防备的情况下，玲子栽在一个邪恶的小女孩手中，又掉入那可怕的井里。

在这样的核心角色之外，村上春树又加上了一个冷酷、现实、算计，根本无法或不愿体会人间爱情的永泽，和永泽身边偏偏没有办法算计、没有办法背叛自己爱情感受的初美姐，两个人之间无望的纠结。

小林绿的勇气

这些人物构成的关系，为什么能吸引那么多人来读，为什么他们不会在阅读过程中，被那深深的哀伤冻伤，至少没有被逼退继续阅读下去的欲望？显然很多人读下去了，而且还愿意口耳相传呼唤别人也来读，这本书才成为一个社会现象，乃至社会事件。

难道是因为小说中另外一个角色，那个常常疯疯癫癫做出大胆行为、讲着别人不一定能理解的话的小林绿？只有她，身上没有沾染那份莫名其妙掉入井中的慌乱、失序与哀凉。

然则，在这样一群陷入井中挣扎着的人之间，小林绿是什么？或说，她有什么力量，不只介入他们的世界，还进而改变了这个世界原本的架构呢？

我相信书中有一段话，藏着重要的答案，那是收到玲子姐告知直子状况恶化的信之后，渡边在心中对着死去的朋友说的：

> 喂！木月，我想。我跟你不一样，我是决定活下去的，而且决定尽我的力好好活下去。……为什么呢？因为我喜欢她（直子），我比她坚强。而且我以后还要更坚强，更成熟。要变成大人喏。因为不能不这样。我过去曾经想过但愿永远留在十七或十八岁，但现在不这么想了。我已经不

是十几岁的少年了哦。我可以感觉到所谓责任这东西。木月你听好哦,我已经不再是跟你在一起那时候的我了。我已经二十岁了哦。而且我不得不为了继续活下去而付出代价。

"我可以感觉到所谓责任这东西。"这正是看来疯疯癫癫的小林绿身上最珍贵的东西。她从来没有逃避过活着应该要承担的责任,不管这责任看来多么不吸引人。她和姐姐两个人轮流看店、照顾病中的父亲。她很累,也很寂寞,会对渡边说:"我,现在真的累得要命,希望有人在旁边一面说我可爱或漂亮,一面哄我睡觉。只是这样而已。"但她没有逃避,也不是要逃避:"等我醒过来时,就会恢复得精神饱满,再也不会任性地要求你做这种无理的事了。"

相较于小林绿,小说中的其他角色,都缺乏这份活力,这份勇气,这份认定并选择坚强活下去、愿意为了活下去而付出代价的精神。这份精神感染了渡边,应该也就是这份精神撑住了这部哀伤的小说,让读者能不绝望地、保持兴味地一直阅读下去吧。

《挪威的森林》结束在这样一句话上:"我正从不能确定是什么地方的某个场所正中央继续呼唤着绿。"

我们谁都不能确定生命走到这一步究竟是哪里,没有把握下一步会不会就掉进那个草原的井里。我们需要勇气,我们也就自然地羡慕像小林绿这样理直气壮坚决活下去的人。《挪威的森林》写出了我们的懦弱，以及我们想要呼唤的勇气对象。

活下去的责任

并不是一开始，我就能够在《挪威的森林》里清楚读出这样的讯息，而是穿越三十年的时间，穿越许多村上春树的作品，让我对于小说中的关键词愈来愈敏感，也愈来愈有把握。

"我可以感觉到所谓责任这东西。"尤其是活下去的责任，以及对抗命运条件的责任，这是三十年来没有从村上春树的小说追求中离开须臾的主题。他在不同的小说中，用不同手法，探索这个主题的不同面向：我们对于自我行为的责任、对于过往记忆的责任、对于依照命令从事的责任、对于幻想／梦想的责任，乃至于对于命运与宿命态度的责任。

最直接、明确展开这一责任主题的小说，是《海边的卡夫卡》。《海边的卡夫卡》的小说概念，建立在叶芝的一句诗上："责任始自梦想。"对村上春树而言，决定你的不是你吃了什么，不是你做了什么，重要的是你想了什么，甚至是你梦想了什么。你做什么样的梦，你怀抱什么样的梦想，比其他一切更真实地决定了你是一个什么样的人，因此，你就不能只是对自己的所作所为负责，必须进一步对自己所梦想的负责。

而且唯有愿意对自己的梦想负责，人才能勇敢地、强悍地决定自己是谁，是个什么样的人。

三十多年读下来，我很确定：村上春树是个死心眼的小说家。不管他写什么样的小说题材，一旦被他写了，那小说就带有浓厚的"成长小说"性质。不过，他写的，不是少年如何在社会中成长，懂得如何活在社会里；而是少年如何对抗社会而成长，认知自己的梦想，以及愿意为这梦想承担责任、付出代价。

所以他的小说里，会一直出现"勇气""强悍"这样的字眼。在《海边的卡夫卡》里，乌鸦如此不容商量地告诉田村卡夫卡："要做全世界最强悍的十五岁少年。"

这种勇气、强悍的追求，是成长的关键，村上春树如是坚持，而且坚持：这种勇气、强悍的追求，是人生唯一最重要的事，至少是小说碰触人生唯一最重要的主题。

写了四十年的小说，也就重复写了四十年少年成长的考验。在大长篇《1Q84》里，村上春树写的，还是青豆和天吾这两个人的成长：如何找到足够的彼此间的信念，勇敢、强悍地将自己从噩梦中解救出来。那个青豆，当她放弃自杀，决心一定要带着天吾离开那个噩梦世界时，她身上流着的，也就是和小林绿一样的血液，就算注定要掉进井里，都不会轻易放弃自己活着的责任。

村上春树真正创造的奇观，不是那些几百万、几千万的销售数据，而是不懈、不停地书写了四十年成长奋斗经验，始终在少年与成人的边境上徘徊，拒绝正式进入成人的领域，作为一个执迷于勇敢、强悍活着的永远的少年。

大学时期的社会氛围

村上春树已经超过七十岁了，对我来说，这真是件难以接受的事实。在我的印象中，村上春树一直都很年轻。

他出生于一九四九年，一九六八年进大学，当时他十九岁，比正常的情况晚了一年进入早稻田大学念书。早稻田大学是除了庆应义塾以外，另一所日本重要的私立大学。

日本的帝国大学系统，核心是公立的精英学校，例如最有名的"赤门"东京大学，主要目标在于培养政府官僚人才。从"赤门"毕业的学生，最优秀的通常选择进入外务省或通产省，类似中国的外交部、发改委，那是东大毕业生的正常出路。私立大学和公立大学培养人才的走向很不一样，庆应义塾是培养企业界人才的重镇，而早稻田大学则历来是文艺气息最浓的一所学校。

村上春树本来想念法律，想要考东大法律系，但是考坏了，没考上，一年之后，他改变主意，进了早稻田念戏剧系。他进早稻田的那年，是日本战后发展的关键时刻，他入学没多久，就遇上日本战后最激烈的学生运动事件——一九五九年的"安保斗争"。

一九五五年,美国结束了对日本长达十年的占领,美军总部退出日本。一方面,日本形成"五五年体制",开始了自由民主党维持数十年的一党执政;另一方面,美国和日本签订了《安保条约》。《安保条约》主要的内容,是由美国负责保护日本的安全,因为第二次世界大战中日本投降时,已经同意"永久解除武装"。一直到今天,日本名义上没有军队,不可以建立军事化部队,只能设立"自卫队"。

日本国内曾经为了要不要参加联合国维和部队吵成一团,根本原因也就在于宪法上规定的"永久解除武装"与"自卫队"的定义。一部分的人主张:"自卫队"只能用于自我保卫,绝对不能有别的用途,更是绝对不能离开日本国土。派遣"自卫队"去别人的领土上"维持和平",当然是违宪的。可是也有另一部分人主张:宪法的精神是阻止日本将武力用于攻击,但日本还是有"自卫队",表示将武力用于维护和平是宪法所允许的,参加维和部队并不违宪。

就是在日本不得拥有武装的背景下,产生了两次"安保斗争"。第一次"安保斗争",发生在《安保条约》签订时;第二次,则发生在条约到期,要换约续约时。这两个时刻都在日本社会掀起了强烈的抗议活动。抗议的对象是美国;抗议的立场,是《安保条约》让美国得以在日本驻军,破坏了日本的和平中立,日本变成了美国和苏联冷战对抗中的棋子,明显违背了战后日本要彻底"非军事化"的承诺。

这个立场后面有更复杂的情绪。《安保条约》使得日本继续维持美国从属国的位置,到了第二次"安保斗争",战争已结束超过二十年了,日本却还无法摆脱美国控制、取得独立国家的地位,这当然是一件令日本人——尤其是战后才成长的日本年轻人——愈来愈觉得难以接受的事。

第二次"安保斗争"闹得比第一次凶,正因为抗争的主体是这批年轻的大学生。还有一项重要原因:日本经济已经复苏重建了,日本人也就取得了比以前更大的自信,对于国家独立地位的要求声浪,随之升高。

西化与反美的矛盾

我们也不能忽略,日本的学生运动和二十世纪六十年代欧美学生运动的联动关系。在美国,二十世纪五十年代富裕环境中长大的一代,对年长一辈的保守、封闭进行了强烈的批判、反抗,从《休伦港宣言》开始,大学校园就成了青年愤怒革命运动的中心。在欧洲,学生运动则是延续了对于社会公平议题的关怀,和工人组织以及社会党、共产党保持密切互动。

在欧美社会,都是二十岁上下的年轻人站在最前端,发出最激烈的声音，将整个社会搞得天翻地覆。这样的外在环境大大刺激了日本青年。不过日本青年的抗争，比美国、欧洲要复杂、暧昧一些。他们不只要反抗掌握权力的上一代，还要连带反抗在自民党背后，掌握更大权力、真实权力的美国。极度矛盾与吊诡的是，美国既是他们要抗争打倒的对象，同时却也是他们反抗精神最重要的，甚至唯一的来源。

日本经历了长久的军国主义统治，哪有什么反抗传统？再往前一点，虽有明治维新的年轻志士们为了"王政复古"而抛头颅洒热血，然而"安保斗争"那一代的大学生，对维新历史根本没有什么认识。美军占领期间，将"武士道"视为军国主义的根源，小心翼翼将所有和"武士"有关的内容排除在教育与媒体之外，甚至连武士道的精神象征——富士山——都绝对不能够出现在电影里。今日我们熟知的武士小说、维新小说，都是在美国人离开后才陆续写作、流行的。

那一代的日本青年，身上带着严重的精神分裂，一方面热切地拥抱美国、学习美国，一方面将从美国那里学来的反抗精神，用于反抗美国。这样的抗争，因而不会是单纯向外发泄的，必然带有反省内在、自我矛盾，乃至自我对抗的部分。

诺贝尔文学奖得主大江健三郎的年纪比村上春树大一些，不过他同样是这种矛盾精神的产物。大江健三郎所写的日文，一般日本平民百姓是读不懂的，读来像是某种外文勉强、拙劣的翻译。大江的法文非常好，此外他还能读英文、德文，甚至俄文，从这方面看，他是一个在思想上高度西化的人。可是这样西化的人，却又要参与反对西化力量主要的来源——美国，这是他们生命中最根本的困惑与困扰。

在这样西化力量矛盾纠缠的"安保斗争"中，村上春树又有他自己暧昧不明的特殊情结。村上春树进大学没多久，"安保斗争"爆发，在校园堂皇登场。他是校园里的新鲜人、菜鸟，加上慵懒、被动的个性，他并没有真正参与革命斗争。"安保斗争"是村上春树那个世代的日本人一生所遭遇最狂热的一场集体盛会，他就在现场，却又没有真正参与。

"安保斗争"的局外人

这种人有几项特色：第一，他见过大场面，对于革命热情爆发的状况，留有深刻印象。他们的运动，学习、模仿了西方所传入的斗争策略，包括封锁教室、强迫罢课，乃至于攻占行政中心，和镇暴警察对峙等等校内冲突，也包括走上街头，通过多重动员，形成足可以包围首相府的行动。这些，村上春树都亲身看过、经历过。然而，第二，在眼前轰动展开的革命激情和他没有直接关系，他从来没有作为局内人参与其中，他都是局外人，在场的局外人。这场运动在他心中刺激出了一份渴望，或许也有一份羡慕。

不过作为局外人，等到革命快速退烧时，因为他身上没有染上革命的英雄风华，没有参与在革命中留下最激情、最了不起、最浪漫的记忆，所以他可以很快地看出、承认革命的徒劳无功。活在革命风华记忆中的当事人，很难承认革命只是一时的，革命就这么消散了。

作为革命的边缘旁观者，村上春树怀抱着特殊的感慨。他是一个凑巧在场的局外人，如果时间早一点或远一点，例如大江健三郎当时已经脱离了学生身份，就算在革命当下很投入地支持这些学生，也没有办法取得那种临场感，不会有革命结束时的无奈感慨。

尽管年纪比较小，村上春树却比大江健三郎早十年或二十年看出了革命的徒劳。他就在那里，感受了所有的理想与热情，而且直接看到，甚至承受了革命的后果。作为一个在场的局外人、如此贴近革命的旁观者，他最没有自欺、否认的空间。你确切看到所有那些参与革命的学长、朋友在革命中去了哪里、做了什么。革命时他们在你身旁，革命后他们也还在，你近距离地看着他们、感受他们，当然不可能再将他们当作英雄，也就不可能再将他们所做的事情当作英雄事迹来理解、来记忆。

因为他和这一场革命的关系，村上春树的内在对于日本、对于那个时代，抱持着强烈的疏离感。我希望大家每一次读村上春树，不管读的是他的哪一部作品，都能记得这个背景。村上春树从一九七九年的《听风的歌》开始，一路走来四十多年，这个背景从来没有离开过。在这个背景之上，他建立了贯穿他的小说的几个主题。

第二章

村上春树三大核心元素
——读《电视人》

自由、疏离与拼贴

村上春树的创作历程中，他的所有小说中具有三个共同的、重要的核心元素。我在这里先提出来，后面会接着继续说明。

第一，人与自由的关系。取得自由之后要如何运用自由，这不是件简单的事，很多时候甚至是件恐怖的事。

第二，人与人之间的疏离。人活在一个我们无法追究、永远莫名其妙的世界里，这个世界逼迫我们采取一种疏离的、意懒的生存态度或生存策略。

第三，双重，乃至多重世界的并置、拼贴，而且用这种手法来彰显我们所存在的具体世界。

四十多年来，这些主题维持着惊人的连续性。为了证明村上春树小说的主题一直都在那里，没什么改变，我从书架上找出了一本我自己印象最薄弱的，而且应该也是很少人读过的、很少人有印象的村上春树作品。这本书的日文版在一九九〇年出版，算是村上中期写作的一个短篇小说集，日文书名叫作"TVピープル"，早先台湾皇冠出版的中文版译为"电视国民"，时报出版取得版权后，重新出版改名为"电视人"。

关于这本《电视人》，让我简单地谈一下最前面的三篇短篇小说，从第三篇讲起。这篇有一个很奇怪、很不像小说标题的标题——"我们那个时代的民间传说"，而且还有副标题——"高度资本主义史"。小说一开头就先提示:"这是真实的故事同时也是寓言,同时也是我们生存的六十年代的民间传说。"接下来,故事、寓言、传说开讲的第一句话是:"我生于一九四九年,一九六一年进中学,一九六七年上大学,然后在那个混乱的环境中迎接二十岁的来临。"这样的年代、经历和村上春树自己的几乎完全符合,引起我们的好奇,这是不是一段自传性的回忆呢?

不过在继续描述情节之前,小说作者或叙述者发了一大段议论,谈论什么叫作"在我们那个时代"。"我们那个时代"是二十世纪六十年代的末期。那个时代有"像把望远镜倒过来所看到的宿命式的焦虑",有"英雄与无赖、陶醉与幻灭、殉道与得道、结论与个论、沉默与雄辩,以及无聊的等待"……

这些东西,只有二十世纪六十年代有吗?不是。但是,所有的这些东西,在"我们那个时代",一个一个地以伸手即可取得的形式清清楚楚存在着,一个一个都好好地放在架子上。

他说,六十年代不像一九八八、一九八九年。那个时候,"英雄与无赖、陶醉与幻灭、殉道与得道……"都清清楚楚,不会附随着夸大虚伪的广告,不会奉送有用的相关信息或是折扣优惠券。到了一九八八、一九八九年,他写这篇小说时,世界变得复杂了,会有一大堆复杂的事物一个接一个地向你逼近。在"我们那个时代",没有多得不得了的各种说明会:这是初级使用说明书,然后还有中级、高级、应用篇,加上如何升级和连接主机的说明书……

在"我们那个时代",人们就只是很单纯地伸手去拿自己想要的东西,把它带回家就是了,就像在市场买小鸡一样,很简单也很粗鲁。然而,"我们那个时代"是适用这种简单形式的最后一个时代。村上春树用这个方式形容他成长的六十年代末期。

"我们那个时代"

接下来解释副标题"高度资本主义史"。在高度资本主义发展之前的最后一段时光,人还用干净、简单、粗鲁的方式活着,没有那么多和商业、广告有关的刻意复杂、围绕我们生活的啰啰唆唆的东西。在那样的时代里,有一个男生和一个女生。男生是叙述者的高中同学,成绩很好,运动也很拿手,待人亲切又随和,还很有领导能力,就是那种样样都好的优等生。而且他还会唱歌,也很会说话,辩论比赛时他永远都做结辩,生活又有规律、守规矩,也很有女生缘,女生有不懂的数学问题,第一想到的一定是去问这个男生。

这个男生的人缘比叙述者"大概好上二十七倍"。这是标准的村上春树式说法,"二十七倍",不是二十六倍或三十九倍。接着叙述者说,站在个人立场,他并不喜欢这种人,他跟这种人合不来。他比较喜欢那种不完美、更具有真实感的人。

不是他会喜欢的这种人，那为什么会特别记住呢？因为这个男生后来交了女朋友，是别班的女生。这个女朋友也是长得漂亮、成绩好，运动又拿手，领导能力也很强的女生，辩论赛中她也总是做结辩。这是两个同样的人，同样优秀杰出的人。两个同样的人成了男女朋友，给叙述者留下最深刻印象的，是他们两人在一起，就是一直聊天一直聊天一直聊天，让他觉得很惊讶：这两个人怎么会有那么多话好说？

两个人一直聊天一直聊天，有一大部分是因为他们都很清纯吧？他们和叙述者这种一般的高中学生很不一样。叙述者喜欢和其他一群男生混在一起，厚着脸皮跑到药局去买安全套啦，练习怎样用一只手把女生的胸罩脱掉啦，做这些充满了"性"的想象与冒险的事。对他来说，那两个清纯的、一直聊天一直聊天的男女朋友，真的是很遥远的、很难理解的奇特现象。

高中毕业之后，经过了一段时间，叙述者本来已经忘掉了这个"优秀"的同学，然后在奇特的情境下，在意大利中部的一座叫作"卢加"（Lucca）的小城里两人重逢了。一起吃饭、一起喝酒，那个"优秀"的同学开始回忆高中时和那个女友之间的事。

两个人很要好，的确每次见面都在聊天，不过别人没看到的，是他们常常在没有大人在的女孩家里亲吻、爱抚。不过仅止于用手爱抚，没有再进一步。男生当然会觉得不满足，会想要真正做爱，可是藤泽小姐——他的女朋友却一再拒绝："我没有办法，因为我要保留作为一个处女，一直到结婚。"这对她来讲是那么重要、那么坚持的事。

他们高中毕业上了大学，男生去东京念了东大，女生则留在神户念女子大学。大一暑假，男生回到神户见到女生，强烈地要求："我一个人在东京待了那么久，一直想你，我实在太爱你了，无论我们相隔多远，我对你的感情永远不变，因此我希望我们之间有一个明确地结合为一体般的关系。"接着，他又说："我希望即使隔得再远，我们仍拥有结合为一体的把握。"

但是女孩还是拒绝了："我不能把自己的处女之身给你，这个是这个，那个是那个，只要我做得到，我什么都可以给你，只有那个不行。"男生就说："那我们结婚好了，或是我们订婚，如果你怕我不负责任的话。我愿意负责任，我已经考上很好的大学，将来我有希望进入一流的公司或政府机构服务，我什么都做得到。"

然而女孩还是拒绝，告诉他说："你不明白，我和你不一样，我是女生。"说完了女生哭起来，一直哭一直哭，哭过后说了一段奇怪的话。她说："如果，我是说如果，我和你分手了，我还会永远记得你，我真的好爱你，你是我第一个爱上的人，而且只要和你在一起我就觉得很快乐，希望你了解这一点。可是那个和这个是两回事，如果你希望我保证对你的爱，那我们就在此约定，我会和你上床，不过现在不行，等我跟哪一个人结了婚之后，我就会跟你上床，我不骗你，我保证。"

多年之后，在意大利小城回忆这段过去，这个男生还是不明白女孩当时那段话究竟是什么意思。"老实说我当时震惊得连话都说不出来。"男生这么回忆着。后来这两个大学生继续维持相隔两地的情况，没过多久，就分手了。和那个女孩分手后，男生在东京交了新女友，两个人很快就同居了。男生大学毕业之后进入职场，一直很忙很忙，毕业后过了五年，他听到消息说，原来的女友结婚了。

女生结婚没多久，两人二十八岁时，男生在事业上陷入低谷，突然接到女生的电话，她竟然对他的事业、生活了如指掌。而她呢？她的先生大她四岁，在电视公司上班，是个导演，还没有生小孩，因为先生忙得连生小孩的时间都没有。接下来，女生突然要他到她家去："你现在就可以过来，我丈夫出差去了。"他立刻理解了她在说什么，这正是女孩子当年给他的承诺。他犹豫了一下，甚至不太了解自己为什么犹豫，然后去了女生住的地方。

我们当然很好奇在女生家发生了什么事。不过在继续说下去之前，我想先提一下，这个男生在意大利小城里曾说过一段话："很久以前我曾经看过一篇童话，我忘了童话的内容，可是我记得那个童话的结尾，是这样写的：'当一切事情都结束之后，国王和侍从们都捧腹大笑。'"他说："我怎么样也想不起来童话的内容，我只记得那个结尾。"

去到女生家，两人互相拥抱但没有做爱。"我没有把她的衣服脱掉，我们像以前一样，只用手爱抚，我想那是最好的，她似乎也认为那是最好的方式。我们什么话也没说，只是爱抚了很长的一段时间，我们应该理解的事情是，那种只有'那样做'才能彼此了解的事。不过，那一切都已经结束了，那是已经封印、已经冻结了的事情，谁也无法再将那个封印撕开来了。"

"待了一个多小时之后，我对她说了再见就走了，她也对我说再见。于是那就是最后的一次再见了，我了解这一点，她也了解这一点。"走出来之后，这个男人到街上找了妓女，那是他人生中第一次召妓的经验。

被突破的模范框架

村上春树开头就说，这是"我们那个时代"的民间传说故事。那么，这个"民间传说故事"究竟要对我们传递什么讯息？或说，更根本一点的问题：为什么这叫作"民间传说故事"？还有，这个"传说故事"和"我们的时代"之间的关系又是什么？

这真的很有意思。同样的意念、同样的讯息会一再在村上春树的小说里出现。他一直被六十年代末期曾经存在过的巨大的解放、巨大的光芒，以及这巨大的解放光芒带来的恐惧笼罩着。我们看他描写"传说故事"里的那个男人，小说中男人自己说："以前我一直认为自己是一个很无趣的人，从很小的时候起，我就是一个规规矩矩的小孩，我总觉得自己的周围仿佛有个无形的框框，我一直小心翼翼地生活，不敢超越那范围。"这个小孩，是个日本式拘谨的模范小孩，然后他碰到了另一个日本式的模范小孩，两人像孪生兄妹一样，过着很日本的生活。

这种很日本的生活，应该也留存于村上春树的记忆吧！前面特别提了，他本来是要考东大法律系的。"传说故事"里的这个男生，恐怕比小说里的叙述者更接近村上春树的真实经验吧？村上春树其实不是一开始就如此和别人不一样，更不是一开始就很叛逆的。

这篇小说在写"模范日本小孩"遇到的诱惑，一种打破框架获得自由的诱惑。那个女孩身上最大的框架，是她的处女身体。这个框架她无法打破，绑着她、限制着她。她知道的、她想象的，是只有靠结婚才能打破处女身体的框架，来获得自由。那个社会给予处女的解放、让处女变成不是处女的办法，只有结婚，所以她的自由，包括为爱情奉献的自由，反而只有在她结婚之后才能获得。

当然她不可能没有意识到：结婚、婚姻生活、家庭生活，是另一个框架，甚至是更大、更紧密的框架。解放了处女身体的婚姻，只是让她进入另一个框架。所以结婚不会是自由的来源，即使和自己喜欢、自己所爱的人结婚，也是如此。那么自由到底在哪里？在结了婚之后，可以和丈夫以外的从前的爱人，和"我第一个爱上的人，而且只要和你在一起我就觉得很快乐"的那个人上床做爱。

二十八岁那年，这种条件终于到来了。但是小说讲的却是：当"自由"到来时，你不必然会去追求原本没有自由时所渴望的东西。真的没有了框架，不再受限于处女之身，那种情境比原来背负着框架时想象的自由景象，要复杂得多。在缺乏自由的情况下去想象自由，相对是简单的，因为那时很清楚自己当下的匮乏。没有钱的时候，想象自己中了乐透，觉得自己当然明白钱要怎么用。但一旦手上真的突然有了几千万，看到的、想到的，会比没有钱时复杂、困难得多。

村上春树在那场革命的过程中，很早，而且可能是过早地得到了真正的人生洞见。他看到了同一代的年轻学生，在那么短的时间中，用那么戏剧性的方式，拿掉了他们身上的框架。结果他们却都不是依照自己原来想象的方式，去运用自由，以自由去追求本来想要的东西。

这是个极其庞大的主题。人一旦真的得到自由，会如何对自由反应？如何对待自由？这个"民间传说故事"，不过就是可能有的一种反应。自由来了，你却发现，没有办法去拿你原来想要的东西，因为你不再想要了。在自由的前后产生了微妙的变化，当限制不再，不再有处女情结卡在两个人中间时，男生突然觉得亲吻爱抚所能得到的，比他原来热切渴望的"完整的结合"反而更重要。亲吻爱抚中保存的是两个人所熟悉的，有着两个人真切、无可取代的回忆。

因此，村上春树的小说一直在问："人一旦被解开了框架与拘束，他会做什么？"

自言自语之诗

《电视人》中的第二篇小说，也有奇怪的篇名，主标题叫"飞机"，副标题却是"或者他怎么像是在念诗般自言自语呢"。

小说里的叙述者一开始就明白交代：他二十岁，遇到了一个二十七岁的女人。这个二十七岁的女人住在一间有电车会从旁边经过的房子里，已经结婚了，也有小孩。二十岁的男人成了二十七岁女人的婚外情对象，常常到女人住的地方去和她偷情。然而对二十岁的男人来说，二十七岁的女人就像"月球背面的东西"。月球绕着地球转，有一面永远面对地球，另一面永远背对地球，在地球上无论如何都看不到另一面。这个女人对他是像月球背面一样的存在。

这个二十岁的男人每一次到女人家里，女人几乎都会哭，可是他却从来不知道她为什么哭。那个二十七岁的女人还会反复对他说，她的婚姻很好，没有问题。男人当然也疑惑："你的婚姻没有问题,那你干吗跟我上床?"不过他没有将这个问题问出口。女人每次都一定会哭,哭完之后,他们就上床做爱。做爱的时候,女人会习惯性地看床头的闹钟,因为她必须知道小孩从幼儿园回来的时间到了没有。

女人的丈夫在旅行社工作,喜欢听歌剧,这个男生从来没有遇见过。有一次他照例去她家,照例她哭了,照例两人做爱,做完爱之后,男生去洗澡,洗完澡出来,女人突然问他:"你是不是从前就有自言自语的习惯?"他吓了一跳,第一个反应是以为自己在做爱过程中自言自语。女人说不是,他只是在平常的时候自言自语。

男生完全不知道自己有这样的习惯。女人就说起往事:"我小时候也喜欢自言自语,可是妈妈不让我自言自语,她会惩罚我。有的时候我自言自语,她会把我关到衣橱里面,衣橱里面太黑了,所以我就养成习惯,以后想到什么就把它咽下去,不说了。"男生忍不住问女人:"那么我自言自语到底在讲什么?"女人的回答:"你简直像在念诗一般地自言自语。"说完这句话,女人脸红了。男生觉得很奇怪:我像念诗般自言自语,为什么她会觉得不好意思呢?

女人拿了一张纸,将她听到男生自言自语的话写下来。男生一边洗澡一边自言自语的是:"飞机／飞机在飞／我,飞机上／飞机／是在飞着／可是,即使在飞着／飞机在／天上吗。"话语内容中有一种奇特的催眠般的气氛。之后,她啪的一声将圆珠笔搁在桌子上，抬起头静静地望着他。两人沉默了好一阵子，时间在沉默中流逝，电车通过轨道往前飞驰，他和女人在想同样的事——飞机的事。他在心灵深处制造着飞机，那一架飞机究竟有多大？是什么形状……不久，女人又哭了，她在一天之中哭了两次，这是过去从未有的事，也是以后不会再有的事。

村上式的诗意

读过村上春树的人立刻可以辨识这是典型的村上春树式小说与小说叙述。什么样的典型呢？村上春树的小说中，有一种莫名其妙，尤其在描述人与人的互动时。所谓的莫名其妙指的是里面有很多不解释，而且不追究的东西。这和我们一般读到的小说很不一样。

例如，二十岁的男人说，二十七岁的女人是"像月球背面的东西"，很大的原因来自他都不去问、不去探究，那女人在他生命中是个有限的存在，他也不好奇。村上春树小说里的角色，常常不好奇到不合理的地步。

就连表面上看起来，应该是要去追寻、探究的小说，像是《寻羊冒险记》，寻找了半天、冒险后的结果，都还是不会有明确的、对的答案。到底那个"羊男"是"羊"还是"男"都搞不清楚，又怎么可能有对的答案？自然也不可能有我们本来预期的交代浮现出来了。村上小说里的角色看到的世界，如果用一般的常识标准来衡量，是很神奇的。那里容许有一个一个不被追究的谜团飘浮着。

二十七岁的女人说她的婚姻没有问题，在旅行社工作的先生没有问题，却又一直跟一个二十岁的男生上床，做爱之后要看一下闹钟，看时间是不是到了。这里面应该有很多需要被说明，或者需要在小说中被认真想象的东西。例如她到底如何对待自己的婚姻？当她在做爱后查看闹钟时，心中有没有罪恶感？二十岁的男生不会在意她看闹钟的动作吗？……然而在村上春树的叙述中，这些都被视为可以不追究的问题，可以理所当然地记录下来。

村上春树的角色有一种最特别的能力，就是容忍莫名其妙，对莫名其妙的现象如实接受，既不惊讶，也不追问。容忍莫名其妙的现象，制造了特别的效果。这些角色身上都带有一种自我选择的疏离。自我选择不打算要了解这个女人，这件事情很特别。一方面我们看到了这个二十岁的男人对二十七岁、跟他上床的女人缺乏好奇心，另一方面我们很快得到了答案，或者说是暗示。为什么可以容忍这样的莫名其妙？很简单，因为他连自己是什么都不太明白，自己就是一团莫名其妙。他不会知道自己自言自语，不会知道自己在用诗一般的语言自言自语，这不是很奇怪吗？在如此不了解自己的情境中，又如何、又为什么要对别人好奇，对周遭世界好奇呢？村上春树的小说中有很多这种角色。

有人读过另外这一篇小说吗？有一个人下班回家，发现一只巨大的青蛙坐在他家客厅里，他问："你为什么要来我家？你要干吗？"然后这只青蛙老弟就告诉他："请你跟我一起去解救全东京的人。"这个人没有惊慌，虽然他觉得有点困扰，却没有强烈的意外感觉。没有任何事情对村上春树创造的角色是意外的。

照理说，这种对各种莫名其妙的现象都能容忍的角色，应该会让我们感到不可信，甚至不可忍耐。那是个多么麻木的人，以至于回家看见一只大青蛙坐在客厅，都不会惊讶，不会跳起来，不会夺门而出！但村上春树的一个巨大本事，或者该说他一直努力在做的事，就是让这种麻木变得可爱，变得有说服力。我们不会讨厌他们，因为我们从村上的语言与描述中感觉到：他们有比我们更强健的神经，面对这个世界的各种可能性时，有比我们更巨大的包容力，所以他们不会对那么多事情惊讶，也不会一定要去探究月球的背面到底是怎么一回事。

从这种谜团、莫名其妙与对于莫名其妙的高度包容中，产生了一种特殊的诗意、特殊的诗学。这是我们在众多村上春树的小说中，发现的第二个共同主题——人与人之间的疏离、莫名其妙，以及莫名其妙中透显出来的一种生命情感。

闯入家中的电视人

《电视人》这篇小说,讲星期天的黄昏,有一个人坐在房子里面,突然有三个"电视人"跑进来。他没有特别惊讶,没有惊讶到去报警,甚至没有惊讶到问那些电视人是怎么跑进来的。

他很冷静,很尽责地向我们形容电视人的模样。电视人比一般人矮小一点,就像将一般人按比例缩小为七成的模样,不像侏儒也不像小孩,因为侏儒或小孩跟大人的比例不太一样,电视人却完全按照正常比例,就是更小一点。为什么叫"电视人"?因为他们将电视扛到他家里,先将他家弄得乱七八糟,然后将电视插上插头,架起了天线杆子。

在这个过程中,叙述者一直看着他们,心里竟然只是嘀咕着:"糟了,你们把我太太的杂志乱翻,那些地方不可以翻的,她不准我动这些地方。完了,我太太回来一定会把我骂死,她一定会骂:'我星期天出去一下,你就把家里搞成这样。家里本来没有电视,怎么会突然多了电视呢?'"但是接下来他太太回来了,却并没有如他担心的那样破口大骂,她好像完全没有发现家里变了一个样子,也没有发现家里多了一台电视。

再接下来,他到了贩售家电的公司上班,大家正在开会,突然间那三个电视人又出现了,大剌剌地抬了一台索尼(他们公司的敌对品牌)电视就进入办公室,在那里安装电视。他想：你们怎么可以这样子呢？他觉得很受不了，就跑到洗手间尿尿，刚好另外一个同事也在旁边尿尿。他若无其事地提了一下那几个搬电视的人，结果他的同事竟然完全没有反应，转水龙头把水关掉，从架子上拉了两张纸巾来擦手，擦完以后，将纸巾揉成一团丢进垃圾桶，连看都没看他一眼。他搞不清楚同事到底有没有听见他说话，在当时气氛下，也不适合再追问。

又回到家里，他就将电视打开，发现电视上并没有影像。时间愈来愈晚了，太太却没有回来，电话答录机里面也没有留言。通常只要超过六点钟不能到家，他太太都会打电话回来的。太太不见了。等着等着，他迷迷糊糊睡着了，似梦似醒，发现没有画面的电视里出现了电视人，电视人从电视里爬出来。一个电视人告诉他："我们正在坐飞机。"电视上就出现森林深处几个电视人在坐飞机，还讨论着关于飞机的事。这时候，在客厅里的电视人突然对他说："你太太不回来了。"他吓了一跳，听不懂电视人的意思，电视人就再次说："你太太已经不回来了。""为什么？"他问。"因为你们之间已经完了，所以她不回来了。"

另外一个世界的存在

这篇小说展现出另一种村上式的特色，那就是在一个空间里，在一个人的生命中存在着超过一个以上的不同世界。不同世界的交错并存，往往被用来对称、映照人与人之间的疏离。电视人进到他们家，他脑袋里想的，其实都是他和他太太生活上的差距。差距早就在那里，被闯入的电视人凸显了，或说被电视人闯入这件事映照出来，无法继续隐藏着了。

奇怪的电视人，原本不存在于这个世界的奇怪东西，从另外一个世界介入，因为另一个世界的交错、介入，才能让我们真切了解这个世界？村上春树的小说中经常有这种不同世界并存并置的情况，让他的角色穿梭进出不同的世界。

这些角色用一种怠懒的方式进出不同的世界。他们不会大惊小怪说："啊，这是个奇怪的地方，我怎么会跑到这种奇怪的地方来了！你们看到这件那件奇怪的事情了吗？"不，村上春树的不同世界，突然之间就来了，来了也没有办法准备，就在那里，有这样的另外一个世界在那里。有了另外一个世界和原来的世界并置、拼贴在一起，于是对于原有的、我们原本视之为理所当然的唯一的世界，产生了不同的认知、不同的理解。

村上春树是始终如一、很固执的摩羯座。他如今七十多岁了，还可以坚持跑马拉松。四十多年来，他一直在写小说，写了那么多小说，然而随手翻开一本《电视人》，看看最前面的三篇小说，竟然也就能够整理出他所有小说中共同的三个核心元素。

环绕着这三个核心元素，村上春树花了四十多年的时间建构起他自己的一套小说系统。有兴趣的读者可以依照这三个元素去游逛、去分类村上的小说，应该八九成都能够被归纳进去。有些小说是第一个加第二个，有的小说是第一个加第三个，有的是第二个，有的是三个都有。基本上，他维持着很明确的主轴坚持地写着他的小说。更有意思、更重要的是，从这三大核心要素看，我们就发现村上春树的小说相较其他传统的、现代的日本小说，真的有很大的差距。

脱离日本传统文学

依照村上春树小说内部提供的文本证据，我完全相信他自己的说法：在四十岁之前，他没有读过日本文学。他的小说和日本文学传统的确大异其趣。日本文学从平安时代一直到现代，一直到川端康成，有一个关怀贯穿其中，是村上春树的作品中所没有的。

日语中对于小说的传统称呼，写成汉字是"物语"，就是《源氏物语》《竹取物语》的"物语"。密切跟随着"物语"名称的，有"物之哀"的观念。

"物之哀"是个复杂的概念，构成了平安时代文学的基础。"物之哀"包含几层不同的意思。第一，万物皆有其哀。万物之所以必然会有一种悲哀，来自时间。没有任何东西在时间的淘洗中，可以完全不变。但万物难道没有其乐吗？对于平安时代的人来说，万物不断地老化和衰颓，所以乐是短暂的，哀是必然的，哀是长远的。这是第一层意思。

第二层意思是，最纯粹的感情、最美的感情来自"哀"。川端康成有一本小说，书名是《美丽与哀愁》。从平安时代贯穿到川端康成的文学中，哀愁与美丽，是同一回事，只有在哀愁中才能展现出美丽。唐纳德·基恩曾经试图用希腊悲剧中"升华／净化"的概念，来解释"物之哀"的这层意思。

为什么悲剧的位阶比喜剧高？因为喜剧是现实的东西，你在喜剧中能得到的，只是一些现实的混乱；而希腊悲剧的意味是，当你面对已知的、比你强大的命运，你还要去对抗它。这种文学上类似的作用，也表现在"物之哀"上。什么时候我们可以感受到美？什么时候我们可以超越有限的、凡俗的生命，进入美的境界？那就是当我们沉浸在哀愁里的时候。哀愁使我们认知到自我的限制，哀愁也使我们理解到我们和外界一种深刻的关系。所以最纯粹的感情，来自哀愁。唯有能够描写哀愁、捕捉哀愁，我们才能了解人间之美。

"物之哀"的第三层意思是，我们可以去领受、赋予万事万物无法表达的哀愁。也就是说，世界上的所有东西都有其感情，可是只有人有这个能力去同情、哀怜。我们和周围所有的物之间，没有一个绝然的距离与分别。

人什么时候会觉得与物同一？人什么时候会觉得和大自

然、万事万物万象最接近？在浪漫主义的传统底下，人们选择的答案很可能是寂静、宁静时。可是平安时代的日本人选择的是，当我感到悲哀、看到悲哀的时候。也就是说，当我感受到象征着时间的河流不断地在向前奔流的时候，我感觉到那种一去不复返的衰颓、永远无法再回头的情绪与现象的时候，觉得自己和大自然、万事万物万象最接近。我悲悯、哀怜那些河川里被冲刷的石头，在那个时候我就和那些石头有了关系。这就是"物之哀"的另一层意义。

过去、现在与未来

然而村上春树身上、他的小说里没有这种"物之哀"。所以说，村上春树七十多岁了，让我觉得难以置信，不是因为他还能跑马拉松，外表看起来比实际年龄年轻得多，主要是由于他的作品传递出来一种很特殊的永恒，没有年纪，也没有时代。在原本对时间性最敏感的文化、国度里，出了一个再醒目不过的怪胎，这个怪胎的作品里没有时间的流逝，没有时间流逝所产生的深刻哀伤、痛苦、挣扎。

村上春树的小说有另外的挣扎，但很少是针对最奇特的时间这个题目，他的小说没有和时间之间的密切关系。读村上春树的小说蛮好的一点，就是可以错觉年纪不存在。

回想一下曾经读过的《挪威的森林》，回想一下读《挪威的森林》时的感觉。有谁读到书中描写的大学生活、男女爱情时，会意识到：《挪威的森林》的作者村上春树当时已经快四十岁了？没有吧？在行文、叙述中，完全没有流露出一点点藏不住的感慨，那种由四十岁的现在，回头看二十岁的青春会有的感慨。

读《挪威的森林》时，谁都不会想到，村上春树写这本书时已经是一位年近四十岁的作家。

村上春树的小说，包括《海边的卡夫卡》，都带着强烈的"共时性"特质。所有事情都发生在同样一个时间平面上，少有"贯时性"的延宕。"贯时性"必然引发"物之哀"，必然会有时间流逝产生的变化。然而，《海边的卡夫卡》中，即使小说牵连到第二次世界大战时发生的事，那个古老的事件却不是以时间的形式存在的，它是作为另外一个虽然发生在过去，却会和现在时间重叠的世界，出现在小说中。

村上春树如何塑造小说中"永远不老"的强烈共时性？其中一种手法，就是将发生在不同时代的事情，放入多重交错的架构里，让从前的、现在的，甚至未来的原本时间的线性排列，前后接连发生的事混合起来。过去以另一个世界的存在形式，浮在现实中或叠在现实上。

诸多时间叠合、并置，这中间具备了"后现代"的意味。"后现代"的一个价值根源就在：相信该有、会有的事之前都发生过了，时间到这里不会再有发展了。因此我们能做、该做的，不是勉强继续去发展新的东西，而是将过去曾经出现过的不同风格，找出不一样的方式予以并置、拼贴、联结起来。从这一点、从这个定义来看，村上春树是一个标准的"后现代小说家"，他发明并娴熟地运用了这种特殊的共时拼贴方式，取消了原本强大、强悍的时间感。

符号神话与资本主义

还有第二项重要的手法。日本旧有文学传统带有浓厚的"物之哀"，其基础当然就是"物"，无论是有生命还是无生命的"物"，总之是会随时间而衰老、磨损、消逝的"物"。村上春树之所以能够让时间消失，让人不去感受物与时间之间的哀伤关系，那是因为在他绝大部分的小说作品中，他用别的东西取代了世界里的"物"，那必然要经历并饱含时间折磨的"物"。他用来取代"物"的是"符号"。村上春树的小说中充满了大量的符号，而且往往是具有高度异国风的符号。不妨想象一下读过的村上春树小说里的主角，他长什么样子？他过什么样的生活？最先浮现上来的，几乎都是各种"符号"。

任何一个村上春树迷都应该很容易回答这样的问题：村上春树的主角早餐吃什么？他平常最爱喝什么？他听什么？他穿

什么？他做什么运动？……不管哪一部小说，不管主角叫什么名字，我们都会记得他从冷冻箱里拿出来冰块，削成一个圆球，放入杯子里，然后将威士忌倒进去。他听爵士乐，听艾灵顿公爵、桑尼·罗林斯和斯坦·盖茨。他穿拉夫·劳伦的Polo衫，他早上给自己做三明治来吃。早餐绝对不会是白饭配味噌汤，中午就煮一大锅水，下意大利面，却一定不会说："啊，来烤一条秋刀鱼吧！"

小说中充满了各式各样生活的记号。这些记号有什么作用？标示了主角身上的异国性。他不是一般日本人。村上春树笔下的这些人，虽然活在日本社会，但毋宁说是以一种"异己"、近乎外星人的方式存在的。在那个具体、现实的环境中，他们很明显地格格不入，是被各式各样"非日本"的符号所包围、所定义的"异己"。众多异国风的符号阻挡了我们平常阅读小说的现实描述时，必定油然升起的时间感。

《电视人》的第三篇小说特别标举"高度资本主义史"，什么是"高度资本主义"？村上春树有很清楚的说法——"高度资本主义"的象征就是那些无穷无尽的说明书，不再有简单的事情，每一件事情、每一样东西上面都附加了一大堆繁复的标签。"物"会老，你们家用的那台索尼电视会坏，可是"SONY"这个符号却一直存在，没有年纪，没有时间。"物"会老，但将每一台电视串联起来的"SONY"这个符号不会。

高度资本主义所创造的，就是这种"符号的神话"，

"SONY"永远不老，永远在那里。这台或那台电视会坏，更有可能的是还没坏就被换掉，然而标记在电视上的"SONY"永远不会坏。通过"SONY"，我们碰触了"无时间"。通过"SONY"发明的 CD，我们碰触到了永恒。CD 刚被发明时，给出的宣传就是：人类发明了一种永久保存音乐的方式，那里藏着永远不坏的音乐。于是我们买下了人生的第一张 CD，小心翼翼拆封打开，摸到那个金属的圆形薄片，真的觉得自己摸到了永恒。

同样在那个时代，美国太空总署发射了探测太阳系的无人宇宙飞船——"旅行者一号""旅行者二号"。其中一艘宇宙飞船在探测过几个行星后，将会一直不断地飞行，往太阳系外飞去。朝宇宙一直飞一直飞出去，永远飞行下去。四十年后，我不在了，"旅行者"还在飞；百年后你们都不在，"旅行者"还在飞；四十亿年之后，太阳不见了，"旅行者"还在飞；地球不见了，我们的银河系不见了，"旅行者"都还在飞。或许会有莫名其妙的外星人在我们永远不会知道的时候，在我们永远不会知道的地方，将"旅行者"捕捉了。他们会在太空舱里发现一张上面录了各种地球声音的CD。哇！何等神奇！CD 也是一个符号，一个新的神话，这个神话和现代性中对于时间的高度敏锐，彻底逆反，背道而驰。

村上春树很在意小说里面的符号，这些符号像在一个地图模型上，插了很多玻璃管子或玻璃箱子。阅读村上春树时，如果你对这些符号没有特别感应感觉，符号就产生了隔离时间与变动的效果，由符号构成了一个模型般的世界，和我们的真实世界相对照，却不像真实世界那样不断变动。

然而若是你对其中某个或某些符号有所理解，那你就看到了透明管子、透明箱子里装的东西，于是小说的意义，至少是部分的意义就被你透过符号看到、感受到的讯息和刺激给改变了。

第三章

村上春树的互文丛林
——读《海边的卡夫卡》

关于卡夫卡的三棵大树

对于从来不听爵士乐的读者而言，村上春树作品中那么多爵士乐手的名字和乐曲名称就只是一连串重复的符号而已。但对于熟悉爵士乐的读者，或者会特别用心去读村上春树写的《爵士群像》的人来说，那些符号就承载了不同的东西，为什么在这个时刻听这段音乐，成了小说内容的一部分，有时甚至是非常重要的部分。

一边读小说，一边将两册《爵士群像》放在旁边，小说中出现任何一个爵士乐手的名字——查特·贝克，或者是艾灵顿公爵，或者是迈尔斯·戴维斯，就立刻查查《爵士群像》如何描述这个人。突然之间，穿插在文章里的人名，就开始对你说不一样的话、彰显不一样的意义了。

这就是村上春树小说的"互文"结构。每一个符号都是或大或小的互文可能性，他的小说就是靠各种互文可能性仔细搭盖起来的。作为这样一个有毅力的小说作者，村上春树持续扩张着他的互文世界，愈后来的作品建构了愈庞大且愈复杂的互文丛林。所以我们读村上春树的小说，基本上有两种读法，也是两种走法。第一种走法是看着眼前的路，顺着那条最明显的路走下去，走进去再走出来；但还有另一种走法，是意识到这森林中每一棵树的存在，不只是看被树围出来的那条路，而是去问：为什么要在这里长一棵树？那是棵什么样的树？这树和前面遇到的另一棵树有什么关系？

如果只是走过那条不长树也不长草的道路，我们走完了村上的小说森林，却很可能没有真正读到村上春树。因为他的互文、典故安排都被忽略了，那就失去了村上小说最大的特点与魅力。

读《海边的卡夫卡》，我们至少要追究三棵大树，也是三个大典故。第一，田村卡夫卡为什么要离家出走？其根本原因不是写在这部小说里的，而是来自古远的希腊神话、希腊悲剧。第二，小说的主角为什么给自己取了一个名字"田村卡夫卡"？为什么他身边一直有一个名叫"乌鸦"的少年？"卡夫卡"是什么？"乌鸦"又是什么？第三，田村卡夫卡离家出走，接受那个神秘的召唤，他知道他应该要去一个地方，为什么后来是去了四国？为什么那另一个世界藏在四国的森林里面？

这是三棵巨大得不得了的大树，这是读《海边的卡夫卡》时无法回避的三棵大树。我们一定得好好看看这三棵大树，将它们搞清楚。在观察这三棵大树的过程中，或许我们也就能开始养成习惯去看看其他没有那么大的树，然后一直看到枝干、树叶，乃至于森林地上的一些玻璃瓶、一些纸屑，可能都有道理。

这是我读村上的方法，并且多年来从中得到特殊的乐趣。很少有小说经得起这种追究互文典故方式的阅读，然而村上春树大部分的小说都可以这样读。他喜欢藏典故，而且他藏的典故，幸好都是我还有能力解开的。他对美国、美国文学很熟，翻译过雷蒙德·钱德勒、雷蒙德·卡佛和菲茨杰拉德的小说。他认定全世界最伟大的小说是陀思妥耶夫斯基的《卡拉马佐夫兄弟》。他听爵士乐，他雕冰块喝威士忌，这些都离我没有那么遥远，所以有机会将他设下的陷阱找出来。他是个爱设陷阱的人，那么我们就应该用找出陷阱、拆除陷阱的态度，来享受他的小说。

《俄狄浦斯王》（一）

读《海边的卡夫卡》，不能不了解索福克勒斯的《俄狄浦斯王》这部古希腊悲剧的经典杰作。

《俄狄浦斯王》全剧开始于忒拜城的王宫前面，有一群人聚集在那里，向国王请愿、求救。当时忒拜城的国王俄狄浦斯，听到了门前的骚动，他从里面走出来，问：发生了什么事？

人群中走出一个祭司，作为代表向俄狄浦斯王说："忒拜城内正在流行瘟疫，大批的人感染瘟疫死去，包括还来不及出生的小孩，都被瘟疫夺走了性命。十年前，你曾经帮助我们逃过、克服过重要的劫难，那个时候忒拜的城门口来了可怕的人面狮身怪兽斯芬克斯，是你的智慧救了我们，现在我们需要你再度挺身而出，从瘟疫大难中解救忒拜。"

俄狄浦斯听了，回答说："我早已知道这个状况，特别请了我的大舅子克瑞翁去求取阿波罗的神谕了，他应该马上就回来了，希望他能带回我们需要的答案。"

接着，他们看到克瑞翁来了，他的脸上透露着一点笑容，给大家带来希望。克瑞翁到了宫前，迫不及待地说："我已经得到神谕了，俄狄浦斯王。你要我进去讲给你听，还是在群众的面前告诉他们？"俄狄浦斯王就说："我们没有任何事情要隐瞒的，请你直接说吧！"

克瑞翁说，阿波罗的神谕很直接明白：忒拜城被污染，所以会流行瘟疫。忒拜城受了怎样的污染呢？忒拜城原来有一个王，名叫拉伊奥斯，他死了十年，却迟迟没有人去找出杀他的凶手，帮他复仇。这座城被那桩亵渎神明的弑王罪行，以及那个身带罪行的弑王者污染了。阿波罗的神谕就是："去找出凶手来，将他驱逐出城，瘟疫就会消解，大家可以恢复平安生活。"阿波罗的神谕指示了解决瘟疫的方法，因此克瑞翁的脸上也露出了安心的笑容。

听了神谕，俄狄浦斯王说："这件事情我不了解，我来到忒拜时，老王拉伊奥斯已经不在了，他是什么时候死的？为什么你们又都没有追索凶手，替他报仇呢？"

这得话说从头。十年前，拉伊奥斯是在前往德尔菲神庙的路上，被强盗杀了的。那时候，忒拜城陷入一片恐慌，拉伊奥斯就是为了解决当时降临在忒拜的巨大灾难,才前往德尔菲神庙求助的。灾难的来源,是一只可怕的怪兽——人面狮身兽,它站在忒拜城门口,对城里城外经过城门的人问问题。它问:"什么样的动物小时候用四只脚走路,长大了用两只脚走路,老的时候用三只脚走路,而且他只有一个声音?"这动物会变形,但只有一个声音,所以不会是青蛙。只要有人答不出来或答错了,人面狮身兽就将他吃掉。忒拜人等于就被人面狮身兽关在自己的城里了。因此拉伊奥斯前往德尔菲神庙求助,却不幸地在路上遭遇强盗送了命。

当时忒拜人自顾不暇,如何能找到那强盗为拉伊奥斯报仇!后来人面狮身兽的危机是如何解决的呢?有一个外地来的人,从科林斯来的一位王子,经过忒拜城,面对人面狮身怪兽的问题,毫不迟疑给出了答案:"人。"人面狮身兽因而大受刺激,羞愧而死,解决了灾难。这位科林斯来的王子,就是俄狄浦斯。

灾难解决了,可是老国王拉伊奥斯死了,忒拜不能没有新的王,于是忒拜人就推举替他们解决灾难的俄狄浦斯来当忒拜的新王。俄狄浦斯同意了,而且他还娶了原来的王后、拉伊奥斯的太太为妻。显然在这一连串的重大变化中,大家就忽略了该去寻找凶手、替拉伊奥斯复仇的事了。

剧中这段往事是由祭司和合唱团一搭一唱说明的。听完了说明,俄狄浦斯表达了他的强烈决心:"我们一定要救这座城,既然阿波罗神谕要求找出凶手来，我对你们发誓，你们也要对我发誓，任何人都不能有一点点隐瞒，我们要找出这个凶手来，把他放逐到城外去。所有人要发誓，没有人会窝藏这个凶手。任何人知道任何线索，请一定都要告诉我。"以合唱团为代表，全忒拜城的人都发誓了。

《俄狄浦斯王》（二）

但是从何去找十年前一场路上命案的凶手呢？凶手是拉伊奥斯遇到的强盗，谁又可能知道十年前的强盗现在在哪里？

当然，神一定知道。但人无法强迫神说出答案来，而且阿波罗神谕责成忒拜人自己去找出凶手，才能躲避瘟疫的伤害。那怎么办？到哪里去找到线索呢？俄狄浦斯说："别担心，克瑞翁有一个好建议，我们问不到神给的答案，可以去找能力只比神差一点的人。克瑞翁知道一个了不起的盲眼预言家，叫忒瑞西阿斯。"

忒瑞西阿斯这时候应该有一百多岁了，忒拜建城的时候，他就已经是一位预言家了。忒拜建城时，忒瑞西阿斯就预言：这座城将来会出一位伟人。如果不能让神来帮忙找出凶手，至少还有忒瑞西阿斯。

忒瑞西阿斯来了。这位超过百岁的盲眼老人来到俄狄浦斯面前。然而，一听俄狄浦斯问："请你告诉我，到底是谁杀了拉伊奥斯？"忒瑞西阿斯就发出了哀鸣，他说："怎么会有这种事？为什么我的智慧要带来如此深刻的悲哀？"俄狄浦斯听不懂他在讲什么，就再问了一次："如果你知道，请你告诉我谁杀了拉伊奥斯。"忒瑞西阿斯回答："请你不要再问了，我不会讲的。"俄狄浦斯很惊讶："你怎么可以不讲？"他说："不管你用什么方法问，我就是不会说。"

俄狄浦斯大怒，说："我刚刚才和这个城中所有的人结下盟誓，若是知道有关拉伊奥斯的事，都要来告诉我，我必须尽快找到杀害拉伊奥斯的凶手，才能够解救这座城。城里上上下下每一个人都发了誓，不会有所隐瞒，你却要隐瞒吗？"忒瑞西阿斯竟然回他："对，你发脾气也没有用，我就是要隐瞒。"俄狄浦斯更气了，气得口不择言，说："那我知道了，我知道是谁杀了拉伊奥斯，那就是你。你就是那个凶手，所以你不讲。"

忒瑞西阿斯被俄狄浦斯的话激怒了，他说："我不愿意说，因为我要说的真相没有人能够承受。但既然你用这种方式污蔑我，我就只能将这话还给你，杀了拉伊奥斯的人就在我面前。"俄狄浦斯气得快昏倒了，说："你再说一次！"忒瑞西阿斯就真的说了，而且说得明白："我说杀拉伊奥斯的人就是你。"俄狄浦斯说："你连续侮辱我两次，你连续侮辱我两次！"忒瑞西阿斯继续说："这还不是全部，除了杀害拉伊奥斯，你还干下了更可怕的事。"

一个盲眼的预言家在所有人面前指责俄狄浦斯，说他就是杀拉伊奥斯的人，他就是使忒拜被污染、陷入瘟疫的祸首，还说他做了比杀害拉伊奥斯更可怕的事，对俄狄浦斯来说，这真是"是可忍，孰不可忍"啊！在愤怒中，俄狄浦斯脑中闪过了一个念头，他大声地问忒瑞西阿斯："是克瑞翁教你这样讲的对不对？这是你们的阴谋对不对？我了解了，难怪克瑞翁建议要找你，你跟克瑞翁勾结了要把我赶走。这是政变，这是叛变，你们两个阴谋叛变要谋杀、要陷害你们的国王！"

　　一旁代表群众的合唱团连忙安抚相劝："别再生气了，你已经气到不知道自己在说些什么了。请你不要生气了，我们还是要尊重这个预言家，虽然他说的话可能是错的。"盛怒中，俄狄浦斯将忒瑞西阿斯赶走："你不要出现在我面前，你赶快走，你给我离开！"

《俄狄浦斯王》（三）

　　忒瑞西阿斯离开后，克瑞翁来了。克瑞翁气急败坏地跑来："听说我的国王指控我，在没有任何证据的情况下，指控我要谋害他！这是件可笑、荒谬、不可忍受的事！"听到克瑞翁来了，俄狄浦斯站在他面前，不客气地说："你还有脸站在我面前？你竟然敢用卑鄙的手段试图推翻我！"两个人吵起来，愈吵愈气，俄狄浦斯甚至说出了气话来："我就是要你死！"

克瑞翁说："你不只要我被赶走，还要我死！可是你有什么依据，证明我要害你、要推翻你？"一旁的合唱团就劝俄狄浦斯："你至少要听听他怎么说。"俄狄浦斯质问克瑞翁："你说忒瑞西阿斯是个预言家，能够预见未来，也能看到很多我们看不到的事情。那我问你：十年前拉伊奥斯被杀时，他不就已经在这里了吗？十年前他不就已经是一个预言家了吗？那为什么十年前他不告诉大家到底是谁杀了拉伊奥斯，今天却要在我面前侮辱我，说是我杀了拉伊奥斯？！"

克瑞翁很无辜："我也不知道为什么！但我绝对没有指使他，请你告诉我，在这座城里，我的妹妹是谁？"俄狄浦斯说："你妹妹是我的妻子，她在这个王国里和我一样重要。"克瑞翁再问："那我和我妹妹相比呢？"俄狄浦斯回答说："你还好意思问我！我视你妹妹和你跟我自己一样重要，在忒拜城，我身上有多少权力，就分给你妹妹、分给你同样多的权力。"

克瑞翁就说："是啊！难道我是个笨蛋吗？我实质上拥有和你一样多的权力，而且我不用负担责任，有任何事情人家都找你。现在这座城陷入恐怖、危险的状况，我却莫名其妙设计要推翻你，这意味着我要去追求自己其实已经拥有的，同时去找来我根本不想要的，这个说法合理吗？"俄狄浦斯无法理性分析思考了，他说："我不知道你在讲什么，但不管你怎么辩解，忒瑞西阿斯就是证据，你就是想要推翻我。"

两个人吵得不可开交,眼看局面无法收拾,一旁的合唱团说了:"幸好,王后来了,伊俄卡斯忒,我们的王后来了,希望我们的王后可以平息这场争议。"

王后进来问怎么回事,两人又争吵起来,伊俄卡斯忒只好劝她的哥哥克瑞翁先离开,才能问俄狄浦斯:"为什么要这么生气?"俄狄浦斯说:"我当然生气!一个预言家,一个能够看见过去、现在、未来我们所看不见东西的人,在这个节骨眼上,在我面前指控我杀了你的前夫、原来的国王拉伊奥斯,我怎么可能不生气?"伊俄卡斯忒就安慰他:"啊!如果是为了这个生气,那太不值得了。我可以明白地说,预言没那么了不起,我就知道一个预言不准确的例子。"

"拉伊奥斯年轻时,有一次到阿波罗神庙去,得到了一个非常恐怖的预言。"伊俄卡斯忒说,"我不敢说是阿波罗自己,但我至少可以说是阿波罗神庙的祭司,给了一个这么可怕的预言:拉伊奥斯将来会死在亲生儿子的手里。现在,拉伊奥斯已经死了,他死在一群强盗手里。这不就明明白白告诉我们,预言是不准确的吗?我自己的亲身经历最清楚明白,拉伊奥斯并没有死在他儿子的手中,光是这件事情就应该可以说服你。何必对一个盲眼预言家讲的任何事情发那么大脾气?"

王后接着说:"看看拉伊奥斯,他就是相信了那可怕的预言,因此当年我生下了儿子,拉伊奥斯马上在那婴儿的脚踝上钉了一根钉子,命令仆人将他带走,送到喀泰戎山上杀死。我的儿子已经死了，当然不可能再回来杀害拉伊奥斯。拉伊奥斯是在往德尔菲神庙的路上，在一个三岔路口被一群强盗杀死的。"

《俄狄浦斯王》（四）

伊俄卡斯忒说这些话是为了要让俄狄浦斯安心，的确，俄狄浦斯的脸色和缓了，心里想着：是啊，拉伊奥斯何必要在意预言讲什么？然而听到后来，却有其他理由让俄狄浦斯再度神色紧张。他问伊俄卡斯忒："请再说一次，拉伊奥斯死于何处？"伊俄卡斯忒重复："在那个三岔路口。"俄狄浦斯接着问："那是几年前的事？确切的时间你记得吗？"她说："就是你来到忒拜城的几天前，你帮我们赶走人面狮身兽的前几天。"

接下来他又问："拉伊奥斯长什么样子？"她说："拉伊奥斯长得和你有几分相似，但他的头发是银白色的。"他急忙又问："拉伊奥斯是自己一个人吗，还是身边有其他人？"她回答："最前面有一个斥候，后面还有四个人跟在身旁。"俄狄浦斯这样问："那些跟着拉伊奥斯的人，他们都死了吗？"伊俄卡斯忒说："只有一个人生还，只有一个仆人活着回来。他回来时，知道你已经成了这座城的王，他就要求我让他离开，去到城外，到忒拜最偏远的地方去牧羊。"

俄狄浦斯脑袋里一片混乱。他诚实地告诉伊俄卡斯忒："我来到忒拜之前，就在你刚刚说的那个三岔路口，碰到一个斥候，那个斥候傲慢地叫我让路。他说后面有重要的人要来，一定要我让到路边去，我不肯，就跟他起了冲突，后来他口中的重要的人来了，在冲突中我把他们都杀了。"

伊俄卡斯忒之前从来没听过这件事，简直不知该如何反应，只能反复说："不可能，不可能是你，应该不会是你。"俄狄浦斯尽量保持冷静，他问："我记得你说拉伊奥斯是被一群强盗杀了，对吗？"伊俄卡斯忒赶紧回答："对，那个生还的牧羊人是这样说的，而且不只对我说，所有人都听到他说是'一群强盗'。"俄狄浦斯说："这是我唯一的希望，可不可以去将这个牧羊人找来，如果他看到是一群强盗杀了拉伊奥斯，那当然就不会是我。"伊俄卡斯忒说："那当然，一定不会是你，你只有一个人，你不可能是一群强盗。"

于是他们吩咐了仆人，赶快去把那个生还的牧羊人找来，要弄清楚到底是一个人，还是一群强盗杀了拉伊奥斯。

等待牧羊人到来的过程中，宫廷的门口来了一位信使，他正在问路："可不可以带我去找忒拜王？谁知道忒拜王在哪里？"宫廷外的人告诉他："这就是忒拜的王宫，我们的王就在里面。"信使说："我需要见你们的王，有非常重要的讯息要传达。"

伊俄卡斯忒刚好出来在宫门前，旁边的人就对信使说："我们的王在宫里，不过我们的王后来了。"信使对王后说："我有一个非常令人兴奋，但同时又会引人悲伤的消息要告诉你们。"伊俄卡斯忒说："什么消息？就赶快告诉我吧。不过请先说你从哪里来的。"信使回答："我从科林斯来的。值得兴奋的消息是，你的丈夫现在不只是忒拜的王，同时也是科林斯的王了，因为他的父亲、科林斯的王波吕波斯刚刚去世了，他应该赶紧回到科林斯继承王位。"

这就牵扯到俄狄浦斯的来历了。俄狄浦斯原本是科林斯的王子，有一次在宴会当中，一个喝醉酒的客人说醉话，指着俄狄浦斯说："你不是这个城的王子，你根本不是王的儿子。"这件事引发了科林斯城内各式各样的传言，怀疑俄狄浦斯的出身背景。俄狄浦斯当然觉得很困扰、很痛苦，他就去神庙问阿波罗："我到底是不是科林斯王波吕波斯的儿子？"然而，阿波罗神谕没有回答他问的问题，却告诉他："有一天，你会杀死自己的父亲，而且会娶你的母亲为妻。"

这是什么样恐怖的预言！俄狄浦斯就是为了逃避这个预言，才离开科林斯，才来到忒拜、落脚在忒拜的。他认为，只要他不在科林斯，就不可能杀死父亲；只要他不在科林斯，就不可能娶母亲为妻，所以他要远离科林斯。这是他的来历。

听了信使的消息，伊俄卡斯忒兴奋地呼唤俄狄浦斯出来："你听听看这个信使要告诉你的事。"信使说："那我再说一次，你的父亲、科林斯王波吕波斯已经死了。"伊俄卡斯忒马上接着问:"他怎么死的,有人杀了他吗?"信使回答:"到了一定年纪,死亡来得很容易,只要一点点不对劲,人就过去了,波吕波斯是病死的。"

确认波吕波斯是病死的,是的,他是病死的。伊俄卡斯忒松了一口气,对俄狄浦斯说:"难道我们还要再相信预言吗?预言不是说你会杀死你的父亲吗?你的父亲死了,但他显然不是你杀的,难道你杀了他吗?"俄狄浦斯说:"除非他是因为过度想念我而死的,那可以间接算是我杀的,否则我不可能杀他。"

《俄狄浦斯王》(五)

这时信使催促俄狄浦斯:"快点动身吧!你要不要直接跟我回科林斯去继承王位?"俄狄浦斯犹豫了,想了一下说:"我不能回科林斯。"伊俄卡斯忒劝他:"你应该回去。"信使觉得莫名其妙,俄狄浦斯现在是科林斯的王了,如果他不回科林斯,难道要让科林斯没有王吗?俄狄浦斯犹豫的理由是:"母亲还在啊!那个可怕的预言还有一半没失效,这是我更不能想象的,我不能想象我娶母亲为妻,所以我无法回科林斯城去。"

听俄狄浦斯这样说,信使笑了,他安慰俄狄浦斯:"你确定是因为这件事情不能回科林斯?那太容易了,没有人比我更有资格帮你解除这项疑虑。你相信我绝对没有错。你不用担心你会娶你的母亲为妻，因为科林斯的那个王后，根本就不是你的母亲。"俄狄浦斯很惊讶，他问这是什么意思，信使解释："为什么派我来告诉你这个消息呢？因为在科林斯，我认识你最久。是我亲手将你抱去送给波吕波斯的，你不是他们的儿子，是我把你送给他们的。"

俄狄浦斯听了更惊讶、更困惑了。他说："你的意思是，我其实不是波吕波斯所生的，但他把我亲为儿子一样疼爱。"信使说："对啊！因为他们没有小孩，就将我送给他们的这个小孩，视为再珍贵不过的宝物。"俄狄浦斯又问信使："那我是你儿子吗？"信使立刻否认。信使说："我当时是个牧羊人，有人到我牧羊的地方将你交给我。他说你是一个可怜的小孩，父亲母亲不只不要你，而且希望你死掉，叫他将你杀了，他实在下不了手，所以把你交给我。反正我会将这个小孩带到科林斯去，没有人知道这小孩还活着，环绕着这个小孩的所有其他事情，应该都会在他离开了忒拜之后就失效吧。"

信使对俄狄浦斯继续说："我从他手里把你抱过来，想起了我的主人，我的国王和王后没有小孩，他们多么希望能有一个小孩啊！虽然你的脚有问题，你的脚受过伤，脚踝无法正常弯曲，但他们还是很疼你，也因此你叫作'俄狄浦斯'。"希腊文"俄狄浦斯"的原意，指脚是硬的，无法正常柔软地弯曲走路。信使说："他们是这样疼你啊！但这无法改变事实，这两个人不是你的亲生父母，因此你不用担心那个预言。"

俄狄浦斯再问:"这意味着我出身寒微,来自一个牧羊人家庭吗?到底我生于什么样的家庭呢?你还认得把小孩送给你的那个人吗?"信使说:"我当然认得,他就是拉伊奥斯的仆佣,你现在可以叫人去找他,一定找得到。"俄狄浦斯又大吃一惊,回头问旁人:"他说的这个人你们认识吗?"在一旁的合唱团回答:"我们都不知道啊!"

这时,伊俄卡斯忒说话了:"不要再问了,你不需要知道这些。"俄狄浦斯不解:"我当然要问,就算出身寒微,不配做一个王子,我还是得知道我的身世,我要弄清楚我到底从哪里来的。"伊俄卡斯忒说:"不会是你想象的那样,请你不要再问了,请你不要知道。"俄狄浦斯说:"就算这个悲剧再悲惨,一个人也必须了解他的来历,必须承认、必须接受他自己的来历。"

伊俄卡斯忒劝他,俄狄浦斯却不为所动。他说:"让那个人来吧。"伊俄卡斯忒转头进去了。拉伊奥斯的那个仆人来了,科林斯的信使和他打招呼:"好久不见,你还认得我吧?"那个人看着信使说:"我不认得你,你是谁啊?"信使叙述了当年的种种事情,那个人坚持说不记得,一点都不记得。

信使听了很不高兴,说:"当时就是你把那个小孩交给我,他现在长大了,就在你面前。"那个人还是说:"有这回事吗?"换俄狄浦斯问:"你看着我,请你告诉我,那个小孩从哪里来的?"那个人说:"我不能说,我不要说。"俄狄浦斯说:"我非得要知道我自己的身世不可。"那个人就告诉他说:"你不会想要知道的,请你不要知道。"俄狄浦斯于是命令两个人将那个人绑起来带到后面去,强迫他讲。

那个人不得已,说了:"那个小孩是拉伊奥斯的儿子。因为神谕告诉拉伊奥斯,他将来会死在他儿子的手里,而且他的儿子会娶妈妈为妻,所以这个小孩一出生,拉伊奥斯和伊俄卡斯忒就在他的脚踝上面钉了一个钉子,将他交给我,要我杀死这个小孩。我下不了手,所以就将小孩送给了我认识的唯一一个科林斯人。"

听到这里,俄狄浦斯当然懂了,他说:"我清楚了,在我眼前的所有事情我都明白了——你们也都明白了。"说完他走了进去。

《俄狄浦斯王》(六)

接下来,另外一位信使从王宫里面出来,面色凝重,声音再悲惨不过,告诉所有忒拜的人:"在我们王国发生了最悲惨的事,我不想让你们知道,但你们非知道不可。"于是忒拜人知道了这整件事的来龙去脉,他们知道:俄狄浦斯不是科林斯的王子,他其实是拉伊奥斯的儿子,他一出生就被送走了,却阴错阳差地回到忒拜城。在回忒拜的路上,杀了他的父亲,回到城里之后，娶了他的母亲，生下了两个儿子、两个女儿。所以那两个儿子和两个女儿，是他的小孩，同时也是他的弟弟妹妹；他的妻子同时是他的母亲。这是最恐怖的事。

信使宣布："还有更悲哀的事情，我不能不告诉你们。"他描述伊俄卡斯忒进入皇宫之后，就将自己锁了起来。等俄狄浦斯明了了事情始末，去找伊俄卡斯忒，用尽全力将门撞开，伊俄卡斯忒已经上吊身亡了。俄狄浦斯把伊俄卡斯忒的尸体放下来，拿起伊俄卡斯忒的胸针，猛力地刺自己的眼睛，一刺，再刺……他的两只眼睛充满了血跟泪，他愤怒地对自己的眼睛说："平常的时候，为什么你们什么都没有看出来？"

俄狄浦斯必须依照自己之前立下的命令，依照他自己的誓约，将自己放逐。将自己从忒拜逐出前，他先毁了自己的双眼，全身是血，站在宫廷外面哀号，他无法原谅他自己。克瑞翁跑来拉着他："让我们关起门来，到宫廷里解决吧。"俄狄浦斯说："没有办法，这事情是无法解决的，我必须离开。我知道你应该会善待我的两个儿子，但是那两个女儿，安提戈涅和伊斯墨涅，她们从来没有一顿饭没跟爸爸一起吃，我只希望再摸她们一下，让她们在我身边一下。"

两个女儿来到他身边，他对她们说："这些事情你们无法理解，我只能先向你们道歉。因为我，你们将遭遇许多困难。将来没有人敢娶你们，谁敢娶一个身上充满这种诅咒的人？爸爸对不起你们。"克瑞翁一直要他回到宫里，俄狄浦斯不肯，他非走不可。但是最后关头必须离开时,他忍不住哀号:"不要把女儿从我的身边带走!"克瑞翁不得不无情地回应他:"你已经不是王,你还能下命令吗?"

这整部戏结束于两个女儿被带走,剩下孤零零的俄狄浦斯,他要开始悲痛、恐怖的放逐生涯了。这部戏如此紧凑,戏开场时,这个人什么都有,戏结束时,他什么都没有了。而且不只什么都没有,他的身上背负着人类能够想象的、最可怕的悲哀和痛苦。

"全世界最强悍的十五岁少年"

费了那么长的篇幅介绍《俄狄浦斯王》,包括其中若干细节,除了这部戏本身是如此精彩的经典之外,更重要的是,《俄狄浦斯王》是《海边的卡夫卡》整部小说成立的前提。如果不了解、不能感受索福克勒斯所写的悲剧的强度,我们恐怕连《海边的卡夫卡》开头的第一段话都读不下去。

《海边的卡夫卡》一开头讲什么?一开头是乌鸦少年在对主角"十五岁的少年"说话。乌鸦少年讲得最精彩的,是这段话:

> 有时候所谓命运这东西,就像不断改变前进方向的区域风暴一样。你想要避开它而改变脚步,结果,风暴也好

像在配合你似的改变脚步。你再一次改变脚步，于是风暴也同样地再度改变脚步。好几次又好几次，简直就像黎明前和死神所跳的不祥舞步一样，不断地重复又重复。你要问为什么吗？因为那风暴并不是从某个远方吹来的与你无关的什么。换句话说，那就是你自己。那就是你心中的什么。所以要说你能够做的，只有放弃挣扎，往那风暴中笔直踏步，把眼睛和耳朵紧紧遮住，让沙子进不去，一步一步穿过去就是了。那里面可能既没有太阳、没有月亮、没有方向，有时甚至连正常的时间都没有。那里只有粉碎的骨头般细细白白的沙子在高空中飞舞着而已。要想象这样的风暴。

这其实就是村上春树对《俄狄浦斯王》这部经典的精到评论，同时又是在小说一开始，就毫不保留地揭示了整本小说的主题。《俄狄浦斯王》谈的是"命运"，毫无疑问。"命运"是无法违抗的，命运无所不在。拉伊奥斯和伊俄卡斯忒一开始就知道了命运的安排，早就得到了警告，因而他们想尽办法逃避命运，当机立断把这个将会弑父娶母的小孩丢弃、杀死。俄狄浦斯长大后，也被告知了将会弑父娶母的命运，于是他匆忙地离开了科林斯，也是为了要逃避命运。我们很容易对这部戏留下强烈的印象，它传递了这样一个讯息：命运如此强大，命运铺天盖地而来，作为一个人，你非但无法抵抗，甚至也无法逃脱。

然而以《俄狄浦斯王》故事为底本的《海边的卡夫卡》,书一开始,却是乌鸦反复训诫着,要主角田村卡夫卡做一个"全世界最强悍的十五岁少年"。什么是"全世界最强悍的十五岁少年"?乌鸦讲得清楚明白,就是明知命运,却不逃避,明知风暴要来,却不绕开,而是直直地走进风暴里去。

村上春树对《俄狄浦斯王》有一个特殊的看法,或说他对这部戏有一件根本上不同意、无法同意的事:戏中这些人都试图逃避命运,他们都做了想象自己正在远离风暴的决定,往风暴之外的方向走,以为这样可以躲过风暴。可是他们没想到,从拉伊奥斯、伊俄卡斯忒到俄狄浦斯,他们所做的每一项逃避命运的决定,反而都一步一步将他们拉回到前定的命运里。

从《俄狄浦斯王》出发,村上春树要在《海边的卡夫卡》里写出一个彻底的翻转:脱离命运控制唯一的方式,就是面对命运,勇敢地走进命运风暴中,不管那风暴多强多可怕,唯有如此才能摆脱命运的全面控制。《俄狄浦斯王》戏里的每一个人都只想逃避命运,没有勇气对抗命运,他们没有那种"强悍"。

往命运的风暴中直直走进去,这叫作"强悍"。

忒拜建城的传说

俄狄浦斯与忒拜的故事,在古希腊其实有更早的原型存在。

俄狄浦斯的故事为什么发生在忒拜？这牵扯到关于忒拜建城的传说，而俄狄浦斯的故事是这段传说的变形。

希腊神话中有一个叫作阿尔戈斯的地方，阿尔戈斯国王只生了一个名叫达那厄的独生女，但达那厄一出生就受了诅咒，说她将来生下来的儿子将会杀死外公，也就是杀死达那厄的父亲。知道这个诅咒的人，就劝阿尔戈斯国王，赶紧将女儿杀了，女儿死了自然就不会生小孩，也就自然破解了那道诅咒。

可是阿尔戈斯国王舍不得杀他的女儿。他想了另一个办法，在地下挖一个深坑，地面上只留一个让阳光和空气可以进去的洞，将达那厄放在地底下，不让她跟任何人接触。然而达那厄长大后，天神宙斯就化成金色的雨，从小洞中钻进地底，使得达那厄怀孕了。达那厄还是生了儿子，名叫珀尔修斯。

知道了这件事，阿尔戈斯国王很伤心，他还是狠不下心杀害达那厄和珀尔修斯母子，于是他造了一个木箱子，让达那厄和刚出生的婴孩坐上去，派人将他们拖到海上漂流。阿尔戈斯国王说："我不能亲手杀你，但只要你回不来，我就知道你一定死了。"

然而事情当然不会照他想象的发生。在海上，达那厄和珀尔修斯被一个叫迪克提斯的渔夫救了起来。迪克提斯所在的王国有一个暴君，看上了达那厄，一定要娶达那厄为妻。他喜欢达那厄，却很讨厌达那厄的拖油瓶儿子，就对珀尔修斯说："我要娶你妈妈为妻，让她和你都能过好日子，但首先我们要能说服这个王国的人都喜欢你妈妈，都佩服你妈妈。我希望在我们的婚礼上可以有一件特别的礼物，让国人高兴。我们附近的海上有一座奇怪的小岛，岛上住了三个会作怪的女妖，我希望你能将三个女妖的头取回来，当作是我和你妈妈婚礼的礼物。"

珀尔修斯很爽快地回答："这有什么难的呢？"希腊神话里，有太多这种冲动善闯祸的年轻人了！小岛上的三个女妖有一件神奇、可怕的本事，可以将任何看到她们的人化成石头。显然，这个暴君打的算盘是要珀尔修斯一到岛上，就变成石头再也回不来。然而他的设想落空了，他不晓得珀尔修斯其实是宙斯的儿子，会得到其他天神的协助、保护。

结果珀尔修斯真的将三个女妖收拾了，把她们的头带回来。本来要将女妖头当作婚礼礼物的，却发现根本没有婚礼了。原来达那厄无论如何不愿嫁给暴君，就和原本救他们的渔夫一起逃走了。珀尔修斯提着三个女妖的头，进了暴君的宫殿，那女妖的魔力还在，于是宫殿里的人，包括那暴君，一瞬间就都化成了石头。

珀尔修斯将母亲和渔夫找回来，让渔夫迪克提斯当了国王，达那厄成了王后。达那厄很想念她的父亲，于是就带着珀尔修斯回去阿尔戈斯。到阿尔戈斯才发现父亲已经不在那里了，有人抢走了王位，将她的父王赶走了，不知去向。就在这时，他们听说旁边另一个岛上正在举办运动会，年轻、冲动的珀尔修斯当然想去参加："我要去，没有人比我更有力气了。"去到会场,运动会正在进行,比赛项目是掷铁饼,但是珀尔修斯搞错了,以为是要比标枪,立刻拿了标枪,"咻"地就丢出去了。然而丢出标枪的那一刹那,他眼睛瞥见别人手里都拿着铁饼,一分神,标枪就射歪了。射歪了的标枪,射中了旁边的观众,站在那里被射中、不支倒地的,恰巧就是他的外公。

珀尔修斯是个大力士,他们的家族出了很多大力士,他的曾孙是所有大力士中力气最大、足可以抬起地球来的赫拉克勒斯,而忒拜城就是赫拉克勒斯建造的。赫拉克勒斯也有他的故事,他的悲剧是杀了自己的太太和三个儿子。

神谕与自由意志

让我们对照一下希腊神话和希腊悲剧。

为什么有希腊神话?或者该问,为什么希腊会有如此丰富的神话故事?主要源于希腊人习惯用神话来解释这个世界上的现象,尤其是他们无法清楚归纳、解释的现象。为什么会有季节变化?为什么会有太阳的起落?为什么有云?为什么有海浪?为什么船只在海上航行会翻覆?……

人面对这个世界,有一种最难解释却又最难忍受的现象,那是"偶然"。"偶然"是最不容易理解的,因为偶然意味着没有特别的原因,事情就这样发生了。例如,你走出门,莫名其妙跌了一跤。现在的我们可以接受莫名其妙地跌跤是意外、是偶然，可是对从前的人来讲，需要思考与理解上的强大支撑才有办法接受无解释、不需解释的偶然。

希腊神话的好处是，将世界上所有事情解释为天神意志介入的产物。希腊神话的前提是，在我们可见可感的这个世界之外，有另外一个世界，那是在奥林匹亚山上由天神们所构成的世界。神和人有何不同？神的能力大多了，可以创造、制造出各种人无法操控的现象。任何不是由人制造的，都可以解释为出于神的操控。

既然神有这么大的本事，那神也必然可以操弄人。有人一辈子做好事，却活得痛苦；有人一辈子坏到了极点，却平平安安寿终正寝，这种明显的不公平，对每一个文明都是考验，要如何解释？有所解释，社会才有办法站在这个解释的基础上组织起来，也才能够运作下去。

希腊人的解释是：这来自天神们的操弄。早期先民们引用神的世界、神的意志来解释人间不合理的现象，因而他们所想象出的神的世界，必定是不合理的。希伯来人想象的上帝，随时可能发怒，非常任性、激动，简直无从理解无从猜测，事实上，上帝也就根本拒绝、禁止人对他的猜测与理解。希腊的神也同样任性。不同的是，希腊不只有一个神，奥林匹亚山上有很多神，他们彼此之间会吵架，吵一吵往往就用整人的方式出气。

但很奇怪的是，他们吵架关人什么事？为什么是人要倒霉呢？然而这样的神话世界观可以解释，为什么很多与我们无关的事，却会落到我们头上来。所以希腊神话讲的不只是神的世界，更重要的是讲神与人的互动。神人互动中，神谕扮演了关键角色，面对未知但却庞大的神的意志，人必然有一种焦虑，很想知道神到底在想什么、在干吗，所以人类发明了神的世界，这是超越人间世界，而且控制人间世界的另外一个存在，除此之外，希腊人另外发明了一个很重要的东西，就是我们前面一再提到的"神谕"。

神谕帮助人了解神的想法，但神谕既然是由神告诉人的，它就必然带着极其暧昧、古怪的性质。如果人知道了神谕，可以改变神所预示、订定的结果，借着知道神谕趋吉避凶，那神谕岂不就失灵了？然而，若是人知道了神谕，却终究无法改变神谕所彰示的结果，那知道神谕岂不就毫无意义，为何还要求问神谕呢？知道神谕有什么好处？知道神谕只是增添自己的痛苦而已，不是吗？

希腊人的神话原型里，就清楚地表明了命运不可违逆。然而到了索福克勒斯写俄狄浦斯的故事时，关于命运的思考更深邃、更复杂，同时也更丰富了。在这里探触到了人的自由意志、自由行为，与神谕不可改变这件事之间所产生的冲突，这正是希腊悲剧最核心的关怀。拿掉了命运这回事，希腊悲剧就不成立了。

对抗命运的责任

希腊悲剧是什么？一般常识概念里的悲剧是一回事，古希腊人意念中的悲剧是另外一回事。譬如说，你们家的狗死了，那是一般会让你感到悲伤、悲哀的事，但不是希腊悲剧。希腊悲剧一定牵涉人与神之间的角力，一定牵涉命运。希腊悲剧展现出来的是人如何与命运挣扎。

人和命运挣扎有很多种不同的形式。《俄狄浦斯王》是其中的一种形式，是人无论如何挣扎都克服不了命运的悲剧、巨大的悲剧。戏里每个人都想尽一切办法，努力挣扎，最后都还是被命运收服了。俄狄浦斯终究按照命运的安排，杀了他的父亲，娶了他的母亲，做了他自己绝对不愿意做的事情。

然而，不要忘了，希腊悲剧还有另外一种精神，用另一种形式显示人与命运的冲突。那就是，虽然命运必然将你带到它的脚下逼你屈服，人之所以为人最大的特色却在于：就算提早知道结局，人还是会挣扎；就算明知挣扎不会有效，仍然无法不去挣扎。

《俄狄浦斯王》是索福克勒斯写的"忒拜城三部曲"的第一部。接下来另外有一部《安提戈涅》。安提戈涅是俄狄浦斯的女儿，俄狄浦斯自我放逐前最舍不得的就是他的两个女儿。大女儿叫安提戈涅，小女儿叫伊斯墨涅。

《安提戈涅》是俄狄浦斯悲剧的延续。俄狄浦斯和伊俄卡斯忒生了两个儿子、两个女儿，两个儿子后来却在复杂的情况下兄弟相残，双双身亡。继俄狄浦斯成为忒拜王的克瑞翁对这件事做了评断：兄弟中有一个人应获得正常的葬礼，但另外一个，犯下错误导致悲剧发生的，则必须曝尸荒野，以示公惩，谁敢去为他收尸，等同死罪。

《安提戈涅》一开头，天还没亮时，安提戈涅去找妹妹伊斯墨涅，特别将她带到王宫门外的庭园里，避开别人。安提戈涅问："你愿意和我一起去吗？"伊斯墨涅说："去哪里？""去收尸。"

即使必然要死，即使违背克瑞翁的命令，安提戈涅都要去收尸。整部戏环绕着安提戈涅的意志，她明明知道有明确的规定不该违背，也有明确的现实条件，她根本无力改变，但她就是不能不去违背规定，不去挑战现实。

安提戈涅成了希腊悲剧精神的重要象征，她的作为、她的决定彰显了希腊人认定"什么是人"的标准，并指示了为什么希腊人觉得悲剧具有升华、净化的效果。这是一场很重要的戏，因为这是希腊悲剧的另一种精神。人不是神，不具备神的操控能力，然而有时候，人却可以比神更有尊严。神永远没有办法取得这份人的尊严，即使是宙斯，即使是雅典的守护神、雅典人最喜欢的雅典娜，都没有办法达到这种悲剧的境界。正因为神太自由了，他要怎么样就可以怎么样。

人的尊严来自人的不自由，人的尊贵来自即使明知不自由，却还是挣扎着去开拓自己的自由，去试探自己的自由，就算因此得到悲剧的下场，也在所不惜。这叫作人。一开头就接受自己应该被摆弄，可以不自由、不求自由地走下去，相比努力挣扎不断对抗，两者的终点就算完全一样，其意义却是天差地别。人在明知不自由却不放弃求取自由中，取得了尊严与尊贵。这就是像《安提戈涅》这样的希腊悲剧提出的人的定义。

明知有悲惨结局，还是坚持对抗，终于走入悲惨结局，这种"人的态度"最核心的观念，就是村上春树在《海边的卡夫卡》中要处理的，也就是"责任"。一个抗拒命运的人，即使他最后失败，他也是为自己做了决定，并为自己的决定负责，而不是不负责任地将自己交给命运控制。

换句话说，结局的那个悲惨下场，因而有了不同的意义，那是和神、和命运对抗付出的代价、换来的结果。不是神任性主观规定的，而是他的对抗和反抗带来的惩罚。那意味着，这个人所得到的和他的行为中间有着相应的责任关系。而随波逐流走到最后，却还是完蛋的人，最大的问题就是，他的人生没有任何承担，没有任何责任。

田村卡夫卡的疑惑

村上春树在《海边的卡夫卡》一开头，就写了一段对于

《俄狄浦斯王》的评论,到了下册,他又写出了一段评论。村上春树能成为一个优秀的写作者,因为他先是一个敏感、善于思索的阅读者。他读到我们一般在阅读《俄狄浦斯王》时,不一定会读到的重点。

俄狄浦斯还是杀了他的父亲,娶了他的母亲,但这些行为都没有意义,对他自己个人没有意义,那只是命运的操弄,命运以他作为工具实现出来。俄狄浦斯最大的悲哀,正在于他是无辜的,他杀了拉伊奥斯,娶了伊俄卡斯忒,但他是不知情的,他是无辜的。这是我们一般读到的讯息。然而村上春树不停留在这样的讯息上,他不放过,他要继续追究、思考:弑父娶母的行为,真的和俄狄浦斯自己没有关系,他真的是无辜的吗?他用小说,尤其是小说中的母子关系情节,顽固地思考这个问题。

十五岁的少年田村卡夫卡必须离家,因为他心中带着一份解不开的疑惑与痛苦。离家时,他带了一张照片,照片是他四岁时和母亲、姐姐的合影,这是他的母亲离开他前拍摄的照片。他的疑惑与痛苦是:为什么母亲要遗弃他?姐姐不是母亲亲生的,可是她却带着姐姐离开,将他抛下了。就算妈妈真的那么受不了这段婚姻、这个家庭,为什么不带他走?为什么却带了姐姐走?这个十五岁少年经历的一切,主要来自这份深刻的疑惑与伤痛。他确确实实、完全无法自欺地被母亲舍下了,有什么如此重要的理由使得妈妈非得抛弃他不可?他要探问,他非知道这个答案不可。

聚焦在田村卡夫卡的疑惑、伤痛上，村上春树刺激我们，提醒我们想想俄狄浦斯故事的另一个面向。这两个人，一个是拉伊奥斯，一个是伊俄卡斯忒，面对命运威胁时，他们表现得如此理所当然：把一个刚出生的小孩脚踝打上钉子，就送他去死。他们甚至没有像神话原型中的阿尔戈斯国王表现出舍不得，没有尝试要让这小孩活着。这样对吗？他们凭什么可以如此理所当然地抛弃自己的亲生儿子？俄狄浦斯后来知道了他自己是这样被抛弃，他做何感想？戏中他没有来得及表达。

村上春树不放过这一点。他的小说似乎就是从戏剧结束后，所延续出去的一条线开始的。刺瞎自己双眼，将自己放逐出城，孤单地走在黑暗中的俄狄浦斯在想什么？他难道不会想：为什么你们那么容易就放弃我？为什么你们那么容易就决定让我去死？换成从这个角度看，俄狄浦斯弑父娶母的行为，就有了不同的意义。拉伊奥斯和伊俄卡斯忒是纯粹无辜的吗？他们只是逃不过命运摆弄的可怜虫吗？他们选择逃避，可是逃不过命运，难道他们不需承担逃避命运的责任吗？

命运来自神谕，然而想要逃避命运而将亲生儿子抛弃的决定，却来自拉伊奥斯和伊俄卡斯忒自己。在戏里面没有讲到这一点，村上春树却在《海边的卡夫卡》小说中，费了很多篇幅，花很大力气讨论这件事。从这个角度读《海边的卡夫卡》，让我常常觉得很不忍。到底是什么样的人，经历过什么样的人生，会从俄狄浦斯的故事中挖出这样的关怀？会想出田村卡夫卡这样的怀疑与伤痛？这纯粹是出于小说家优异的想象能力吗？

村上春树很少提他的父亲，他结了婚却不养小孩，这里有他拒绝和读者沟通、分享的生命秘密。我只能说，我也不想知道那个秘密究竟是什么，因为光是小说里写出来的怀疑与伤痛就已经够可怕、够让人难过了。

知其不可而为之

除了希腊悲剧表现对命运的反抗精神之外，我们不妨看看东方世界，距今两千多年前的孔子如何看待命运，如何看待人的角色。

长期以来，我对孔子抱持着强烈的义愤感受。他是个真正了不起的人，然而却受到很不公平的误解，而且往往愈是推崇他的人，愈是不了解他。在他所处的春秋时代环境中，孔子其实非常叛逆。今天被当作陈腔滥调的"朝闻道，夕死可矣"，仔细想想，那是多么热情、激昂的宣告。回到孔子的原始情境里，他要表达的是什么？那是如此简单、如此直截了当，人世间还有一种东西，只要得到了，当下死去都了无遗憾。

这就是西方浪漫主义走到最高峰，诗人拜伦的基本精神：

在人的热情追求中，有一些目标是超越于生命的，正是这种目标才刺激我们的热情，才值得我们去追求。孔子经常、持续地谈这种超越生命的目标。

孔子生命价值的另一个重点是"知其不可而为之"。他不是个不了解现实的人，他对于现实的观察既认真又敏锐，对他在那个时代所要实现的目标，他并没有不切实际的幻想。他更从来没有幻想，靠自己一个人的力量，就可以成功扭转时代。后世那些将他刻画成"素王"的说法，完全偏离他的自我认知。他特别强调"知其不可而为之"，就是明明知道不会有结果，但还要做，这必定是非常热情的人才讲得出的话。

孔子的大弟子子路也是个热情、冲动的人。子路只比孔子小九岁，两人关系其实介于师友之间。在《论语》，还有后来的《孔子家语》中，留有很多对于子路个性的记录。子路从来没有对老师讲过任何一句阿谀谄媚的话，他最常讲的，是对于老师的质疑、不以为然，甚至嘲笑。

一直到生命的最后，子路都保持了这样的冲动和真性情。卫国大乱，卫国国君父子互相争夺王位。在动乱中，就连孔子一个很忠厚老实的弟子子羔，都要从卫国逃出来。他离开卫国时，却遇见了正要闯进卫国去的子路。子羔劝子路不要进去了，但子路不听，因为他当时是卫国大夫的家臣，卫国有难他非去不可，那是他的原则。

孔子后来知道了这件事，惊惶地说："柴也其来，由也死矣。"柴指的是高柴，也就是子羔，由则是仲由，也就是子路。子羔回来了，那子路完了！果然，子路在这次卫国动乱中被杀了，他在死前最后做的一件事，是将打斗中断掉的帽带重新结好，他说："君子死，冠不免。"坦然面对死亡，这是多了不起的事！而且将礼仪看得比生死更重要。还有，子路借着这样的动作，直到死前都在表现对于杀他的人的睥睨，讽刺他们不懂礼，以至于父子兵戎相见、争夺王位。那一年，子路六十三岁，其实已经是个应该待在家里安养天年的老人了，但他还是那么冲动，那么充满热情。

孔子及其弟子有股强烈的精神，信守一些基本原则，不去在意信守原则可能带来的结果。信守原则本身是目的，不是手段，不是为了求取什么结果才信守原则。

现代的新儒家将这种精神称为"道德自主性"。我们无法确定道德的结果，然而道德的动机、信守道德的原则，却是别人干预不了的，是人完全可以自己做主的。"信守原则，不计后果""知其不可而为之"，这是从春秋时期原始儒家一直到今天还留着的重要精神。这种精神的内在，尤其透过子路之死来看，显现出一份悲壮，然而这份悲壮，和希腊的悲剧不一样。

为什么有悲壮，没有悲剧？因为孔子从一开头就排除了考虑结果，不让结果干扰是否信守原则、如何信守原则的决定。意思就是：知道结果，我会这样做；不知道结果，我还是会这样做。知道最后我的心愿会达成，我会这样做；知道结果无论如何达不到我要的，我还是这样做。孔子很不愿意谈"命"，这刚好和希腊悲剧中"命运""宿命"扮演的如此重要的角色，形成强烈对比。子路冲进卫国时，心底没有去想结局会怎样，自己是否会因此丧命，他只在意这是原则上该做的事，那里面充满悲壮，却不是希腊式的悲剧。

无能为力的恐怖

对应中国古典的悲壮，我们可以进一步确认，村上春树是用希腊悲剧的方式，引用俄狄浦斯的故事来作为《海边的卡夫卡》的潜在背景。借大岛先生之口，村上春树写了这样一段话。大岛先生直望着田村卡夫卡的眼睛，说：

> 你注意听哦，田村卡夫卡老弟。你现在所感觉的事情，很多都变成希腊悲剧的主题。并不是人选择命运，而是命运选择人。这是希腊悲剧根本的世界观。而这悲剧性——这是亚里士多德定义的——与其说由啼笑皆非的事情或当事人的缺点造成，不如说是依据优点为杠杆所带来的，我说的你懂吗？人不是因为缺点，而是因为美德被拖进更大的悲剧里去的。索福克勒斯的《俄狄浦斯王》就是显著的例子。俄狄浦斯王的情况，不是因为怠惰和愚钝，而是因

为勇敢和正直为他带来悲剧。其中不可避免地产生了 irony（讽刺），命运的嘲弄。

这是希腊人的世界观中，真正最特别的一点。从他们独特的神人二元结构，神可以任意干预人世想象来看，这和孔子不在乎结果的态度很不一样。希腊人相信，或至少是希腊悲剧中不断呈现：人的主观往往会带来相反的客观结果。想要做好事的努力，经常是恶事真正的根源，人的主观摆脱不了命运，只是命运的工具。人努力了半天，最后只是证明了命运无可抗拒。

希腊的悲剧更惨烈些。他们的"知其不可而为之"是知道命运那么严密，还是要反抗。《俄狄浦斯王》最深刻的悲剧性在哪里？在于戏开始之前，神谕对于俄狄浦斯的预言已经实现了。他已经在十年前的那个三岔路口杀了他爸爸拉伊奥斯，同样在十年前娶了他的妈妈伊俄卡斯忒。换句话说，这部戏的重点不在于俄狄浦斯被命运所拘执，命运已经发生、实现了。光是从命运的角度来看的话，太阳神早就证明他是对的，神谕早就操弄了这些人，让他们努力逃避命运，想要避免悲剧的发生，结果反而恰好掉进悲剧里。

如果不是讲命运的操控，那《俄狄浦斯王》到底在讲什么？它要讲更残酷的东西，俄狄浦斯已经陷入命运安排里了，戏中发生的，是命运要在他眼前揭晓。那是天启，一件秘密的事情被打开来，揭示出来。最深刻的悲剧不在俄狄浦斯弑父娶母，而在于因为他的勇敢跟正直，他认为他有责任将瘟疫从忒拜城赶走，结果给自己招惹来最大的痛苦。

他知道了自己弑父娶母这件事，虽然命运操弄的这件可怕的事，在十年前就已经发生了。但是最沉痛的悲哀毕竟是来自知道自己竟然做了这样的事，知道自己及相关的人，花了这么大的力气还是逃不过命运。这是希腊人对于命运与人的关系的一种奇特的理解。

对希腊人而言，最恐怖的诅咒是让你知道自己在命运中，却彻彻底底逃脱不了。命运不只要操控你，还要向你揭晓：命运是这么一回事。希腊神话中有几项很有名的惩罚，例如西西弗斯的惩罚：他被处罚不断把巨石推到山顶上，但是巨石到了山顶却一定会掉下来，他只好再重来一次，从山脚再把巨石推上去。和西西弗斯类似的，还有普罗米修斯受到的惩罚。普罗米修斯因为盗火，把火偷给了人类，所以被宙斯惩罚。老鹰会不断地啄他的肝，把他的肝吃掉，可是他的肝立刻又会复原长好。因而那被啄食的痛不断循环反复，不会结束。

还有特洛伊国王的女儿卡珊德拉。卡珊德拉受到的惩罚是什么？阿波罗喜欢卡珊德拉，送她一份大礼物，给她只有神才能拥有的能力——准确地预知未来。但她没有接受阿波罗的求爱，阿波罗一怒之下，再送她另一份礼物，当然是一份恐怖的礼物——卡珊德拉还是会准确预知未来，她讲出来的每一个预言都是对的,但没有人愿意听她的,没有人会相信她。

最可怕的不是神秘、未知,而是被告知了我们完全无能为力的事,让你知道事情就是如此,但你完全没有办法逃脱。就像卡珊德拉讲的每一个预言都没有人相信,可是她却完全无计可施,只能眼看着她预言的可怕事情发生。而类似这些故事,其实都展现出同一种最悲惨的命运。所谓最悲惨的命运,意思是说,神秘的东西不可怕,可怕的是什么?可怕的是对我们揭晓而我们却无能为力。这就是《海边的卡夫卡》中出现的"俄狄浦斯情境"。

不过,《海边的卡夫卡》里不只用到了《俄狄浦斯王》,村上春树还有其他东西,他还有卡夫卡。

卡夫卡的《在流放地》

卡夫卡在《海边的卡夫卡》的哪里出现?为什么要在这里提到卡夫卡?这又是一个不能不碰触的巨大问题。小说中最早出现卡夫卡的地方,也就是读者第一次知道主角、叙述者叫作田村卡夫卡的时候。他碰到那件神秘奇怪的事情,不得已只好去向大岛先生求救。他告诉大岛先生他的名字:田村卡夫卡。大岛先生说:"好奇怪的名字……你可能读过几本弗朗茨·卡夫卡的作品,对不对?"

田村卡夫卡点点头，表示：他读过《城堡》、《审判》和《变形记》，然后又补了一句："还有那出现奇怪行刑机器的故事。"大岛先生知道，他说的那篇小说是《在流放地》。

大岛先生说："那是我喜欢的故事，世界上虽然有许多作家，但是除了卡夫卡之外，谁也无法写出那样的故事。"田村卡夫卡同意，他说："短篇里面我也最喜欢这篇。"小说里提示了：在田村卡夫卡和大岛先生的眼中，最足以代表卡夫卡的重要作品是《在流放地》。村上春树真会选，也真狠心，选了一篇即使对热爱卡夫卡作品、研究卡夫卡的人来说，都不得不承认很难懂的小说。

《在流放地》讲的是一位旅行者去到流放地。在小说中，主角从头到尾就叫"旅行者"，没有其他名字。他最重要的就只有一个身份——从外地来的人。"旅行者"是一位法律考察专家，考察各地的法律风俗，显然因此而来到了这个"流放地"。有人犯了重罪，被判处流放之刑，被从家乡流放到偏远的地方、流放到文明世界的边缘，而流放这些人的地方，就是"流放地"。世界史上最有名的"流放地"，就是澳大利亚，英国过去将许多重刑犯、那些应与正常社会隔绝的犯人，流放到他们能够想象的最远之处，即南半球的澳大利亚，眼不见为净。

"流放地"的一项特征，就是在世界的边缘，至少是在文明的边缘。这位旅行者到了流放地，他到达流放地的时候，这块流放地刚刚经历了一场重大变化。老的司令官死了，换上一名新的司令官。新的司令官知道旅行者来访，就邀请他参观一次行刑，有一名犯人正要被处刑。

到了行刑的地方，旅行者发现那里摆着一台奇怪的行刑机器。有一名军官负责管理这台机器，另外有一名士兵在一旁服务，当然还有一名即将要被处刑的犯人。故事就发生在这几个人之间。

掌管机器的军官非常热情，兴奋地要展示给旅行者看，这部机器是何等神奇、何等完美。军官还特别介绍：机器是老司令官发明的，老司令官费了很大的力气设计、发明这部完美的行刑机器。接着他很惊讶地发现，新的司令官竟然没有先向旅行者介绍这部机器，军官忍不住抱怨起新司令官对这部机器太没有感情了！

通过军官的说明，读者不妨想象一下这是一部什么样的机器。行刑机器分为两层，下层是一张像床一样的平板，犯人要被剥光了衣服，面朝下趴在那里。和床平行的上层，则是一部奇特"绘图机"，绘图机下面突出了许多钉耙，就是用钉耙来"画图"。机器如何行刑？军官的说法很简单：你犯了什么样的错，机器就会把你的罪名通过绘图机所操纵的耙子刻写在你身上。

显然是基于法律专家的立场，外来旅行者好奇地问军官："这个要被处刑的犯人犯了什么错，是用什么方法审判的？可以让我知道吗？"军官很大方地回答："当然，他就是由我审判的。这个犯人是个仆人，他的职责是每天要守夜。有一晚，他守夜时睡着了，被长官发现，长官就打他，他却没有乖乖地接受长官的责打，还拉住长官，甚至对长官语出威胁。他的长官告到我这边来，我就判了他的罪名。他的罪名是什么？是'要尊重你的长官'，这就是他的罪名。"

旅行者听了觉得很不对劲："可是你不必问一下犯人的说法吗？你不必听取一下别人的证词吗？只要听长官的话你就可以做出判决了？"军官理直气壮地说："如果去问这个犯人，他一定会否认，之后我还要花很大力气去揭穿他的谎言，不需要这样做。"

旅行者心中生出了不愉快的感觉。他觉得这真是个落后野蛮的地方，或许因为在这里都是被流放的犯人吧，法律程序如此草率。不过他并没有将自己的想法说出来。军官很兴奋地提起以前老司令还在时，每次要行刑，附近所有的人都会来看。老司令官亲自主持行刑，而且过程中，每一个人都看得津津有味。

军官从机器上取了"绘图"的图版来，给旅行者看，问他："你看得懂吗？上面除了有字以外，还有很复杂的花纹。"旅行者看不懂，看不出来图版上有什么。军官说："没关系，你等一下就会看到了。"图版被放回了机器，就要开始行刑了。不过就在这时，被绑到机器上的犯人突然呕吐了，把机器吐得一塌糊涂。军官气得不得了，气得大骂他的司令官："我早就说过了，犯人在行刑之前不能吃东西。他们不只要给他吃东西，还要同情他、给他吃糖，所以就有这个结果！"

因为机器被呕吐物弄脏了，无法马上行刑，军官只好用讲的，描述给旅行者听。行刑的过程一共要花十二个小时，前面六个小时犯人会很痛。钉耙持续刺在犯人的皮肤上，犯人背上流出血来，旁边帮忙的人就要冲水，将血冲掉，让犯人皮肤维持干净，然后继续刻。在这极度痛苦的六小时里，很奇特的是，犯人还会有食欲，所以准备了一个装有稀饭的热锅在那里让犯人趴着吃。

公正的审判

六个小时之后就不一样了。六个小时之后，犯人不痛了，转而进入一种快乐幸福的状态。为什么他会感到快乐幸福呢？因为此时犯人理解了这整件事。犯人明白了，他所承受的痛苦，原来就来自机器在他身上刻写的罪名。于是犯人的心情进入新的阶段，他开始努力想要解读出背上正在刻写的罪名。这样又花了六个小时，终于犯人确知刻在背上的罪名了，行刑也就结束了。犯人既然死了，这台伟大、完美的机器会在十二小时行刑结束后，自动将犯人举起来，丢进大篮子里。

军官热心地说得口沫横飞，旅行者心底大大不以为然："我的老天！这是个什么样的野蛮刑罚！犯人没有公平的审判，不管什么样的罪都受到同样的刑罚，最后全部都死掉！"他暗暗下了决心，一定要去劝告司令官废除这样的做法。军官好像看穿了他的念头，对他说："我知道为什么我们的司令官要找你来。他想利用你的权威。我可以想见，他要把所有的人都召集起来，然后找你去，对所有人说：'我们请来了一位对世界各地法律与刑罚都很了解的专家，他观摩了我们这边的法律跟刑罚，我们来听听他的意见吧！'然后你一定会说：'你们这里的犯人没有得到公正的审判，没有得到正确的刑罚。'司令官就可以趁机宣布废除这一套行刑做法。"

军官很激动地拉着旅行者说："可是你不了解，在老司令官的精心设计下，这部行刑机器是一样多么精巧、多么棒的东西。以前行刑的时候，所有的人都要来看，看那个犯人到了最后脸上所呈现出来的幸福光芒。等你真正看了行刑的结果，你应该会支持我。"他还想出了一条巧计："这样吧，最好的方法是我们来演一出戏，让司令官误以为你就如同他所想象的，很讨厌这个行刑机器。到了那个关键时刻，当司令官问你觉得怎么样，你就很诚实地告诉他说：'这个行刑机器实在太了不起了！'"

旅行者拒绝了军官的提议，也拒绝支持行刑机器。军官再问一次："你确定真的如此决定了？"旅行者说："我确实决定这样，我的看法是如此。"军官突然说："好，那时候到了，是时候了!"他叫犯人从机器上起来,说:"你走,你自由了。"军官接着开始脱下自己身上的衣服,然后他拿了一张图版给旅行者看,问他是否看得懂上面的文字?旅行者还是看不懂。军官说上面写的是"要公正"。

军官将那张图版放进机器里,把自己剥光了,换成他去躺在行刑机器的床上,然后机器开始动了起来。军官代替了犯人示范行刑机器,要让旅行者看到行刑机器的神奇之处,而既然旅行者认定他在审判上不够公正,他得到的罪名就是:"要公正。"

机器开始运转了,起初很顺利,然后原本叽叽嘎嘎的声音突然没有了,接着一个齿轮"砰!"的一声跳出来,再来,"砰!"的一声又跳出另外一个齿轮。简直像是卡通画面,一个一个齿轮一直飞出来,一直飞出来,到最后整个机器瓦解了,两根巨大的针将那个军官钉死在床上,那本来是要到最后才降下来的大针,突然掉下来把他钉死了。

旅行者吓了一大跳,可是也别无办法。后来,旅行者匆忙离开了,在路上特别去看了老司令官的坟墓。老司令官的坟墓藏在一家店里,还要把椅子挪开才看得见。然后旅行者跳上了船,离开了这个地方,小说就结束了。

真的就这样结束了,因为《在流放地》是卡夫卡生前就发表了的作品,显然他当时认定这是一个完整的故事。

村上对《在流放地》的解读

这个故事在讲什么？为什么要讲这样一个故事？有不同的人，提出过不同的解释。真的，卡夫卡最大的魅力、他的文学地位的来由，就在于他提供了一种在我们生命经验里面其实很重要，但大部分人很少感受到的"不懂的乐趣"。

阅读时，我们习惯以为懂了才会有乐趣。卡夫卡的小说不断地阻止你去"懂"，不让你轻易可以回答："这一大篇到底要讲什么？"绝大部分我们不懂的东西，包括像爱因斯坦的广义相对论、狭义相对论，或者维特根斯坦与罗素的数理哲学，我们顶多就是觉得崇拜而已，很难会感受到有什么乐趣，更不会觉得受到吸引。

明明知道不懂，但是内心却有一个声音不断对自己说："嗯，我想再读一点，再多给我一点吧！"这是卡夫卡作品很特殊的魅力。《在流放地》就是这种让人不懂，却又让人没有办法放下来的小说。几十年来，应该有很多人写过对《在流放地》的解读，不过我猜他们没有一个人的读法和村上春树相同。村上春树在《海边的卡夫卡》里，写了一种对《在流放地》的解读，虽然不是那么明白直接说的，但那些三言两语的暗示，如果我们够认真够仔细去思考的话，还是会浮现出其意义的。

田村卡夫卡和大岛先生讨论《在流放地》，他说：

> 与其说卡夫卡想说明我们所处的状况，不如说是想将那复杂的机械做纯粹的机械化说明……也就是说，他借着这样做，而能把我们所处的状况比谁都更生动地说明出来。不是借着说明状况，而是借着述说机械的细部。

你们懂田村卡夫卡这段话的意思吗？村上春树觉得读者不一定会懂，怕你不懂，所以隔了两段，他让田村卡夫卡再讲了一次，换了一种说法：

> 关于卡夫卡的小说，我的回答应该是得到他肯定的吧，多多少少。不过我真正想说的话却应该是还没有传达好。我那样说，并不是以对卡夫卡的小说的一般论来说的。我只是对非常具体的事物，做具体陈述而已。那复杂又目的不明的行刑机器，在现实的我们身边是实际存在的。那不是比喻或寓言。不过不只对大岛先生，不管对谁以什么样的方式说明，人家大概都无法了解。

"不管对谁以什么样的方式说明，人家大概都无法了解。"这句话是挑衅，看看你们这些读者，是否就是那无法了解的"人家"。既然一位作者用这种方式明白挑战我们，作为读者，我们别无选择，不能随随便便退缩，直接承认："你说得对，我就是不了解。"我们至少要好好试试，至少要回到《在流放地》

好好想想。

命运具备公正性吗？

那个机器在现实里，是在我们身边实际存在的，它不是比喻。村上春树通过田村卡夫卡表明他的看法：卡夫卡借由描述这个机器，而不是描述状况，反而更清楚地说明了我们的处境。我们的处境是什么？从俄狄浦斯、命运一路读下来，行刑的机器最有可能要讲的是，在面对命运时，我们在生命当中感觉与命运发生关系时，最具体的一种感受。换一种比较清楚的语言说：人的一生，不就都是努力想要知道，命运究竟在我们背上刻写了什么吗？

然而，如何才能了解我们背上刻写了什么？唯一的办法是经过长期的痛苦，只有在痛苦当中，才能慢慢理解究竟什么东西被写在了我们生命里。或者再用命运的语言来说：人一生当中，最重要的遭遇与经历，就是不断承受各式各样的痛苦，挣扎着想要了解我们的命运。什么时候我们会了解命运？等到一切都来不及改变的时候，你就知道命运是怎么一回事了。这是《在流放地》里那个复杂但又不知用途的机器，最主要的象征意义。

如此解读流放地的行刑机器，我们可进而解释《在流放地》

这篇小说可能指向的其他意涵。小说里，新旧两任的司令官，有不同的思考逻辑。老司令官的那一套逻辑，是一种"命运的逻辑"、人的生命整体的逻辑；而新的司令官，也包括这位外来的旅行者所抱持的信念，则是一种理性的逻辑系统。这两套系统是无法并容的，两套系统有完全不一样的公正概念。

从"命运的逻辑"看，公正在哪里？它唯一的公正就在于每一个人都有一个罪名，每一个人在那受刑的过程中都一样，都是到了最后命运会向你揭露，你会在最后时刻了解你的命运。至于为什么我得到这样的命运，并不包括在公正概念之内。我们没有办法去和命运争论，说为什么我是这样的命。你的命这样那样，无从讨论公不公平，唯一公平，至少是平等的地方，就是你和所有的人都一样，到了一切都来不及的时候，你就会知道你的命运是什么。

新司令官和法学专家代表的，是世俗的、一般情境底下的逻辑。这套逻辑认定：有罪才有罚，什么样的罪就应该要有什么样的相应的惩罚。决定罪与罚必须有一个程序，罪跟罚之间的冲量才构成公正。

新旧两任司令官所信仰的，甚至说他们所关心、所谈论、所彰示的罪与罚，是两种完全不同层次的东西。我们很容易了解新司令官和外来旅行者的思考方式。是啊！莫名其妙，一个人没有得到公开、正当的审判，怎么就被架到机器上去！然而，那个人被架上去行刑的机器，本来就不是为了实现世俗的罪与罚。它象征的，或者说它模拟的，是我们人生当中比所有外在机制、学校、法律、金钱、社会可能给我们的惩罚，更深刻、更关键、更根本的一套东西。

我们绝大部分的人，在绝大部分的时间中，只需要看世俗逻辑下的罪与罚。你付了钱进教室听一门课，老师却没有来上课，如果不退学费，就应该补课，这是我们日常在意的公正，也是我们通常所理解的公正。绝大部分的时间里，我们不会意识到，也就不需要去思考另一个层次的公正问题。或许该说，绝大部分时间里，我们懂得如何欺瞒自己，假装只有这套罪与罚，假装生命当中最重要的就是这套罪与罚。这个人犯法了，把他抓起来；那个人杀了人，不让他假释。我们相信这是最重要的。

卡夫卡，或者是田村卡夫卡，或者说是村上春树通过田村卡夫卡看到了卡夫卡要说的另外一套东西。那是一旦认真追究，会让我们很头痛、很头大的东西：为什么我是这样的命？为什么我是这样的一个人？更重要的是，在生命当中我承受的所有挫折、不幸、痛苦，公平吗？有意义吗？

痛苦的意义

村上春树确实掌握到了卡夫卡作品中关键的讯息。卡夫卡的作品很大一部分在谈人的痛苦。所谓"谈人的痛苦",并不是去描述人的痛苦,卡夫卡远比描述痛苦更深刻。卡夫卡是个那么敏感,又那么疏离的人。活在二十世纪早期,现代环境快速变化的状况下,卡夫卡的作品里,一直有一个隐约但是明确的主题,就是:我们所承受的痛苦,究竟有何意义?过去对于这个问题有现成的答案、最简单的答案:这是果报,你的痛苦是你自己生命的惩罚。这个答案最容易理解,却往往最经不起事实的考验。

先别说自己,毕竟每一个人都是有私心的,常常觉得发生在你身上的惩罚是不应该的。那就看看别人好了。你认识的人当中,有几个你觉得他在生命中所得到的,等同于他的所作所为?这么烂的人却当上司,每天吃香喝辣,不高兴还可以乱骂人;这么好的人,和我一样好的人,却要做他的部属,每天看他脸色。要让果报观念有说服力,通常就要加很多复杂的成分。

所以印度人用轮回——前世今生不断的累积,来解释一切。你今天为什么这么可怜?明明你没有做什么坏事啊!喔,原来是在你不知道、你不记得的时候,前一世、前两世,你已经做过坏事了,今生的遭遇是前世带来的果报,所以还是有道理的,还是公平的。为了保证果报的素朴公平性,轮回是很有用的补充。

但轮回不是西方人找到的答案。西方人最早找到的、长期以来最清楚接受的答案，是上帝的意旨。上帝可以有各式各样的变形，不过没有变的是，上帝决定了人的痛苦的意义，那意义上帝知道，人——因为我们不是上帝，所以不一定能知道，但是你必须保有信念，相信无所不在、无所不能、无所不见、无所不知的上帝一定知道他的意旨。你的痛苦有时不完全来自自己的行为，而是上帝另有安排、另有设计。

尤其是从犹太教到基督教，经过耶稣基督的转化，痛苦取得了全新的定义，从而打开了另一个世界。耶稣基督因何受难？他为什么被钉上十字架？不是因为他自己做坏事，他是"无辜受难"，为了替所有人救赎。痛苦和救赎通过耶稣基督的例子联结在一起——每一个受苦的人都有福了。受苦意味着你正在累积赎罪的点数，你正在接近天堂的路上。在"人的城市"（city of man）里过得愈痛苦就意味着有愈大的机会进入永恒的"上帝之城"（city of God）。人的痛苦变成是有明确方向与意义的。

因此我们才能理解当年马丁·路德为什么要特别抗议"赎罪券"，为什么新教改革的重点，会放在"赎罪券"上。因为教会卖的"赎罪券"违反了耶稣基督开启的痛苦意义。"赎罪券"让人不经痛苦、不受折磨，在人的城市尽情享受，只要付了钱就可以规避痛苦，进到永恒的上帝之城。这是违背耶稣基督原始教义的，是最严重的不公平。

要如何述说"无意义"?

卡夫卡活在一个人不再能那么信任上帝,也就不再能确知痛苦意义的时代。你没有办法继续相信上帝,你没有办法相信上帝无所不知,随时在衡量、在记录:啊!你今天受苦三十八分,隔壁那家伙只有十二分,他现在比你舒服、比你得意,但没关系,正因为如此,在前往天堂的路上,你就比隔壁那家伙领先了二十六步。这个概念不再能够维持了,相对地,人真实遭遇的痛苦并没有减缓,并没有因为我们不相信上帝了,就变得不痛苦。不相信上帝,不能继续用那种方式信任上帝,人的痛苦就失去了缓冲,不再有意义的保障,因而在人心中产生了最大的迷惘。

卡夫卡和那个时代所有人,一同陷在这迷惘中,而在处理这迷惘时,他有着超越一般人的勇气。一般人都是在失去上帝后,很自然地寻找各式各样的替代品。卡夫卡要写的,他要彰显、他要揭露的却是:或许痛苦真的就是没有意义的。他一直用他的文字去碰触这最难述说的讯息。请问:要如何述说"无意义"呢?

卡夫卡的文字难读,因为根本上他要写的东西和写作本身的目的是背反的。写作原本是为了彰示意义或建立意义,可是卡夫卡却要借由写作打破我们相信、我们执守的意义,或是打破我们对意义的一些幻想,让我们明白其中的无意义。要借由他的小说去写无意义，这当然很困难。没有几个作家写得出像卡夫卡那么神秘、那么暧昧，但同时又那么精准地触动那个时代最深恐惧的作品。读卡夫卡，愈读我们真的愈不知道还能够对于人的痛苦抱持什么样的意义信仰。卡夫卡最大的特色在于他的勇气，他敢于去面对，敢于去彰示这样的无意义。

所以卡夫卡是现代主义的重要代表。他将走入现代之前许多我们以为能够稳稳掌握的东西，都拿出来探索。用他的寓言进行各式各样的探索，然后问：你还认为这是很有意义的吗？我们不再确定，我们不再确知，我们只能一一地怀疑，一一地去处理自己内心内在的空洞。

卡夫卡另外还有一篇有名的寓言《在法的门前》。《在法的门前》讲的是"法"，在中文里有"法律"和"律法"两层意义。卡夫卡是个犹太人，他有来自犹太人的强烈律法概念。《在法的门前》是一篇很短的寓言故事。有一个乡下人来到了法的门前，在那里东张西望，看到一名魁梧强壮的警卫，他就问警卫说："我可以进去吗？"警卫说："你不可以进去，至少现在不可以进去。我在这里看守，你如果要进去，你得闯过我，你可以试试看啊！那我告诉你，你如果闯过我了，后面还有一个警卫，后面还有又一个警卫，最后面那一个警卫是连我都不敢正眼看他的，所以你不可以进去。但你可以试试看，你可以闯，如果你要闯的话。"

那乡下人又瘦又小，他怎么敢闯呢？他就说："好，我现在不能进去,那我将来可以进去吗?"这个警卫就说:"也许将来有机会你可以进去,但你现在就是不能进去。"所以那个乡下人就站在法的门前,从门底下、门缝偷看门里面到底是怎么一回事,在那里一直等、一直等、一直等。

他愈来愈老,等到他背都弯下去了,等到他身体都直不起来了,他发出很微弱的声音去问那个警卫。他实在太衰弱了,很老了,警卫听不到他讲话,只好把身子低下来听他讲话。他对警卫说:"我想我快要死了,我大概没有机会走进法的门了,可是在我死前有一个问题,可不可以请你回答我?""你的问题是什么?"他问:"法律适用于每一个人,不是吗?然而我在法的门前等了一辈子,为什么都没有看到另外的人,没有任何一个人走到法的门前要求进去吗?"那警卫回答说:"那很简单,因为这扇门就是专门为你设的,我现在要把门关起来了。"

故事结束了。我不解释这故事说什么,只是让这故事进入你们的脑中。我相信任何人知道了这故事都会去想,都会有所疑惑:这是什么?为什么会有这样的故事?而只要你开始想,你就进入了一个和之前不一样的情境,不再能够那么简单相信"法律适用于每一个人""法律面前人人平等"这样简单而抽象的概念。

创造这种心理效果,是卡夫卡寓言的最大作用。

"爱"是对世界的重建

《海边的卡夫卡》里，主角叫作田村卡夫卡，他碰到的佐伯小姐，年轻时写过一首歌，歌名叫作《海边的卡夫卡》。这首歌表达了佐伯小姐和她的男朋友如此要好、如此幸福、如此完美。在完美的幸福中，佐伯小姐写了《海边的卡夫卡》。歌曲《海边的卡夫卡》发行了单曲唱片，卖了两百万张，简直是幸福的锦上添花。

然而在幸福的顶点上，竟然莫名其妙、没有任何道理地，这个男友在学校里因为被误认为别人，被人活活打死了。那死亡没有一点点道理，那死亡更没有任何一点点的价值。一个最高的幸福突然被折断，才引发了后面所有事情，包括田村卡夫卡的身世与遭遇。和田村卡夫卡连在一起，或许会比较明白我为什么用这种方式读《在流放地》。村上春树认为卡夫卡在告诉我们：人生就像在行刑机器上的过程，你一直解读不出来设定了的罪名，一直到死去的前一刻。还没有死，那就不会有命运真正的、最后的答案，一定要到了再也活不下去时，命运才完整揭示。在此之前，我们只能不断猜测，却无法知道究竟是否猜对了。

这是一个非常卡夫卡式，而且非常悲观的故事；既是俄狄浦斯、希腊式的悲剧，又是卡夫卡式的，关于人的痛苦没有意义、没有特殊道理的立场。《海边的卡夫卡》建立在两层基础上，第一层俄狄浦斯，第二层卡夫卡，其核心的讯息沉重得不得了。

不过正如前面提到的，村上春树在小说中嵌入了一个对于俄狄浦斯故事的批判，指出了这个悲剧中没有被追究的一件事情，那就是父母的责任，难道如此轻易丢弃小孩没有责任吗？他们真的是无辜的吗？针对卡夫卡，村上春树也提出了他的补充或修正。书中，大岛先生找到那一张他妈妈珍藏的《海边的卡夫卡》唱片，交给田村卡夫卡。田村卡夫卡准备要放来听时，大岛先生和他有了一段对话。他们谈到了幽灵。他们看见了十五岁的佐伯小姐出现在房间里，田村因而忍不住问大岛先生：有没有"生灵"？是不是只有死了才会变成幽灵，还是活着的人会有肉体之外的"生灵"？

讨论中，大岛先生两度引用《雨月物语》里两个武士的故事。两个武士约定好了要见面，但其中一个武士被关了起来，没有办法赴约。这个武士为了践约，只好将他自己杀了，才能化成幽灵去赴约。大岛先生用这个故事表示，恐怕人还是得死掉才会变成幽灵。但有意思的是，大岛先生接着补充说：

> 人为了信义或亲情或友情好像不太能变成生灵的样子。在那样的情况下死是必要的。人会为了信义或亲情或友情而舍弃生命，化为灵魂。如果活着又要有可能化为灵魂，以我所知，还是只有从恶心、负面的感情出发。

因为《源氏物语》里有一个故事,讲具有强烈害人意念的人,坐在房间里,在自己都没有察觉的情况下,竟然就灵魂离窍去害人了。和《雨月物语》的故事对照,那好像是说好人不会化作生灵,坏人却会。可是田村卡夫卡还在思考,大岛先生又加了一句按语:

> "不过正如你说的那样,也许有人从正面的爱而成为生灵的例子。我对这个问题并没有深入研究。也许会发生。"大岛先生说,"所谓爱,是对世界的重建,因此什么事情都有可能发生。"

从这里我们知道了,村上春树不会让读者绝望,这就是为什么村上春树会吸引读者,让读者乐意读下去,不管他写再沉重的主题。说了这么多卡夫卡之后,他在这里给了一个精巧的修正,以人与人之间的爱来进行对于卡夫卡的修正。卡夫卡告诉我们人的痛苦是无意义的世界,村上春树则补充说明:但有可能那个"人类受苦经验无意义"的世界,不是唯一的世界,因为"所谓爱,是对世界的重建",或许可以在这上面建造出一个完全不同的世界。

村上春树似乎在指认:作为一个小说家,卡夫卡最大的问题在于,他小说中呈现的世界太有说服力,他的呈现方式很容易让我们觉得那就是唯一的世界。

爱不会是没有意义的

卡夫卡的作品中，最多人读过的应该是《变形记》，讲的是主角格里高尔·萨姆沙一天早上醒来，发现自己变成了一只虫。格里高尔·萨姆沙变成了虫，虽然他还是他，只是换了一个大家不习惯、不喜欢的外表，但是突然之间，他作为一个人的价值与意义就全部改变了。

在卡夫卡的想象记录中，让人格外印象深刻而且深觉难过的，是家人如何一步一步改变对待格里高尔·萨姆沙的态度。刚开始时，他们很努力地试图要帮他，试图要了解到底发生了什么事；后来慢慢习惯他变成虫这件事，接着发现他的存在很令人尴尬，更使人不方便，就尽量想办法将他隔离起来，不要打扰到别人的"正常"生活。接下来，家人心中浮出了渴望，暗暗不能说出口的渴望——希望他最好消失，最好赶快消失。在这过程中，格里高尔·萨姆沙身边的家人，爸爸、妈妈和妹妹，一步一步将他们的爱从他身上撤回来，一步一步背叛了他。

格里高尔·萨姆沙后来死了，他被不晓得是谁丢的苹果，在背上砸了一个伤口，有一天他妈妈进屋时，发现他已经死了。他不是因为背上的伤口而死去的，而是因为他已经无法继续作为一个被爱的对象，彻底失去了活下去的力量。以《变形记》为例，村上春树的修正是有道理的。《变形记》里所发生的事，不是必然的。格里高尔·萨姆沙是先变成了一只虫，带着虫的外表经历了这些；这不是人作为人的存在中的必然，但因为卡夫卡写得太精彩、太传神了，这个故事往往就被当作是关于人的存在的普遍寓言，也就是被看作代表了人的存在的必然，极度悲哀的必然状况。

从一个角度看，我们可以说村上春树比较俗气一点，也比较知道如何卖书；换从另一个角度看，他有他深刻的信念，至少是反复努力希望说服他读者的价值观，那就是人与人之间诚挚的爱，是有意义的，是会造成变化的。

《海边的卡夫卡》小说的后半，村上春树就是要描述一个借由真爱而改变了的世界。为了追寻爱，进入一个不应该进去的世界。这部分内容是个隐喻，其主轴精神，在对应俄狄浦斯与卡夫卡时，已经提得很清楚了。他要对他们说：你们所彰示的世界之所以如此混乱，之所以受命运宰制，之所以痛苦全无意义，那是因为爱这回事被抽开了。

爱不会是没有意义的，至少他希望爱不会是没有意义的。所以他要将爱放回俄狄浦斯的悲剧里，将爱放回卡夫卡的寓言里，看看会发生什么事。如果爱是重要的，重要到可以抵抗命运，那会怎样？如果爱够重要，重要到可以解释我们的痛苦，那会怎样？这部小说因而有了不同的痛苦，有了不同的色彩。它来自俄狄浦斯的悲剧，又有卡夫卡的黑暗，可是我们读的时候，得到的感觉和读俄狄浦斯不一样，和读卡夫卡也不一样。

理解了村上春树是如何拼凑出这部小说,我们更清楚看出,村上春树之为村上春树的焦点:他可以如此明目张胆地采用别人写来再俗滥不过的主题,从中写出不一样的内容。如果我一开始就告诉你,《海边的卡夫卡》是一本告诉我们"爱可以克服一切"的小说,你会想要读吗?但是讲了这么多之后,我终究还是要告诉你这件事,这就是一本告诉你"爱可以克服一切"的小说。

村上春树为什么做得到?因为他聪明地运用了大量的"互文"。其他的人想学他写一个爱得死去活来的故事,不管是想学《挪威的森林》,还是想学《海边的卡夫卡》,都没办法真正学得到。那些模仿村上春树者,他们没有这些互文的资源,不懂得将这些深刻的东西加进来变成小说内容的一部分。这是关键的差距,也因此阅读《海边的卡夫卡》时,我们所需要付出的努力与精神,绝对要比读其他同样谈论"爱是伟大的"的小说时多上好几倍,甚至几十倍。

大江健三郎与乌鸦

一百多年来,一共有两个日本人得到诺贝尔文学奖,第一个是川端康成,第二个是大江健三郎。川端康成在一九六八年,是以其具有日本代表性的特质得奖的。在西方人眼中,他是最具备日本传统之美的作家。川端康成也刻意配合营造这个形象。他在诺贝尔奖的颁奖典礼上所发表的演说，叫作《日本之美与我》，差一点连多年来帮他翻译作品的译者都被难倒了。

川端康成在演讲中大谈特谈平安时代以降的日本之美，尤其是日本文学当中的美，引用了和歌、汉诗，以及各式各样的典故。川端接受了西方人认定的角色，作为一个承担日本之美的责任代表，利用诺贝尔奖的场合宣扬日本文化。

然而，后来大江健三郎在一九九四年得奖时，他的领奖演说词，刻意呼应了川端康成，取了标题《暧昧的日本与我》。这篇演说词有一部分其实是在批判川端康成的。在他看来，川端康成和日本的关系，远比川端自己呈现的来得暧昧：第一，川端康成在本质上并不是一个传统的日本作家，川端康成承袭、模仿了很多从十九世纪后期一直到现代主义的西方文学的笔法；第二，川端康成描述的日本，是由单纯的日本之美所构成的，不是真实的日本，真实的日本是个极度暧昧的地方。

前面是川端康成，后面是大江健三郎，这两个得奖的日本作家，还真是天差地别。川端康成写的是极度漂亮、极度典雅的日文。然而大江健三郎的日文却连日本人读来都觉得吃力，而懂英文或懂法文的日本人，会觉得读英文、法文译本似乎还比较容易。大江健三郎的很多作品很早就被翻译成法文，在法国出版，读者真的可以舍日文，改用法文来了解大江健三郎。大江健三郎如此高度西化，是在"二战"后日本被迫向世界开放的新环境中长大的人。

一九六三年六月,当时二十八岁的大江健三郎生了第一个儿子。他的儿子一出生的时候,他在新生儿病房里第一眼看到儿子头上长了很大的一个瘤。医生告诉他非动手术不可。可是医生在一开始就讲明了,没有把握开刀之后小孩可以活下来,就算活下来,说不定也会变成植物人,因为脑部长了瘤,什么都说不准。

那真是个慌乱的情况。他一方面必须去安排小孩动手术的事,担心这个小孩不能活下去,活下去之后也不知道会变成什么样;另外一方面,要在奔波中照顾他太太,帮助她接受生出一个畸形儿的事实,帮助她从产后的状态中复原。于是他的妈妈就住到他家里来帮忙。

过了一阵子之后,小孩的状况还不清楚,他收到户政事务所催促他去办儿子出生登记的通知。要办出生登记,最重要也是最麻烦的事,就是必须取好名字。

那时候大江健三郎正在读一位法国犹太裔哲学家西蒙娜·薇依的著作,书中提到了因纽特人的神话故事。故事里说世界刚刚形成的时候,大地上有一只乌鸦,这只乌鸦在捡拾地上的豆子吃,但是到处都是漆黑一片,很难找出豆子在哪里。于是这只乌鸦就想:"啊!如果这个世界有光,那我要吃豆子就方便多了!"它这样想着,突然世界就有光了。西蒙娜·薇依用这个例子来显现希望具有多么庞大的力量,因纽特人相信,就连光都是来自一只乌鸦单纯的希望。

这时候,大江健三郎的妈妈问起要给小孩取什么名字,大江健三郎告诉他的妈妈:"我可能会用一本书里的典故帮小孩取名字。"他的妈妈问那书是谁写的,他回答:"是一个法国的哲学家。"妈妈就点点头说:"那也蛮不错的。"此时大江健三郎突然开了很不合时宜的玩笑,对他的妈妈说:"所以我要将这个小孩取名叫乌鸦,大江乌鸦就是你孙子的名字。"大江健三郎的妈妈气得不得了,掉头走到楼上去不理他了。他很后悔,自己怎么讲出这样的话。

第二天他要出发去户政事务所了,他妈妈从楼上下来,主动跟他说:"哎!其实叫大江乌鸦也没什么不好。"他才赶快跟妈妈说:"不,不,我改变心意了,我决定了,这个小孩应该叫作大江光。"

动完手术之后,大江光活下来了,可是他的脑部发育不全,所以他看起来就是个发育迟缓的智障儿。因此家中经历了许多痛苦、许多困扰,包括安排大江光受什么样的教育等事情。

大江健三郎和大江光一家,生命当中最重要的转折出现在他们居住在一座岛上的时候。岛上有很多鸟,经常可以听到鸟叫声。有一天大江光突然发出了一连串奇怪的声音,像是在跟鸟对话一样。之后大江光的听觉快速发展,他爱上了音乐。在大江健三郎最要好的朋友之一、日本最了不起的现代作曲家武满彻的协助下,大江光走上了音乐的路,也成了一位作曲家。

听懂了鸟的语言，开拓了大江光的生命。我在二〇〇三年去日本时，还曾躬逢其盛，见到了大江光新作品发表的盛会。他就是差一点被叫成大江乌鸦的大江健三郎的儿子。

四国的森林

大江健三郎一九三五年出生于四国。日本包括四个主要的岛屿：本州、九州、四国、北海道。相对于其他三个岛，四国应该是中国人最陌生，也是最少去旅游的。四国岛在日本有着奇特的边缘位置。

大江健三郎出生在四国岛中部的爱媛县喜多郡大濑村。那个地方在哪里呢？查一下地图，四国有一条中央山脉，他的出生地就是中央山脉里的一个村子。他出生后没多久爆发了中日战争，后来又扩大成为第二次世界大战。大江是战争中在山里长大的，他对于森林有很深厚的感情。

他重要的代表作，也是诺贝尔文学奖颁奖词上特别提及的作品，《万延元年的足球队》里有这样的一段话，他形容：

> 林道在阴暗常绿树林的墙壁环绕下，奔驰于深沟底；我们停在林道的一点上，头上有条狭隘的冬日天空线条。午后的天雨鳖像水流的颜色逐渐变动一样褪色，并且缓缓

下降。晚上，天空像鲍鱼壳盖住肉一样，关闭了广大的森林。一想象它，就有封闭恐惧感。虽在这深幽的森林中长大，每次穿越森林回到自己的山谷，我就无法从那窒闷的感觉中超脱出来。窒息感的核心纠缠着已逝祖先的感情精髓。他们长久以来不断被强大的长宗我部追逐，一直退到森林深处，才发现稍微抵抗了森林侵蚀力的纺锤形洼地，而定居下来。

这是他对森林的描述。这段描述有几个重点。第一，大江描述的地方，是传统上的土佐藩，尤其是土佐藩的长宗我部。小说中要挖掘、联结的，就是藏在山中死去的祖先长宗我部的感情精髓。土佐藩的根据地，就在爱媛县旁边的高知县。是的，《海边的卡夫卡》中，大岛先生带田村卡夫卡去的那栋完全寂寞孤立的小屋，就在高知县。

第二个重点：在大江健三郎笔下，森林中最特殊之处，就在于它是聚积祖先灵魂和祖先记忆的处所。森林是一个奇特的时空，在一般环境里，我们理所当然的认定，不加怀疑、不加思考的单线时间假定，进入森林后，经常就有了戏剧性的改变。深入森林，很容易给人一种感觉，觉得那不只是一趟空间行程，而牵涉了时间的交错。时间在这里，不是简单地往前走，而是有更复杂的方向。一般的村落生活中不会直接感受祖先的灵魂，但一旦走进那森林里，它们就好像暧昧却又具体地包围上来。

大江健三郎写过他祖母讲的故事,说森林里有那么多树,每个人都在森林中拥有一棵自己的生命树。如果你碰巧走到了自己的生命树下,就会遇到未来的自己。这故事一直在大江的脑中盘桓,小时候他常常想:"如果发现了生命之树,在树下遇到了一个老公公,那是六十年后的我,那我要跟这个老公公说什么话?"他年纪大了之后,并没有完全脱离这故事,而是倒过来想:"那么等到我六十多岁了,来到生命之树下,是不是就会碰到六十年前八岁的自己?我要如何面对他?要跟他说什么?"

大江健三郎的小说中一个重要的主题,就是时间——过去、现在、未来——会在森林中交错。现在的自己会在森林中最特殊的一棵树下遇见以前的自己,或者遇见以后的自己。

大江健三郎写过他如何走上文学道路的起点。小学时,一位从外地来的老师,带同学们去海边远足。查了地图就会知道,爱媛县离海边有一段距离,他们走了一个小时左右才到。那应该就是《海边的卡夫卡》中,中田先生和星野先生两个人坐着看海的地方吧?

那是大江健三郎生平第一次看见大海。回来后老师要求大家将看到海的感觉写成作文。大家小时候一定写过类似的远足、旅游感想吧?还记得你们是怎么写的吗?显然,大江健三郎的写法,和我们大部分人的都不一样。

他写道:"去到海边,让我很庆幸住在山里面。如果住在海边,每天要听海潮的声音,那多么吵闹啊!"老师读了他的作文很生气,把他叫去训话:"你这样写作文,对住在海边的人很不礼貌吧?"然后老师更不客气地告诉他说:"我从外地来到你们山里,可一点都不觉得你们山里面很安静,我觉得你们讲话好大声好吵!"

这段话让大江很疑惑,他一直以为山里是很安静的。于是那几天他特别认真地注意自己周遭的环境。他注意到其实山真的不是静的,远远看觉得山一动不动,近看却会发现森林一刻没有停过,一直在动、一直在动。将视角从原本习惯的距离拉近,愈拉愈近,他看到了树枝上有一颗露珠,露珠中反射出一个微小但却又似完足的世界。大受震动之余,他提笔写了生平的第一首诗。

战争的回忆

从一九三五年到一九四五年,大江健三郎在森林中度过了童年。住在山中,不太能够感觉到战争。战争顶多就是有一些从陌生都市来的小孩,被疏散到这里来,稍有一点变化。虽然没有直接感觉到战争,却逃不掉军国主义的气氛,老师每天反复说着:第一,天皇多么伟大;第二,如果战争继续扩大,说不定有一天也会到这里来。

然而小孩听老师说有一天战争可能也会来到四国的山中，被激起的感觉不是战斗欲，不是害怕，而是："如果那样，我们就不用再羡慕东京人了。我们就和他们一样，都为天皇而努力过，为天皇而奉献牺牲过了。"那是一份特殊的感觉，正因为看不到战争的残酷，所以对待战争有一种浪漫的态度。

到了大江健三郎十岁时，一九四五年，战争结束了。日本从军国主义侵略者，一下子变成被美军占领的战败国。尤其在四国这个偏乡中的偏乡，这个变化来得又快又剧烈。从来没有人跟他们预告过日本有可能投降，更没有人提过日本可能会被美国人占领统治。

几乎是前一天还听着"玉碎"的宣传，无论如何要反抗到底，直到剩下最后一个人，隔一天天皇的"玉音放送"就从收音机传来，日本投降了。接着，没多久后，美国占领军来了，日本人竟然还热情地接纳、拥抱他们。

对大江健三郎这个十岁的男孩来说，这是完全无法理解的变化。最伟大的天皇、不败的天皇，带头投降了；至于那最可恶的美国人，现在却普遍被赞美了。

美军占领时期，学校老师出了一道作文题目，交代班上作文最好的几个小孩来写。题目是《科学有什么用？》。脑袋还没转过来的大江健三郎想到了一个答案：日本需要科学，如果努力发展科学的话，就能打赢下一场战争了。但是这次作文比赛，主办单位是美国占领军总部。老师把大江找来："不可以，绝对不可以这样写！"如果被美国人发现日本小孩还存着打下一场战争、打赢下一场战争的想法，那还得了？

大江被迫改了作文内容。作文交出去后，那篇改过的文章得奖了。美军派了吉普车来，将得奖的学生送到爱媛县的总部领奖。每个小孩吃到了一个美国汉堡，另外领到了蓄电池。大概美军也不知道要给小孩子什么奖品，也没有用心特别准备，反正部队里蓄电池很多，就分送给每人当奖品。

抱着蓄电池回学校，大江一度立下大功。战败之后，日本第一次参加国际运动比赛，派出的是女子排球队。校长用大江领回来的蓄电池接上收音机，在操场上将女排队比赛转播给全校听。那块蓄电池也出了好大风头。后来，大江班上一个要好的同学，偷偷闯进学校的实验室里去玩电池，结果不幸电池燃烧，把实验室都给烧了。校长知道了，当然将这小孩抓来痛责一顿，这小孩被处罚过后，当天没有回家，第二天，他的尸体浮在河面上。

这真是件悲惨的事，同学的葬礼上，同学的妈妈看到了大江，对着他大骂："就为了你那块该死的电池！"大江健三郎记得这件事，更记得当下感受到的教训："如果我不要听从老师的去改作文，如果我不要迎合去写'对'的内容，就不会有后来这些事了。"

为死去的人活回来

因为战争结束后的巨大变化,大江健三郎一度不愿去上学,不愿意面对老师讲的和原来完全相反的话。逃学时他就混在森林里,妈妈知道了,帮他在一棵大树上盖了一座树屋,不上学时,他躲在树屋里自己读书,读自己想读的书。特别是他读不懂,或平常读不下去的书,他就带到树屋里去读。

他也在森林中乱逛,有一次走到森林深处,迷了路走不出来,中间又遇到下雨,还出动了消防队才把他救出来,回家后他就生病发高烧了。他记得自己病了很久,病得很重,妈妈一直在身边陪着他。他告诉他妈妈:"我快要死了,我快要死了。"妈妈抱着他,安慰他说:"你不要担心,你不要怕,如果你死了,我会把你生回来。"

他怀疑地问妈妈:"要如何把我生回来?你再生的小孩不会是我,只会是我弟弟。"妈妈就回答:"没有关系,弟弟一出生,从第一天开始,我就会把你做过的事情、你想过的事情、你讲过的话,一直不断地告诉他,一直不断地告诉他,他就会变成你,我就把你生回来了。"听起来蛮有道理的,所以病中的大江健三郎就安心睡着了,后来从病中复原了。

这段经过被写在一本叫作《为什么孩子要上学》的书中。最初拿到这本《为什么孩子要上学》,基于我原先对大江健三郎的了解,我以为大江健三郎对"为什么孩子要上学"这个问题的答案会是：小孩实在没有什么非去上学不可的道理。但我猜错了，他先写了自己小时候不上学的经验，写到大病一场，从病中复原了，他突然理解了人应该去上学，然后就自动地去上学了。

因为妈妈跟他说的那段话，病好了之后，有一阵子他常常恍惚，搞不清楚自己究竟是谁。是那个哥哥，还是哥哥死掉之后，被妈妈当作哥哥生回来的弟弟？无从分别，怎么分辨到底是自己真正的经验，还是妈妈反复讲的哥哥的事，被当成自己的经验而被记得？他觉得很有可能自己其实已经死了，他是被生回来的。

后来他释然了，而且从这段怀疑的过程中得到了领悟：人活着的一个重要意义，在于人必须知道在自己之前的人怎么活，等于每个人都有责任为先前死去的人活回来，将他们活过的经验留下来。人为什么要上学？孩子为什么要上学？不是为了让自己得到好成绩，不是为了让自己学到技能，将来混口饭吃。不是。而是在上学的环境当中，小孩才能够知道以前别的小孩，一代又一代的小孩活过的经验。这是大江健三郎给的很特别的答案。

"森林中充满了黑暗的光辉"

后来他离开山中村庄，到松山去念高中，在那里认识了伊丹十三。伊丹十三是他的学长，学校里有一门世界史的课，因为师资不够，就将各年级混在同一班上课。上课很无聊，伊丹十三就和坐在旁边的学弟玩游戏，是什么样的游戏呢？写诗接力的游戏，一个人写两行诗然后递给另外一个人继续接下去。从接力写的诗句中，伊丹十三对这个学弟留下了深刻印象，多年之后，写文章回忆时，还提到大江当时写的一个句子："森林中充满了黑暗的光辉。"伊丹十三后来成了演员、导演，一度是日本在世界影坛最有名的导演，他也是大江健三郎的大舅子，他妹妹嫁给了大江健三郎。

伊丹十三长得一副外国人眼中日本人的模样，一看就是个典型又好看的日本人，所以外国电影里有日本人角色时，他是会被优先考虑的人。后来他去当导演，导了几部很棒的电影。他的成名作是《葬礼》，一部高明的喜剧片。葬礼不是什么快乐的事，将葬礼拍成喜剧，需要才华，需要勇气，需要对于社会习俗的深入观察，更需要丰沛的讽刺精神。伊丹十三还导过另一部名片《蒲公英》，讲的是卖拉面的故事，用很华丽的影像呈现了日本人对食物，尤其是对拉面的执迷。

"森林中充满了黑暗的光辉"是让伊丹十三印象最深刻的句子，后来大江健三郎的作品里面经常出现类似的气氛、主题。

念高中时，大江读到了一位东京大学法文系教授的书，大受感动，就决定要去东大上这个老师的课。这是他到东京最大的动力。不过，东大毕竟不是想要进去就轻易可以进去的。第一年，大江没有考上，补习了一年，再考一次。

第二次考试是一九五四年，那一年东大有一项特别的措施，战后第一次开放让台湾人投考，大概有不少台湾人去报考了吧。大江健三郎的回忆：考试时，他有一张答题纸不小心掉到地上，被旁边的人一脚踩上去，整张纸脏掉了，他很紧张，结结巴巴地向监考老师再要一张答题纸。他大概是太紧张也太结巴了，于是老师就用很慢很慢的语速，一个字一个字地发音问他："你是台湾来的吗？"他紧张到不敢否认，就点点头拿到了考卷。

后来他考进了东大，遇到了这位监考老师，老师竟然还记得他，每次都刻意放慢速度说："早安啊，吃饱了没有？现在过得比较适应了吗？"大江实在不晓得该如何对他说自己其实不是台湾人。有趣的是，大江从这件事中得到的经验教训，按他的说法是：在那样的尴尬状态中，他体验到了流亡者的感觉。他可以感觉到他所使用的语言，是一种流亡者、无力者的语言。而且自己是怯懦的，"为了使这样的自己获得勇气，我决心凭借想象力，破坏并改变现实当中既有的东西，我将来的生活要面向这个方向……想要如此生活下去的依凭，对我来说就是文学"。

大江健三郎的作品在日本可以说是一种"异人文学"，很古怪、很别扭，但却又蛮受欢迎。最早的几部作品，包括先前讲的《万延元年的足球队》，或者后来的《同时代的游戏》，都是非常艰深、非常晦涩的小说，但在日本却也都卖了几十万本。

有人半开玩笑地说,大江健三郎的小说最大的卖点就在于没有人能读完。

他在日本一直保持了这双重性,一方面他是日本很重要的小说家,他学法文,和法国、法国文学圈有着密切的来往,他的作品很早就翻译成法文,在法国出版,因此受到重视,翻译成其他的语言出版;可是另一方面,相对于他的名气,在日本其实没有那么多人真的读完、读懂大江健三郎的作品,而且有不少批评家一路坚持给予他恶评攻讦。

他的小说作品,一再地回返森林的主题。特别值得一提的,是《同时代的游戏》。这是一部诡奇的作品,我必须承认我是在读完《海边的卡夫卡》之后,才感到自己读懂了的。这部小说中有一段情节,讲的是一个人身边出现了一个具备巨大、单纯破坏力量的人,简直就像是破坏力量化身的一个人,不断将他生命周遭的事物予以破坏。他挣扎着对抗这个破坏者,试图保护自己的生命,最后他走进了森林,在森林中,借由那个森林里含藏的神秘力量,制伏并消灭了那个破坏者。

小说的结尾,在他获胜之后,他越过破坏者的尸体,往森林更深处走去,突然在森林的中心,以为应该完全没有光的地方,出现了一个玻璃屋般的东西。玻璃屋里面有什么?在玻璃屋里的,是《万延元年的足球队》曾经抽象描述过的东西的具体显影。所有曾经在这个森林里存活过的祖先,他们的影像被保留在一个没有时间性的,永恒、安详的巨大的玻璃屋里。小说中所有和村庄传承故事有关的人物都留在森林最深处的玻璃屋里。这是《同时代的游戏》很有名的结尾。

无法被揭露的秘密

大江健三郎的作品来自他的时代，尤其是和战争的关系。例如，一九六三年大江光刚出生的时候，大江健三郎带着挫折与逃避的心情，选择去了广岛，随后写了一本很轰动，也很具争议性的书，关于广岛原子弹爆炸。写广岛原子弹爆炸不能只悲叹核武器造成的巨大伤亡与破坏，必然还要碰触到战争责任的问题，这是大江健三郎的立场，有高度挑衅意味的立场。毕竟大部分日本人都是以原子弹爆炸受害者的身份，来规避战争责任问题的。

战争与战争责任的思考，连带使得大江健三郎的作品具有强烈的暧昧性。战争责任是一种永远无法说清楚，或该说永远说得不够清楚的事。不只是人会想规避责任、遗忘掉不方便的记忆，而且战争当中的暴行、战争对人性造成的扭曲，没有办法在战争以外的情境中被诉说、被理解。

大江健三郎的小说一贯有着明确的自传性，而那些在不同作品中代表、代替他，作为他自我化身的小说角色，他们有一个共同特色——他们的内在都藏有秘密，藏了一个没有被说出来的真相。但是这秘密、这真相却被认定是永远说不出来的，因为一旦说出来了，那就不再是真相了，或是说：真相说出来，就必然遭到误解。于是他抱持着一个最痛苦的，接近于永恒、绝对的秘密，无法予以揭露。小说的重点就是他如何和这无法被揭露的秘密、真相进行各式各样的内在自我搏斗。而那无法说、说不出来的秘密、真相几乎都牵涉战争、战争中的暴行，或被战争所扭曲的人的行为反应。

举一个最精彩的例子吧！那是他在得了诺贝尔奖后写的《被偷换的孩子》。《被偷换的孩子》原来的书名，是用片假名抄写的"The Changeling"，更简单一点的译法是"被调包的小孩"，用的是德国黑森林童话传说的典故。传说中黑森林里有许多精怪，他们会偷偷地将人家家里的小孩调包，原来的小孩被抓走了，留下一个精怪假扮那个被换走的小孩。

会有这种传说，很容易理解。父母在小孩成长的过程中普遍会有这种惊疑：原本很乖很好的小孩，到了一个年纪、一个阶段，为什么突然就变坏了，简直就像换了一个人似的。我们的父母习惯的反应，是相信孩子一定被别人家的小孩带坏了，而活在黑森林的人相信，一定是被调包了。我的好孩子被抓走了，换成这个让人受不了的怪物，假装是我的儿子、我的女儿。

大江健三郎写《被偷换的孩子》最大的动机，来自他的大舅子，也是他相交将近五十年的朋友伊丹十三突然跳楼自杀了。伊丹十三自杀后，日本媒体有各种说法，有人说他是因为被八卦杂志拍到与女助理有染，羞愤自杀的；有人说他是因为江郎才尽，抑郁自杀的……那几天，日本电视上有好多人大谈特谈伊丹十三如何如何，显现他们很明了伊丹十三为什么要自杀。大江健三郎觉得很荒谬，因为他从高中时就认识伊丹十三，后来还娶了伊丹十三的妹妹，但他却完全不明白伊丹十三为什么要自杀。

所以他写了小说《被偷换的孩子》。他不是要用他和伊丹十三的关系，给出一个"更正确"的答案，解释伊丹十三为什么自杀。不是，他没有那么浅薄，他要说的是，伊丹十三是不会为了简单的理由自杀的，人的自杀没有那么轻巧，后面必然有更沉重，更难以叙述、难以解释的理由。会强烈到让人自杀的理由，必定是秘密，没那么容易诉说的秘密，才需要以死来处理。他要在小说中写的，是那牵涉存在的秘密，深刻到不会离开、深刻到讲不出来的秘密。

这秘密，当然牵涉战争，牵涉战争刚结束时发生的事。我们不必将小说写的秘密当作伊丹十三的生命事实，那毋宁说是大江健三郎建构出来的，那一代日本人的共同秘密。

不受战争困扰的新世代

回到村上春树及其作品。前面提过，村上春树的小说缺乏时间性，也没有"物之哀"。村上春树没有什么时代感，尤其没有和日本社会具体相关的时代感。他小说里的人物几乎都不受日本具体社会的影响。环绕着他小说角色的众多标记，往往是用来让人遗忘掉其日本背景的。他小说里面的人物吃三明治，喝苏格兰威士忌，听爵士音乐，穿 Polo 衫，读卡佛的小说。他们和具体日本社会间，是一种断裂的关系，这是村上春树的小说那么好看、那么容易被不同社会的人所接受的一个重要理由。

一直到今天，作品宣传上都还是称村上春树为"八〇年代文学旗手"。这是什么意思？意思是村上代表了二十世纪八十年代崛起的新文学风格，和在他前面的"战后第四代"有着明显的、断裂的差异。"战后第四代"一直受到战争的影响，但是村上春树冒出头来，他的作品中再也找不到战争的遗迹，所以他是"八〇世代"的全新开端。

村上春树的崛起，让人看到一个新的世代，这个新世代好像完全没有经历过、完全没有感受到战后日本的几个主要关键问题。长期以来日本文学或许逃避战争问题，然而这种逃避是因战争而来的。另外一个大主题，是战后的戏剧性转折，从军国主义一下子跳到崇美，这中间牵涉的罪恶感问题。昨天还相信天皇，明天转而相信麦克阿瑟，这样的人生必有其被砍断的荒芜与荒凉。

战后日本作家安部公房的作品风格，很接近卡夫卡。但他创造出荒谬感的根源理由，当然不同于卡夫卡，而是和战争、战败及其带来的变化关系密切。在大众文学里，我们会看到像松本清张这样的作家，他之所以重要，正因为他勇于去面对、去处理美军占领时期产生的社会正义问题。

原先写作《听风的歌》《挪威的森林》时，村上春树给人的感觉，就是和这些历史经验、集体记忆或其逃避都没有关系。所以他叫作"八〇年代的文学旗手"。《挪威的森林》里面虽然隐约有安保斗争的影子，但那就只是外围的、遥远的影子，是爱情故事中角色的淡漠背景。

然而这些年来，村上春树是有改变的，虽然他从来没有大张旗鼓地强调自己的改变。例如，一九九五年三月二十日，日本地铁发生了由"奥姆真理教"所主导的"沙林毒气事件"，对他产生了冲击，他应对的方式是为此写了两本书，第一本《地下铁事件》写的是事件的受害者，那里已经有清楚的社会意识了；第二本《约束的场所：地下铁事件Ⅱ》，他更进一步去写造成事件的"奥姆真理教"教徒们，而且他明确地提出了一个"地对地"的态度，也就是不高高在上，不是总结结论，而是将自己放在和他们一样高的位置上去理解、去书写的特殊态度。这都和过去的、我们习惯的村上春树的文学态度很不一样了。

还有神户大地震。针对神户大地震，村上春树写了短篇小说集《神的孩子都在跳舞》，那也是一部神奇的作品，他要去面对具体的、现实的悲痛。他从来不是一个写现实小说的人，但用非现实的手法如何写现实的悲痛？他接受了这个挑战，甚至毋宁说是他自我选择了这个责任，一种文学的道德责任。

作为日本文坛的骄子，村上春树内在还是保留了相对天真谦卑的赤子之心，我们在《海边的卡夫卡》里，看到了他刻意将大江健三郎当作一种重要互文元素编组进来的努力。四国的森林成为小说中关键的场景，在那里发生了时空交错的变化，最后在森林深处出现了玻璃屋，这不会是偶然的安排。那个随时间消失的玻璃屋，那个神灵所在之处，不是四国的自然环境所给予的，而是另外一个重要的文学心灵——大江健三郎——所赋予的。

而大江健三郎，却是一个对于战争、战争记忆、战争责任始终念兹在兹的人。村上春树用向大江健三郎致敬的方法，来处理他过去文学世界当中最巨大的一块空洞。在这里，村上春树绕道四国的森林，联络上大江健三郎，更间接地联络上了战争与战争记忆，这也是我们阅读《海边的卡夫卡》时不能不察觉的书写意义。

处理记忆的方式

《海边的卡夫卡》分成单数章与双数章，有两个不同的主角。除了十五岁的少年田村卡夫卡，同等重要的是中田先生。

中田先生和一般人很不一样。他不识字，小时候原来是个好学生，可是后来却无论如何学不会认字了。他脑筋不好，经常告诉人家"中田脑筋不好，所以……"，还有，他能够和猫说话，甚至和猫说话比和人说话容易。不过发生了一件奇怪的事，将两只猫救回来后，他突然变得没办法和猫说话了。另外，他有一点预见未来的特别能力，还能让天上像下雨一般降下蚂蟥和活蹦乱跳的鱼。

中田先生很特别，特别到我们不会将他视为写实的人物。不过村上春树写的反正从来都不是写实小说，所以我们在意的不是这个人真实不真实，而是这个人是否有趣。用各种不同标准衡量，中田先生当然都是个有趣的角色。

在所有中田先生的特殊之处中，有一点我们不能忽略，那就是他的影子比别人淡一半。不只是他，佐伯小姐也是，他们的影子都比别人淡。然而《海边的卡夫卡》却从头到尾没有解释，为什么中田先生和佐伯小姐的影子比别人淡。村上春树在书中没有写，但我却很有把握可以告诉大家为什么。

因为他们都曾经去到一个世界，那个世界的门口有一个看守的门房，门房住的地方到处乱七八糟，唯一摆放整齐的只有一堆他自己打造的刀子。那些刀子很锋利，也很漂亮，整整齐齐地放在那里。进入那个世界最重要的仪式，就是必须和自己的影子分离，影子会被那位门房用那又锐利又漂亮的刀子切下来，然后影子就被留在门房那边，没有了影子的自己进入那个世界。进入那个世界，影子就变成了人质，被留置下来，人必须付出和影子分开的代价。

我不知道各位读《海边的卡夫卡》时，有没有碰到困惑、不能理解的地方。例如，在下册中，田村卡夫卡进入森林世界后，他遇见了十五岁的佐伯小姐，他们有这样一段对话。田村卡夫卡先开口问："你记得图书馆的事情吗？"他指的是他们在图书馆相遇的事。十五岁的佐伯小姐回答："不，不记得。图书馆很远，在离这里相当远的地方。这里没有。"他又问她："有图书馆？"佐伯小姐就说："嗯，不过那个图书馆里面没有放书。"他又追问她说："图书馆没有放书，那放什么呢？"对话却在这里戛然而止。因为他和佐伯小姐在图书馆里相遇，所以他自然问起图书馆，那为什么还要提到在森林世界里有图书馆，但图书馆没有放书的事呢？

在那个森林世界中，一再被提及的话题，是"记忆"。佐伯小姐回到这个空间里来，特别对田村卡夫卡说："你离开，因为我要记得你。"这中间有一段话谈到在森林世界中，时间不重要，记忆也不重要。佐伯小姐说："我们有另外的方法处理记忆。"

这些在小说里面都没有解释，就这样飘过去。这就是村上春树，他不怕你看不懂，这是他的自信。一方面，小说中的哲学概念对村上春树来说，远比一般的戏剧性情节重要。为了表达这些抽象概念，他不是那么害怕、那么在意被读者误会。他必须冒这个险,才能在小说中装填这些内容。另一方面,村上春树觉得关于这些,他已经说过了,不需要在《海边的卡夫卡》里重新再说,这些都已经写在他的另一部长篇小说《世界末日与冷酷异境》中。

第四章

没有记忆的世界
——读《世界末日与冷酷异境》

《世界末日与冷酷异境》的书名

从互文的角度看,《世界末日与冷酷异境》非常重要。小说书名原文叫作"世界の終りとハードボイルド・ワンダーランド",这是很古怪的书名。前面的"世界の終り"在中文被译为"世界末日",更精确的译法应该是"世界终点"。当我们说"世界末日",会浮上来的想象通常是一切都毁灭了,现在看得到的这些东西全部都不在了,那是"末日"。对于一个有信仰的人来说,他的"世界末日"可能接近于最终审判日,或是弥赛亚再临,人类得到救赎。

"世界末日"总让人觉得和毁灭与救赎有关。然而这不是村上春树要描写的,他写的是世界的"尽头",世界的"终点"。什么时候世界会走到尽头?那就是时间不见了。时间在这里消失了;世界仍然继续存在,但是没有时间了,这样到了终点,不会再往前走了,这是前半句书名主要的意思。

书名后半呢?"ハードボイルド・ワンダーランド",这是用片假名译写的英文字,是"hard-boiled wonderland"。能将这两个词译为"冷酷异境",已经很了不起了,不过毕竟还是传达不了 hard-boiled 的典故来源。

美国有一种流行的通俗小说,叫 hard-boiled detective story,我们一般将之称为"硬汉侦探小说"。村上春树当然熟悉这种硬汉侦探小说，他翻译过这种类型小说代表性作家雷蒙德·钱德勒的作品。钱德勒的名作《漫长的告别》前几年重新出版中译本，新版和旧版最大的不同，就是新版多了一篇日文译者的后记。中文译本收录日文译本的后记，而且还将那篇后记译成中文，这是不太寻常的事。其实原因很简单，那位日文译者，也就是这篇后记的作者是村上春树。

hard-boiled 是什么？最鲜明的印象，就是煮到全熟全硬的水煮蛋，那就是 hard-boiled 的。用中文俗话说，这个词应该是类似"死猪不怕开水烫"那样的意象。对于一颗在水中反复浮浮沉沉、在水深火热中一再翻滚过了的心灵，生命还有什么好在意的？还会对任何事情，不管是悲是喜，感到大惊小怪吗？

最早的侦探小说是英国人写的。英国的侦探，从夏洛克·福尔摩斯到赫尔克里·波洛都聪明绝顶，都很安逸，带着不真实的浪漫色彩。美国的作家达希尔·哈米特和雷蒙德·钱德勒针对这种浪漫侦探，写出一种相反的典型。他们笔下的侦探饱受生活折磨，通常有酗酒的习惯，身上到处是过去遗留的伤口，他们看过、经历过水深火热的折磨。他们不是因为比别人聪明所以成为侦探的，而是因为他们对于邪恶、对于犯罪，有着比一般人更多的理解，从自我生命经验来的理解。

福尔摩斯那样的神探和犯罪者不在同一个世界里，他们高高在上，像是从三十三楼看下去，一切都看得清清楚楚，看见了在地面挣扎的人看不到的全貌，所以他们成了神探。那是一种对待罪恶的观点，俯瞰的观点。但硬汉侦探不一样，他们看待罪恶的角度，就是村上春树写《地下铁事件》时特别强调的、"地对地"的观点。这些硬汉侦探和犯人处于同一个地面上，和犯人在同一个社会的同一个层次上，因而他们能够看透罪犯。但是要做一个这样的侦探，先得见过、经历过许多黑暗，必定浑身是伤，必定付出过很庞大的生命代价，他们才会精确了解人心最黑暗的部分。

在"hard-boiled"后面，村上春树接上了"wonderland"。wonderland 也有典故，文学史上最有名的 wonderland，来自《爱丽丝梦游仙境》(*Alice in the Wonderland*)。大家熟悉的迪士尼乐园，最早叫作"Disney Wonderland"，后来才缩写成"Disneyland"，也是源于爱丽丝掉进去、经历各种奇幻经验的那个 wonderland。wonderland 就是爱丽丝跟随一只兔子进入的奇怪地方，突然之间她的身体变大了，突然之间身体又变小了，她吓得哭起来，不小心自己的眼泪就淹成一个游泳池，一些羽毛湿掉的动物跳出来……这就是 wonderland，由一连串奇怪事情串起的幻境。

冷酷异境的电梯

村上春树《世界末日与冷酷异境》的内容也就明白地分成"世界末日"和"冷酷异境"两大部分，依照单双数的章节轮流出现，单数章写"冷酷异境"，双数章写"世界末日"。

整本书一开始出现的，是一座巨大的电梯。依照小说里的描述，那个电梯比房间还要大，像是一个大型办公室般放了很多东西，但偏偏就是没有平常电梯里一定会有的东西，包括去哪一层楼按的按钮或显示现在在哪一层楼的标志。更神奇的是那电梯在移动，电梯里的人却弄不清楚到底是在上升还是下降。所以进了这个电梯之后，你不会知道电梯门什么时候要打开，门开了之后你也不会知道自己到了哪一层楼。

一开头刻画的就是一个幻境。和爱丽丝掉进去的兔子洞差不多，与现实之间有着很大的距离。那个叙述者"我"进入电梯，出了电梯碰到一个不说话的女孩，带他经过一条奇怪的路，去见了一个奇怪的教授，然后那个奇怪的教授给了他一份工作。那份工作对小说里处在幻境中的叙述者"我"而言，很正常很自然，但对我们来说却再奇怪不过。

他做什么工作？他有一种本事，自主地分开左脑和右脑，将人家给他的资料输入右脑，运用他自己不明白的原理原则，让资料变成一组信号，然后再将这组信号洗到左脑去，从左脑里再把改变之后的信号洗出来。

这是最神奇，而且最不可能被破解的密码设置法，连设密码的这个人自己都不了解密码转换的公式。信号进入他的潜意识，以自己无法控制的潜意识运作规则，从右脑进去，从左脑出来。因为他自己都不知道大脑运作的程序，他就没有机会泄密，别人更不可能破解了。要译码，只有一个办法，再将信号从他的左脑输进去，洗回右脑还原出来，将整个顺序逆反进行一次。

做这种工作的人叫作"计算士"。围绕着这奇怪的职业有些奇怪的纠缠。和"计算士"对立、对抗的，有另外一个职业团体叫作"记号士"。"记号士"总是想尽办法要偷由"计算士"封存起来的密码，两边不断地争斗。幻境中的叙述者因为接了教授给他的工作，就被卷入"记号士"和"计算士"的纠葛。

过程中又牵涉他手上拿到的一个神奇的独角兽头骨，引来了更复杂的追逐。有一天他家里来了两个人，两个看起来让人不舒服的人。先是客客气气却不清不楚地将要讲的话讲完了，接着突然问他说："你这屋子里面有什么东西，是如果被破坏了你一定会觉得很可惜的？"他想了想，提到西装、皮夹克、电视，于是其中一个高头大马的人就将他的皮夹克从衣橱里拿出来，切成碎片，又把他的电视给砸了，然后花半小时的时间把他屋子里的东西全部砸烂，房间一下子成了一个废物堆。这里我们又看到了最典型的村上春树式角色，自己的房子被砸了，这个叙述者"我"觉得莫名其妙，但也就无可奈何地接受了。"好吧！人生有时候就是这样，有人就这么样跑到你家里来，把你的门给拆掉，把你整个家给砸烂。"

后来他跟随着那个不说话的女孩，进入一个地下的神秘空间。那块地下空间和东京复杂的地铁网络相连接，但又比地铁复杂得多,在那个空间里有永远看不见光线的黑鬼,还有会不断上涨的水。经历一段莫名其妙的冒险,他回去找到了那个教授,教授用我们勉强可以理解的方式对他说明了事情的来龙去脉。

这是"冷酷异境",还真蛮冷酷的,同时也真的有许多水深火热的煎熬遭遇。从头到尾,这家伙没碰到什么好事。

世界末日的图书馆

另外一边呢?那个"世界末日"或"世界终点"又是怎么一回事?

双数章的开头,是一个拥有许多利刃的门房。叙述者"我"刚刚来到"街区",要进入之前,门房就告诉他:"你必须和你的影子分开。"影子被切开了,在分别之前,影子对他说:"你不可以放弃我。"他对影子说:"我没办法,我只能暂时把你留在这里。"

影子被切开之后,他进入这个神秘的街区。街区外面围着一道很厚很厚、很高很高的城墙,只有鸟可以飞过去。叙述者抵达神秘街区时是秋天,街区内能够进出城门的只有一群独角兽。独角兽在秋天长出金色的毛,很漂亮。

叙述者"我"进入街区后,被安排去图书馆,要他负责在图书馆"读梦"。那是一座没有书的图书馆。或许大家还有印象，《海边的卡夫卡》中，在图书馆出现的佐伯小姐也提过一座没有书的图书馆。在那座图书馆里，本来应该放书的架子上，堆放着一个一个已经干燥、曝晒成白色的独角兽头骨。图书馆里面有一个女孩，协助、引导他去"读梦"，就是将独角兽头骨放在面前，用手去摸，透过碰触头骨的手指传来很多杂乱的讯息、梦的讯息。日复一日，他坐在图书馆里，拿来一个一个头骨，读藏在头骨里的梦，读完了，再换另一个头骨。

这个"世界终点"的街区里，有一座风力发电厂。叙述者"我"和图书馆的那个女孩一度去到了这个风力发电厂，碰到了一个人在那里管风力发电机。《海边的卡夫卡》中，田村卡夫卡穿越森林，进到另一个世界，在屋里遇见了一个女孩——年轻时的佐伯小姐——帮他做饭。屋子里有一台电视，电视上播映的是《音乐之声》。他们觉得很奇怪，为什么会有电视，而且电从哪里来呢？年轻时候的佐伯小姐就告诉他："因为这里有一座风力发电厂，怕刚进来的人不适应，所以应该给他一台电视，让他看到可以适应为止。"

风力发电厂在"世界终点"街区的森林里。可是街区的管理者告诫大家不可以随便进入森林，因为里面住着一些奇怪的人。什么样的奇怪的人呢？小说逐步揭露，你和你的影子分开后，到了冬天，因为阳光薄弱，影子就会愈来愈衰弱，影子会愈来愈淡，淡到一定程度，影子就死了。你的影子死了，它被埋起来，你就在那个世界里变成一个没有影子的人。跟随着影子被埋进去的，还有你的心，所以当你的影子死了之后，你也就没心了。叙述者在"世界终点"的图书馆里碰到的那个女孩，就是一个没有心的人。

没有心的人，这又是另外一个典故，源自《绿野仙踪》里的铁人。一个人没有了心，一方面有一种悲哀，同时又有一种安静。有一天早上叙述者发现下雪了，然而外面却有一群老人在挖洞。一个人先开始挖洞，没有人问他，你为什么要挖洞？也没有人觉得奇怪。他们就是过来看看，然后将外套脱下来，一起去挖洞。没有计划到底要挖多大的一个洞，没有想挖这个洞到底要做什么，挖了一会儿他们就停了，然后大家就走了。

叙述者"我"看不懂这是怎么回事，就问隔壁那个经常和他下棋的上校。上校告诉他："就是这样子啊！这个世界最特殊的地方，就是没有事情是有目的的，所以你不会失望，当然你也没有期待。你做任何事情，那件事情就是如此。"挖洞不是为了什么，就是挖洞。所以它没有前后文，没有脉络，也没有因果，所有事物都是这样片片段段存在的，所有人都这样片片段段安详地存在，绝对不会有争斗，不会有嫉妒，不会有我们人世间所感受、所想象的任何坏的东西。

在那里的人，他们如此单纯，因为他们没有心，因为他们没有跟随心诞生的最重要的一种东西，或者让心变成可能的最重要的一种东西，那就是"记忆"。他们只有片段的短时间的记忆，没有长时间的记忆。

吸收记忆的独角兽

"在这个世界，他们有另外一种方式处理记忆。"这句话原原本本在《海边的卡夫卡》里出现过，也是年轻时候的佐伯小姐告诉田村卡夫卡的："这里没有记忆，我们有别种方式处理记忆。"如何处理？有心的人，记忆存在心里，那么没有心的人就让独角兽把记忆给吸收进去。独角兽会吸收每一个人的记忆，藏在它的头骨里。独角兽在秋天的时候长金色的毛，冬天时，毛色开始变白，接下来，独角兽就在冬天里一只一只死去。死去的独角兽被那个门房拿去烧掉，所以整个冬天街区闻到的都是烧独角兽尸体的味道。烧完以后，记忆就留在独角兽的头骨里。

一颗一颗独角兽的头骨被送进图书馆，如果有新来的人进入街区，因为他还没有完全适应这个世界，他的心还没有完全消失，他们就会被派去"读梦"。"读梦"不是去理解人曾经有过的记忆，而是将那最后仅存的记忆，藏在独角兽头骨里的记忆，释放出来。他每摸过一颗独角兽头骨，就释放了一堆不规则的、缺乏具体意义的记忆，将之放出来，也就是将之完全消灭了。

多么惊人的想象,想象出这样一个系统,这种处理记忆的方法。"世界终点"街区应该就是《海边的卡夫卡》里那个森林世界的原型。

早在一九八五年,村上春树出版《世界末日与冷酷异境》时,他就描写了一个"没有记忆的世界"。后来他在《海边的卡夫卡》里再度将这个世界召唤出来,时隔二十年了,他真是一位沉稳且坚持的作者。二十年前好不容易在小说中建构了这么精巧的想象世界,二十年后又用在新的作品里,换成其他作家,必定唯恐人家不知道这两者间的呼应关系。村上春树不然,他只是轻描淡写地提到了风力发电机,提到了树林,只给这些很有限的暗示,听凭读者自己去解读这层互文关系。

"世界终点"和四国的异时空森林高度相似。在那里的人是没有记忆的,他们缺乏我们一般理解的"心"与感情。《世界末日与冷酷异境》最后解释了"世界终点"这个街区到底是怎么来的,为什么会存在这样的奇异空间。想要进一步了解《海边的卡夫卡》的人,都应该去读读。

两本小说中,没有记忆的空间有些许的差别。第一,《世界末日与冷酷异境》的那个空间是被城墙围住的,到了《海边的卡夫卡》,那个空间则是被森林包覆的;第二,《海边的卡夫卡》中这块世界有很麻烦才能到达的入口,所以才需要像桑德斯上校一类的奇怪角色,协助发现那个入口。这入口很重要,如果回头读了《世界末日与冷酷异境》,会更明白为什么要有这样一个复杂、麻烦的入口。

爱情、死亡与梦境

借由和《世界末日与冷酷异境》的对照阅读，我们可以补上《海边的卡夫卡》小说本身没有明白记录的背景。小说中有两个角色曾经穿过了那个入口进到另外一个世界，可能入口还没有关闭时，他们又出来了，回到我们的世界。这两人一个是中田先生，一个是佐伯小姐，所以他们的影子都比别人淡，因为影子已经死了一半了。

他们为什么会进去？他们进去做什么？在《海边的卡夫卡》中，入口打开过两次。第一次是中田不小心跌进去，那个过程在老师写的那封信中，有完整的揭露。包括她进入山林前的梦境、激烈的性交，还有经血，那被视为拥有某种特殊魔力的东西。从这里我们可以归纳入口打开的特殊条件。

第一是战争，战争所带来的死亡阴影。第二是爱情，而且是非常激烈的爱与性，在死亡的影响或死亡的笼罩下，戏剧性的激烈爱情。第三是如同真实一般的梦境，这在老师的叙述里说得很明白。她在梦中经历了现实中从来没有经历过的肉体关系。为什么如此？因为梦里叠上了死亡的阴影，死亡的阴影使得原来的爱情或原来的欲望，以一种戏剧性的方式极端化了。

本来应该是老师在这些条件凑泊的情况下进入另一个世界的，但却阴错阳差地由不小心发现了老师经血的中田，代替老师掉进去了。

第二次则是为佐伯小姐打开的。佐伯小姐所爱的那个男孩，原来坐在海边画中的那个男孩，莫名其妙死了。最幸福的爱情，一夕之间，在没有任何价值、没有任何道理的情况下终结了。这次入口打开和中田掉下去那次的共同条件是：死亡及强烈的爱情，因为死亡而格外强烈戏剧化的爱情，产生了和现实一般，甚至比现实更真实的梦。梦就牵涉佐伯小姐的歌，以及那一幅以海边为背景的画。

从小说中的线索，我们可以自己整理出发生了的事。因为佐伯小姐强烈的思念，爱情、死亡和梦这三个元素就在神秘的状况下凑在一起，将入口打开了，于是佐伯小姐进到那个她不应该进去的、没有记忆与心的世界。进到那一个世界做什么呢？"去寻找终止时间的方法"，她希望在那里找回她的爱情。不过这种违逆自然的方法最终只能带来悲剧。以小说中没有说明的方式，佐伯小姐从那里出来了。依照希腊神话的说法，她曾经进入海底死人的世界，回来之后，她的影子比一般人淡了一半。换句话说，她的心也随着影子死了一半。

村上春树所写的，其实是极度复杂的小说，复杂到照理说不该拥有那么多读者。有多少人会耐心地去解开他缠绕的这些结呢？不过就算大多数读者不曾如此认真地去整理、去思索，都还是能在他的小说中感受到一种气氛,一种"爱情神话"的气氛,即使他们不一定讲得出来,不一定讲得清楚。

村上春树写的,是一则一则的"爱情神话"。如果从"爱情神话"的角度来看的话,我们对于田村卡夫卡为什么要进入那个世界,会有不同的理解。让我们先想想:依照前两次的经验,那么在什么情况下,入口会第三度打开?为什么入口又开了,让田村卡夫卡进去,后来还让他出来?而且为了要让他进去,那个脑筋不好的中田先生,还要一路从东京跟随着到四国来,协助打开入口,为什么?

要解答这些问题,其中一种方式,是去村上春树之前的其他作品中寻找线索。我们前面解释了村上春树的互文系统如何牵涉希腊悲剧、卡夫卡和大江健三郎,然而这个互文系统中最庞大的一块,毕竟还是牵涉他自己的作品。要了解入口第三次打开的意义,我们或许可以试着到《发条鸟年代记》里去找找。

第五章

村上式的爱情神话
——读《发条鸟年代记》

创作的转折点

用"爱情神话"的标准来衡量的话,《发条鸟年代记》是最强烈的"爱情神话"。一个人下到井里,自愿穿越一个充满未知与危险的世界,只为了挽回爱情,最简单地说,《发条鸟年代记》讲的就是这样一件事。

村上春树六十岁时,出版了《1Q84》,先出了两册,大家马上猜测应该还有第三册,因为宣传上明明说《1Q84》会是村上春树创作以来"最长的作品",而算算那前两册,篇幅并未超过《发条鸟年代记》。《发条鸟年代记》是村上春树作品中原本篇幅最长纪录的保持者。

《发条鸟年代记》有多长呢?你们知道、读过《国境之南,太阳之西》吧?《国境之南,太阳之西》原本是《发条鸟年代记》的第四部,但独立出来变成一本完整的书,而即便《国境之南,太阳之西》独立出去了,本身都还有三大册。

以及,《发条鸟年代记》另外一项重要性在于它预示了村上春树离开《挪威的森林》后的转折。村上春树在日本文坛崛起,进而风靡日本以外的地区,《挪威的森林》扮演了关键角色。光是在日本,《挪威的森林》至二〇〇九年重印时,单行本加上文库本的累积总印量,超过了一千万册。

村上春树在那部小说中塑造了一种特别的角色原型。这个角色原型有一部分来自美国的"硬汉小说",即前面解释过的硬汉侦探。"硬汉"的生命是结了厚痂的生命,他满身是反复伤痕,伤了流血了,结痂,结痂又脱掉,脱掉之后又受伤……这种人在表面上展现出的最特别的特质是,他看过所有的东西了,没有任何事情会吓到他,他从来不大惊小怪。即使是他从来没碰到过的事情,他也不会大惊小怪。"硬汉"的心其实是麻木的,曾经被太多东西刺伤,他要活下去就只能让自己麻木。村上春树的角色有一种特殊的"硬汉"特质,虽然他们身上似乎没有那么多伤口。

《挪威的森林》里的渡边君,也没有任何事能让他惊讶。这是村上角色的原型。《世界末日与冷酷异境》这部小说之所以能够成立,也是建立在主角少根筋的特质上。叙述者"我"带着少根筋的天真,什么都耸耸肩接受,也就自然阻止了读者追问:"怎么可能有这种事?"因而许多如果出现在别人的小说中,必定会被读者唾弃的情节,最俗滥、最戏剧性夸张的情节,在村上的小说中也就统统被容忍了。

因为那个经历这些事的人,他自己就都接受、都忍受了啊!陌生人把他的家彻底砸烂了,他都没有冲动非得弄清楚自己到底哪里得罪了这些人,他就是接受,没有任何冲动。没有冲动要多知道一些什么事情,更重要的是,没有任何的冲动要去抵抗什么东西。

村上春树的小说有一个关键词,是"通过",很多事发生在主角身上，但他总觉得那些事是"从他身上'通过'"。他是被"通过"的东西，别无选择，被"通过"了就被"通过"了。

我们有时候没有办法忍受很戏剧性的情节，因为很难进入角色的情绪里，毕竟不是我们自己遭遇到那样戏剧性的状况。角色在那里呼天抢地，我们却很容易觉得疏离，或觉得"真的会有这种事吗"。在村上春树的小说里，他的主角不会呼天抢地。女朋友死了，他就觉得："唉！人生反正总是会出现这种事啦，我也没办法。"这件事"通过"他了，他只不过是被这件悲剧"通过"的媒介而已。我们反而比较能接受这样的情绪吧！

然而，村上春树的小说创作是有转折的。在《世界末日与冷酷异境》这部相对早期的作品中，那个叙述者"我"不管是在"冷酷异境"还是在"世界尽头"，他都一样，反正让各种现象从他身上"通过"：很怪的事情，但他也没办法怎么样。但在这部小说中出现了"影子"。主角本来是想算了，没办法，该读梦就留在这个世界里读梦吧，是影子一直拜托他，是影子一直说："我们走，我们走吧，我们逃出去，让我们两个可以重新再结合在一起。"是他的影子要逃出去，不是他。

妻子的离奇失踪

真正重要的变化发生在《发条鸟年代记》，而且是一种自觉的变化。《发条鸟年代记》里的主角是冈田亨，他也是一个退缩冷漠的人。小说一开始时他在律师事务所当助理，觉得不太想做，但继续做下去也没关系，又是这样的态度。是他太太叫他不想做就不要做了，所以他离职了，待在家里，每天做三明治啊，煮意大利面啦。他是一个冷漠、退缩、孤独，和这个世界没什么关系的人。

在他身上发生了奇怪的事情，他也无所谓。例如说他太太在意猫不见了，叫他去找猫，他才发现：对喔，猫不见了。他不是不爱猫，其实他跟猫很要好。可是猫不见了，"唉！这个世界就是这样，猫就是有时候会不见嘛"。然后一个莫名其妙的人、永远在大庭广众之下戴红色帽子的人来找他，对他说了一堆莫名其妙的话。他的反应也同样，"这个世界就是这样，总有人莫名其妙戴着红色帽子说一堆莫名其妙的事"。

一直到他太太消失了，他的第一个反应还是："这真的是一件难受的事，但这种事情也是会发生的。"小说如果继续这样写下去，那他会记得这个女人在他生命里面留下了什么样的浅浅的、很容易会忘掉的纪念。不过《发条鸟年代记》不是这样，《发条鸟年代记》所记录的就是这个男人冈田亨，依照他自己的个性本来很容易可以接受，也准备要接受他太太离开他。他太太的哥哥出面告诉他说："我妹妹有外遇，所以她要离开，她跟你在一起六年，你这个人反正一事无成，所以她找到别的男人，跟别的男人走了，你就算了吧。"甚至他太太还写了一封信，告诉他说她如何和别的男人上床，如何在别的男人身上发现从来没有过的强烈性欲。

依照他原本的个性，又碰到这样不堪的事，他有十足的理由去接受，让它"通过"。然而在过程中，他开始发现不对劲的现象。第一，他隐约觉得已经离开他的太太在呼唤，要他去救她。第二，透过一些神奇的联结，故事拉到中国东北，牵扯到日本人与俄国人的战争，他进入了另一个世界。那个世界和《海边的卡夫卡》《世界末日与冷酷异境》里时间停止的世界不一样。那个世界很小，一座饭店里面的一间房间，一个神秘的女人待在那里。在这个房间发生了很多奇怪的事情，包括他太太的哥哥随时可能会闯进来。从原来的世界进到那个房间，要经过一段不在他控制范围内的旅程，而往那里去的入口藏在干掉的古井底下。

所有现实条件都应该说服他放弃，他却选择下到古井里，努力想要进入那个世界去救他的太太。那是完全不一样的小说，虽然还是一个"爱情神话"，但这个神话的主题却是极古老的"英雄救美"——"进入另外一个世界去拯救你所爱的人"。《发条鸟年代记》本质上就是这样的一篇神话。就算必须进到另外一个世界，完全没有胜算地去面对黑暗势力，明明有充分理由让冈田亨逃避，他却没有逃，勇敢地去救他太太。

父权与军国主义的阴魂

这和《海边的卡夫卡》有什么关系？

其中有一个问题，我们将《海边的卡夫卡》从头到尾读完，似乎都没有办法回答，而且是个蛮重要的问题。那就是小说里的父亲究竟是什么？被杀掉的父亲是什么？小说中给了两个版本的情节，一个版本是中田先生为了救猫，杀了吃猫的心的琼尼·沃克（Johnnie Walker）；另一个版本是田村卡夫卡从神社后面出来，身上沾染了血。不管是中田先生还是田村卡夫卡杀的，那父亲都死了。

但为什么他应该被杀？为什么这个父亲始终被当作邪恶的象征？小说从头到尾没有告诉我们这个爸爸究竟是怎样的邪恶。小说对妈妈佐伯小姐有很多描述，但爸爸呢？只有大岛先生问起时，田村卡夫卡简单地说：爸爸是个艺术家，他身上有很可怕的东西。可是到底是怎么个可怕法呢？

村上春树逃避了这个问题，或许出于小说技巧的严重疏失，或他心里的强烈抗拒，他没有好好处理父亲问题？是这样吗？

或许不是。《海边的卡夫卡》中有一个很奇怪的段落，既不是单数章也不是双数章，是一个没有章节编号的段落。这一章里乌鸦使尽他所有的力气阻挡琼尼·沃克。依照中田先生的故事，琼尼·沃克象征、代表的就是父亲。借由不用数字凸显这一章，是要表明：田村卡夫卡之所以必须进入另外一个世界，其中一个很重要的理由，是为了阻挡这个邪恶的父亲，不让他进去。邪恶的父亲想要进去，田村卡夫卡就借入口开启的瞬间，在他现身时将它消灭。

那一段很累人也很恐怖的情节，就是中田先生死了，留下星野先生一个人去对付那个不知道是什么的东西。星野先生这时候成了乌鸦的代理，也是田村卡夫卡的代理，是他们两个人合力做完了这件事。但那恶心黏稠的东西是从哪里来的？邪恶的力量是从哪里来的？我们要回到《发条鸟年代记》里才找得到。

将两本作品对照在一起读，整理其中很多相呼应的象征，我还蛮有把握可以说：《海边的卡夫卡》对于邪恶沉默，不对邪恶进行描述，是因为之前在《发条鸟年代记》里已经讲过了。《发条鸟年代记》里，邪恶力量的代表是冈田亨的太太久美子的哥哥。这人是谁？这人有什么重要性？他是一个拥有政治家身份、即将要继承旧有政治势力崛起的政治明星，他经常在电视上讲一些没有人能够反驳、听起来很有道理的话，具备能够蛊惑众人的本事。

村上春树在书中并不是正面地、现实地写这个人身上的邪恶力量，他绕了很大一圈去写，绕到中国东北，绕到与俄国的战争，再绕到日本历史上最黑暗的一段——军国主义的兴起与夺权。久美子的哥哥，进而对照来说，田村卡夫卡的爸爸，都是日本式"家父长"的代表。家父长、家父长主义正是军国主义的源头。他们拥有自己不能解释,但却完全相信的真理信念。他们甚至不需要对自己解释为什么这是真理,充分相信他们所想的就是真理,这是人间最邪恶的力量。

在《发条鸟年代记》这部小说中,邪恶力量构成具体的威胁——一个煽动者,煽动的政客即将崛起,他在日本社会的声望愈来愈高,支持度愈来愈高,参与议员选举获得压倒性的胜利。电视上随时是他,杂志上随处是他,他是一个新兴政治明星。而他利用政治明星光环在宣传的,却都是一些无法自圆其说的空洞言辞。这真是个恐怖的威胁,对于社会的威胁,带着过去军国主义的阴魂。

冈田亨要去解救太太久美子,关键就在于他有没有勇气面对这个邪恶,有没有办法对抗这个邪恶。于是在另外一个世界里,他具体地感受到他用球棒,一支有来历有典故的球棒敲碎了一个人的头颅,同时间,在这个真实世界,久美子的哥哥中风,送进医院时已经昏迷不醒了。

《发条鸟年代记》中有一段写的是终战伪满洲国的混乱。一群军官学校的学生要逃亡,怕在路上被抓,当然不能穿制服。除了制服之外,他们有的就只剩棒球队的队服,所以他们穿着棒球装、拎着球棒,假装要去哪里比赛般上路了,途中他们就用球棒打死了日本士兵。球棒显然带有强烈反对军国主义日本的意味。

逃避者的责任

村上春树借这两本小说传递的讯息很清楚。他认真地在追究逃避者的责任。为什么会有这种邪恶力量？因为太多人像原来的冈田亨一样，认为反正这个世界就是会出现这种事情。一旦你逃避面对，这种邪恶的力量就会愈来愈大，进而绑架了愈来愈多的人，控制了愈来愈多的事，也就看起来像是无敌的了。

冈田亨和田村卡夫卡在生命中必须处理的是同样的问题。人家告诉他、一般常识告诉他，这是你无法抵抗的，这是命运，这是无敌的力量、邪恶的力量包藏在如此光明金黄的外表下，你能拿什么去对抗？

村上春树绝对不是一个黑暗、悲观的人，虽然他常常写很多黑暗的现象。他要传递的是那么清楚、清楚得令人惊讶的讯息：如果你决心要抵抗，就总能找出方法来让你自己变得强悍，即使必须进入另外一个世界，也会有一些奇奇怪怪神秘的力量来帮助你。冈田亨身边有一些很莫名其妙的人在帮他，有那个戴红色帽子的人，后来还有一个带着不会讲话的儿子的过气服装设计师，两人永远穿着无从挑剔的完美衣装。这些神秘、奇怪的人没有办法代替你去面对根本的挑战，然而只要你有足够的勇气愿意去对抗，他们就是会跑出来帮助你。

田村卡夫卡也一样，他遇到大岛先生，而且还有远从东京跟随他到四国去的中田先生在帮助他。中田先生在路上，又遇见了星野先生，星野在帮助中田先生时找到了自己生命的目标。星野先生在高知市走进一家咖啡馆，里面正在播放着贝多芬的《大公三重奏》，店主人跟他解释了曲名中的"大公"——鲁道夫大公，是贝多芬的主要支持者，星野因而领悟到，像贝多芬这种天才身边也要有人帮忙，像鲁道夫大公那样的角色，也是不可或缺，且意义深远的。

我希望这样说听起来不至于太严肃、太说教：对照《发条鸟年代记》和《海边的卡夫卡》，我们发现村上春树就是要进入别人以为与他无关的"战后第四代"的关怀领域里去。他要用自己的方法去反省什么是日本人的战争责任。日本人的战争责任中最可怕的、村上春树在小说中展现出来的，是将父亲、家父长、军国主义都视为命运，不可置疑，也就不质疑、不对抗。正因为那么多人的逃避，以命运为借口，才让军国主义的邪恶力量制造了那么大的毁灭。

我不是说这两部小说只在写军国主义。我只是希望，既然村上春树认真地编织了那么多互文，那么我们也应该相对认真地让这些互文一一成为阅读经验的一部分，读出互文背景中关于军国主义与战争责任的讯息。

村上春树不愿或无法用直接的风格讨论这些问题，只有将它们藏在互文中才能呈现。但他还是很努力、很精巧地呈现了。历史、军国主义、战争责任、个别与集体的社会责任，这些都明明白白在那里呈现。这些看起来比较像是君特·格拉斯会讨论的题材,都在村上春树的作品里面。一般印象中村上春树的作品很轻,尤其相对于格拉斯的沉重;但村上春树是很复杂的,他的沉重藏在表面的轻盈里。

每次读村上春树的作品,我脑袋里最自然浮出来的象征是蜘蛛。他就像一只蜘蛛,一直织一直织,要编织一个很密很密的网。如果我们安全地停留在网子外面,就只看到细致精巧、赏心悦目的一面网子;可是一旦你真正进去了,在那网子里,被网子紧紧黏住,那就不再是轻松的、事不关己的,而是挣扎着都出不来、被抓住了的感觉。

如何进到那个网中,就是靠认真看待他的互文线索。进入网里,你会感受到他对那个父亲的恐惧,对父权的恐惧,对那个军国主义邪恶的描写,可能比君特·格拉斯的作品带来更大的震撼,因为更切身。你感受到那份邪恶,而不只是知道而已。

村上春树不同于大江健三郎,大江有他公开明白表示的政治态度,村上却从未直接写现实政治。还有,村上也从来没有正面地描写自身生命记忆与战争间的关系。他几乎从来不谈他的家世背景,尤其不谈他的父亲。到现在为止,我们没有办法透过村上春树这个人,他作为一个人而不是作为一个小说家的部分去理解他和他父亲的关系。这是很阴暗,也是村上春树坚决保守不随便透露的一块领域。另外,中国也是他不轻易揭露的一块领域。当他在小说中碰触到战争时,他写的都是"满洲国",因为以"满洲国"作为题材可以碰触军国主义,但不需要碰触中国。

我一向主张看待战争责任时,应该在自己精神能够负荷的情况下,尽量避免用简化的方式来讨论。到我们这一代,已经没有了直接的战争仇恨记忆了,或许也就可以不需要那么直接单纯地从自我立场出发。过去,在巨大的仇恨之下,看到有人对战争记忆保持沉默,不提自己在战争中做过的事,我们自然将之解释为罪行的延续,因为他没有公开认错。然而若是对于集体心理的认知与理解稍稍复杂一点,或许可以不这么直接简单地来看待对错。

隐晦的战争反省

对于日本与德国战后的态度,有一种简单的对照。一般认为德国人是好榜样,对战争进行了应有的忏悔,也将奥斯威辛集中营留下来,记取战争的罪恶教训。相对地,日本人一直不认错,讲到第二次世界大战,他们就讲广岛原子弹爆炸,将自己刻画为人类史上唯一的核爆炸受害者,所以他们也是战争受害者,如此掩饰了作为加害者的身份。

但如果我们深入去理解,就会晓得,这种态度并不会让日本人比德国人好过。日本人付出的代价,是他们急速的转向,赶紧和战争、过去告别,采取一种截然相反的立场,来规避战争责任。他们没有悔罪，而是直接背叛自己的过去，瞬间转过来，将过去的敌人当作朋友，不，甚至是当作偶像来崇拜。

德国人没有这样。他们没有转向崇拜美国，没有对西方战胜者卑躬屈膝，他们压抑着自己对于战争失败的痛苦，不断面对指责、不断悔罪。日本人却是突然大转弯，想要否定，甚至改写记忆，最后这种否定、改写本身变成了另一个让他们尴尬的记忆，几十年来，活在这种多重记忆扭曲的环境里，能好过到哪里去呢？

村上春树用他自己的复杂文本，一直面对着日本社会如此扭曲的心理环境。不过他的复杂，却往往以一种天真的方式表现出来。例如，《海边的卡夫卡》的主角，是一个十五岁的少年，书中将那么复杂的世界纠缠着十五岁少年的痛苦与冒险，以自我砥砺、自我追寻来表现。

田村卡夫卡只有十五岁，一部分来自小说说服力的考量。他承担的诅咒是弑父娶母，考虑到"娶母"这部分，显然他的年纪不能太大。我们可以想见，如果让这个主角三十岁，他妈妈大概要有五十五岁，那么"娶母"的情节将会给小说带来许多阅读上的障碍与抗拒。

十五岁刚进入青春期，正是要建立自我的关键年纪，决定自己究竟要变成一个什么样的人。乌鸦反复地说："你要做一个全世界最强悍的少年。"这句话有特殊的力量、特殊的吸引力。

而且这种少年精神，或说少年情境贯串了书中其他角色。

我们看到佐伯小姐回到了十五岁；中田先生一直没有从小时候的意外中归返正常情况，他无法正常学习，他停止成长了，停留在少年心态中；就连莫名其妙被卷进来的星野先生，也在过程中进入了这种少年情境。

一个卡车司机怎么会被海顿、贝多芬的音乐感动？这样的情节可信吗？当然可信，如果他被唤醒了十五岁时的少年精神，那时候一切尚未定型，他还没有确定自己非如何不可，他还在好奇地摸索中——只要那样的好奇与勇气被召唤出来，他当然可能在海顿、贝多芬的音乐中得到启悟，那和他后来成为卡车司机、成为中日队球迷的身份，是完全不相干的。

希望我们回到那样的少年精神中，勇敢地自己决定人生的路向，别拿命运当借口、当挡箭牌——这听起来很说教，但这是村上春树通过《海边的卡夫卡》真正要对他的读者诉说的核心主旨吧！

黑洞般的生命

从第一本小说《听风的歌》以来，四十多年间村上春树的小说作品，维持了惊人的一贯性，小说的主题，尤其是小说的人物角色，前后相衔，彼此呼应。

四十多年来，村上小说里的主角——男主角，维持了明确的特性。他们都和外面的世界保持一定的距离，弄不懂为什么这个世界会这样，然而同时却又怠懒地不去弄清楚。他们都在追寻着些神秘的目标，偏偏那些他们无法停止追寻的东西，永远模糊暧昧，更麻烦的是，永远说不明白，对自己说不明白，当然更不可能让别人了解。他们只能在迷雾中带着一个不能放弃的念头持续走下去，懵懵懂懂地经历所有奇怪的事。

小说里那些经历的奇怪程度，与主角的怠懒懵懂形成最强烈的对比，也就产生了村上小说最迷人的风格。那些男主角一个个都是巨大的生命经验吸收机，一次次吸收了各种风暴、各种折磨、各种感动与各种吸引，那些对别人而言应该是刻骨铭心、永志难忘并且必定会彻底改变个人生命的经验，被他们"就这样"吸收进去，几乎丝毫没有改变他们的迷茫与迷糊。村上小说里不断传达出来、不断让读者惊讶的，正是主角一次又一次以无奈却不求甚解的态度看待身边发生的所有事的行为。

那些事！有时是神秘的电话，有时是电视里跑出来的小人，有时是具体动物形象的羊男或青蛙大哥，有时是女性主动献身的性爱，有时是黑道般的人闯进来把房子彻底砸烂，有时是被搬运进完全陌生的时空，有时是世界即将毁灭的灾难……村上笔下的主角碰到了，没有太兴奋，没有太害怕，甚至没有太疑惑，"就这样"接受了。

村上写出了一个个黑洞般的生命。所有的经验一碰到他们身上，就被吸进去了，吸收再多，黑洞般的生命本身也几乎没有什么变化。他们还是那样无可无不可地过着。

老实说，如果拿掉了这种怠懒态度的主角，村上春树的小说看起来会很惊悚很夸张，甚至洒狗血到了荒唐的地步。看看性爱场面就好了，或真或幻，总是有女人一再主动乐意地跟村上小说的男主角上床，那种频率、那种简单的程度，几乎可以媲美"007"通俗小说。然而，不同的地方就在，村上的主角绝对没有邦德那种沾沾自喜，没有男性征服的炫耀，他往往只是莫名其妙、被动地接受了。

这样的角色，和我们身边的人，都很不一样。不过我们会在他们身上读到一种天真，甚至是一种拒绝长大的固执。无论发生什么事，他们不愿意认真去理解这个世界，如此他们才能继续活在自己的世界里。那种拒绝长大、拒绝去弄懂现实的坚持，应该是让他们成为经验黑洞的根本原因吧！

拒绝长大、拒绝去弄懂现实的坚持，或许也正是村上的小说最吸引我们的地方。在我们的潜意识中，一边读着村上的小说，一边有个自己听不到的声音讶异着：

"什么！碰到这样的事，你都还可以不认清现实，不被现实改变？"潜意识中，我们被这样的天真、对于天真的终极固执保护深深感动了，因为我们内在也曾经，或持续存在着这样的天真。

村上的小说为什么能直接对我们的潜意识说话，跳过了意识的防卫排斥？或者换个方式问：为什么他的小说不会因为那样虚幻荒诞的情节，引起我们阅读上的反感？为什么这么多读者不断地耽读他一本又一本的作品，无法抗拒？

我的答案会是：因为他创造出来的角色，从头到尾具备同样的性格与习惯。村上赋予他们的生活描述、铺排、暗示了他们的特殊梦幻感、梦幻态度。

总是听音乐的男人

他们的现实那么不现实。没有办法适应"正常"的上班环境，他们从一般人的轨道上游离出来，他们自己下厨做出带有强烈异国风味，却又是如此理所当然的三明治和意大利面，然后喝啤酒和威士忌，最重要地，永远都在听着各种音乐。如果把这些元素，尤其是把音乐从村上的小说里拿掉，很简单，村上的小说角色就不成立了，进而村上的小说就不成立了。

不夸张地说，四十多年来村上的小说写的，可以如此形容：煮意大利面、喝威士忌、听音乐——总是听着音乐的男人，在世界上的奇幻旅程。

村上有效地说服我们相信：这样的人，煮意大利面、喝酒、听音乐——总是听着音乐的男人，跟现实保持着一种距离，因为他们的日常生活中，就有着习惯性的脱节，他们拥有自己的步调，和自己的世界。

音乐以这种方式进入村上的小说，而且形塑了村上笔下的角色。即使在最具体、最现实的时光遭遇中，他们也随时可以跟着音乐，进入另一种状态里。他们不只听音乐，而且对音乐有着强烈且自我的感受，音乐是他们抗拒现实最重要又最自然的武器，不管外面发生什么，听音乐、听进音乐的刹那，他们就和现实隔离开了，通过音乐意义的筛截，用跟别人不一样的眼光，看待和对待现实里发生的事。这样他们才能一直保有天真，不被现实牵扯进去，不被现实改变。

能写出这样的角色，力量必然来自村上本身和音乐的密切关系。在《没有意义就没有摇摆》的后记里，村上说："我最初的职业并非文学，而是音乐。"他指的不只是写出《听风的歌》之前，以开爵士咖啡馆维生的事，更重要的，应该是他对音乐的感应，来得比文学还早、还强烈吧！"大学毕业后没打算上班，考量过该做什么之后，我就开了一家爵士咖啡馆。当时开这家店的动机很简单，还不就是为了能从早到晚听音乐。虽然以现在的眼光来看实在是傻得可以，但当年的我以为人生就是这么单纯。"村上如是说。

从《听风的歌》里的叙述者"我"，到《挪威的森林》里的渡边，一直到《海边的卡夫卡》里的乌鸦少年，如果他们自己可以选择，选的路应该也是不上班而去开一家爵士咖啡馆吧！经过这么多年，村上骨子里还是觉得"人生就是这么单纯"，不同的是，他知道了现实里有诸多力量侵扰、考验这样单纯的人生，于是他在小说里一方面大张旗鼓地夸张展示那些讨人厌的力量，另一方面又让饱受侵扰、考验的主角，总是维持着对于单纯人生的信念。

也就是维持着对于音乐的高度感应，享受借由音乐感受超越现实的快乐。"只要是好音乐我就绝不错过，碰到真正出色的杰作更是会为之感动。有时这种感动，甚至还为我的人生带来了明显的变化。"村上说。

所以在《海边的卡夫卡》里，卡车司机星野先生在四国高知市的街上乱逛，进到了一家咖啡馆，听见了贝多芬的《大公三重奏》，那是"真正的杰作"，音乐带来的直接感动状态下，他从咖啡馆主人那里知道了鲁道夫大公与贝多芬的关系，突然间，他意识到在这个世界上像大公这种人的价值：在天才、做大事的人身边，帮助他们，让他们省了许多困扰、许多挣扎。那一刻，星野先生的生命意义改变了，同时也就改变了搭他便车的中田先生，乃至少年田村卡夫卡的命运。

音乐是现实中的梦幻，是带领我们创造梦幻来重新看待现实的途径，村上春树真的如此相信、如此主张。因而，阅读村上春树的小说，不能不同时聆听小说里看似随意提及的音乐，什么样的音乐，爵士、古典或摇滚，在什么时候浮出或许是偶然，但是借音乐开展的天真、梦幻力量，却再具体、再坚实、再强大不过。

一个一直如此信仰音乐、如此看待音乐的人，通过音乐用天真梦幻不断和现实搏斗的人，怎么可能会老呢？

第六章

"地对地"的视角
——《地下铁事件》

"空对地"与"地对地"

一九九五年发生了日本有史以来规模最大的恐怖攻击事件，"奥姆真理教"教主麻原彰晃主谋策划，指使信徒选择东京霞关、永田町——也就是日本国会所在的政治权力中心区——的五个地铁车站，在上班人潮高峰时间放置沙林毒气，没有任何预警的情况下造成了十三人死亡，六千多人因吸入毒气受到轻重不等的损害。"奥姆真理教"中有一群科学家，掌握提炼沙林毒气的技术，所幸他们拥有的设备不足以提炼纯度更高的毒气，要不然死伤人数还会更惊人。

事件发生后当然有众多的报道，然而村上春树从中读到了让他极为不安的认知模式。因为有那么多人伤亡，那些受害者在报道中都是集体出现，顶多只有一个名字，更多时候只是数字中的一部分，而失去了个人的性质。

村上春树小说家的敏锐感受被刺激启动了，他设想如果是自己吸入毒气受害，打开电视、报纸看到连篇累牍在谈论"受害者"，一定会觉得很怪吧！"受害者"不就是我吗？可是他们所谈的又似乎完全没有我，都和真正的我无关啊！

所以他决心去做像契诃夫大老远跑到萨哈林岛去做的事。契诃夫的作品既提供启发，更是对比的鼓舞。比起契诃夫所完成的，村上春树想做的要容易多了，不过就是在自己所居住的东京，将那些受害者找出来，还原他们作为一个一个人的独立属性，逐个地凝视他们，诉说他们的生命故事。

这就是他所谓的"地对地"的观点，因应媒体上那种鸟瞰的"空对地"的姿态而来。他要去刻画出每一个受害者，将他们的个别经验叠加在一起，用这种方式来认识"地下铁事件"。

刚开始，他以一个小说作者的经验转而担任报道者，相对于一般记者"空对地"的习惯，他选择成为一个"地对地"报道者。然而在调查访问受害者的过程中，他发现一个更大的挑战横在面前，那是一份自我良心的挑战。如果用这种方式逐个地认识、呈现受害者是应该要做的，那么对于加害者呢？不是麻原彰晃，而是那些也被媒体"空对地"地放在"奥姆真理教"统合集体中的一个一个人？

他放不掉这个念头，于是在《地下铁事件》之后，又写了《约束的场所》。这个书名来自《圣经·旧约》，一般中文的翻译是"应许之地"。不过村上春树动用了"场所"这两个汉字，又让书中要传递的看法联结到日本京都学派由西田几多郎所提出的"场所哲学"。"场所"在人之外，围绕着人的生活的外在环境条件，然而我们不该单纯从外在角度看"场所"，"场所"其实是内外皆在，一方面环境条件进入我们的生命，决定我们是什么样的人；另一方面我们以主观认知选择性地应对环境，"场所"因而也不是完全客观、物质性的。另外"约束"这个词在日文中也有比中文里更广泛的意涵，既是许诺也是限制。

借由书名，村上春树表明了，这本书要探讨的是自由与限制、集体组织和个人选择间的关系。

集体灾难中的个体性

一九九五年对于村上春树是重要的转折年份，那一年他结束了在欧洲和美国的居留，回到日本，不管多么不喜欢日本文坛，还是终于认定了：既然自己只能用日文写作，应该以日本社会为"主场"。而这一年，又接连发生了"东京地下铁事件""阪神大地震"，直接冲击了村上春树原本和日本社会刻意保持疏离的态度。

之后，针对"奥姆真理教"施放毒气的恐怖攻击事件，他写了《地下铁事件》和《约束的场所》两本书；为了阪神大地震，他也写了《神的孩子都在跳舞》。

《神的孩子都在跳舞》这本小说集里一共有六篇作品，每篇都以不同的方式提到了阪神大地震。重点在：村上春树到底用什么态度、什么方法来书写地震？地震在这六个故事里到底扮演什么角色？或者换一个方式问：地震对村上春树究竟具有怎样的存在或思考上的意义？如果说《神的孩子都在跳舞》是答案，我们能不能从这个答案反推出干扰、困惑着村上春树的问题究竟是什么？

村上的书没有给我们太多小说文本之外的线索。没有作者自序,没有后记,没有文库本惯常会有的"解说"。勉强能够找到的只有全书最前面两则引文。一则引自陀思妥耶夫斯基的《群魔》,没头没尾莫名其妙的三句话:"'丽莎昨天到底发生了什么事?''发生的事已经发生了。''那太过分,太残酷!'"另一则引自戈达尔的电影,一位女子听到广播里报道越战中游击队死了一百一十五人时,忍不住慨叹:"无名的人真可怕啊。""只说游击队战死一百一十五人,什么也不清楚。关于每一个人的情形什么都不知道。有没有太太小孩?更喜欢戏剧还是更喜欢电影?完全不知道。只说战死了一百一十五人而已。"

我们不可小看、忽视这两段引文,尤其如果将这两段引文和《地下铁事件》相对照的话,一个主题、一种理解就浮现出来了。

村上春树为什么舍弃了过去长期习惯的虚构小说手法,去写"奥姆真理教"在东京地铁施放沙林毒气杀人的现实事件?因为他在"地下铁事件"中感受到了一种挥之不去的残酷与无奈,逼迫他必须写作,以这种方式来进行驱魔,那就是:面对庞大悲剧时,人在感受感知上的局限性。

平常如果是自己的亲友中有人自杀,我们不只会受到自杀这个行动的冲击,还会清楚地感受到这个人,活生生的人,突然消失不见了。我们会从经验与存在本体上,不断回忆复习这个人的容貌、行为、喜好,以及一切的细节。我们悲伤、难过，因为确确实实这个人的死去带给我们匮乏、损失、伤害。

或者说社会上哪个小学生被绑架、被撕票了,我们不认识他,也不认识他的父母,然而我们一样可以感受到这个人、这个家庭。他们的形象会在一片纷纭混乱的信息中浮凸出来,强迫我们去逼视,强迫我们为这特定的小孩、特定的家庭难过、痛心。

然而像"地下铁事件"就不一样了。那么多人同时遇害,灾难是集体的。无可避免地,他们的个别身份、他们的个别性就被事件的整体性、集体性掩盖了。我们不是不知道,他们来自不同背景,是完全不一样的人,纯粹巧合在同一时间、同一地铁车站被毒气袭击,我们知道的。可是在事件的喧闹中,我们就是不可能去感受到,我们无能为力。

或者像阪神大地震。数千人的生命瞬间同时殒没。不管我们怎么努力挖掘报道,我们都只会记得、只能意会到那"数千人"的空洞、抽象的集体概念,甚至愈是挖掘报道,愈是空洞抽象。因为人的感官认知,就是没有可以容纳几千个"个别性"的空间。

阪神大地震与《神的孩子都在跳舞》

从这个角度看,村上春树借由《神的孩子都在跳舞》默默地对我们熟悉的"地震论述"提出了抗议质疑。那样的"地震论述"只会使我们感受不到地震对每个人真正的影响。虽然地震是集体的、社会性的灾难,然而真正的伤害,除了灾祸、死亡之外,还有一些是极个人、极细微的。

《地下铁事件》和《神的孩子都在跳舞》的共通性在于,这两本书都试着去"个别化"集体庞大的灾难。不过这两本书尝试达成这个目标的手法,却截然相反。《地下铁事件》利用叙述来揭露,《神的孩子都在跳舞》却利用叙述来隐藏,或者说,利用隐藏来达到以叙述、语言表达的悲哀与伤怀。

几乎每一篇小说都有一件最重要、最核心的事,作者选择了不告诉我们。换句话说,村上春树违背了一般小说写作中作者与读者间的基本默契,他只是营造塑建起浓厚的气氛,让我们知道小说故事牵涉一个秘密、一个关键的未知之谜,可是最后小说却戛然止于秘密与谜依然没有揭露之处。

《泰国》这篇小说里,尼米特带早月去见巫婆般的老女人,老女人说早月的身体里有石头,未来会梦见一条蛇。接着写到了早月和尼米特去喝咖啡,早月向尼米特坦白她有一个从未对人说过的秘密,她对尼米特说了个开头,尼米特就打断她,不要她说下去,尼米特说:"我了解你的心情,不过一旦化为语言,那就会变成谎言。"所以那个一旦化为语言就会变成谎言的秘密,一直到小说终局,不只尼米特不知道,我们也不知道。

《神的孩子都在跳舞》这篇小说里,贯串全书背景的秘密,是善也这个小孩到底是怎么来的;而浮现在情节现实的谜,则是善也在电车上遇到、一路跟踪的那个人,到底是不是他生父。秘密和谜,村上都不肯给我们解答,他让那个被跟踪的人无声无息消失在一座棒球场里,什么线索都没有留下。

《UFO降落在钏路》更是充满了被隐瞒没有揭示的情节。故事每个重要转折点,小说里都不解释。小村的妻子为什么会看了地震的报道,就决定离开小村?让小村离开东京去北海道钏路的理由——同事佐佐木托他带去的小盒子,里面装了什么?为什么在佐佐木的妹妹旁边,会莫名其妙多了一个叫岛尾专子的女孩?我们统统都不知道。因为村上都没有告诉我们。

作者可以这样吗?作者可以滥用叙事权力到这种地步吗?把他应该知道、他明明知道的,与小说关系重大的事实,自作主张地隐瞒起来?

决定作者可以拥有多大权力,其实取决于读者对作者有多强烈的信任。作者如果冒犯了读者,使得读者不再信任,他就失去了读者。这才是最根本的"作者／读者"关系。

村上春树最神妙的本事,就在于掌握读者的认同与信任。所以他可以在《青蛙老弟,救东京》里,让片桐一回到自己的公寓房间,就发现有一只身高两米以上的巨大青蛙在等他。村上的读者,不会看到这只荒谬的青蛙就嗤之以鼻把书丢掉,他们信任村上,暂时中止常识判断,跟随片桐及青蛙进行一场既英勇又悲壮的东京保卫大作战。

所以读者也愿意接受村上叙述中的一再隐瞒。借由隐瞒、借由不说出来，村上一方面个别化了地震的影响，让受地震惊骇的经验具体呈现；另一方面得以在语言无法明白达致的深处，提醒所有人：不管有没有亲人朋友命丧地震中，我们其实都脱离不了地震的伤害，地震改变了我们生命中某种感受、某种习惯，这发生的事就已经发生了，无法否认也无法复原，因而真是"太残酷了"。

卸下小说家的身份

一九九五年三月，日本东京爆发惊人的"地铁沙林毒气事件"，整整两年后，村上春树采访了六十二位受害者，排比他们的证言，出版了《地下铁事件》。完成《地下铁事件》后，村上春树接着又进行了对事件凶手——"奥姆真理教"的采访，一共访问了八个曾经加入"奥姆真理教"的人，把他们的自白描述，也编辑起来构成了《约束的场所：地下铁事件Ⅱ》。

从形式上看，我们可能会对这本书做出两个重要的预设判断。第一是这样一本书，它的内容主轴是对"奥姆真理教"的认识与理解。"奥姆真理教"的存在与运作，是个既存的事实，尤其村上春树采取了忠实记录这些教徒思想、意见的方式，在这里面，既没有了可供小说家虚构挥洒的空间，也没有了小说家介入参与改造内容的机会,所以对于这样一本书,我们可能最难找到村上春树的个人色彩。对于那些因为着迷于村上春树独特文字风格及神秘怠懒世界观人生观的读者,尤其是不在东京、不在日本、没有亲历过"地下铁事件"冲击的中国读者,恐怕很难对这本书产生强烈、紧密的认同。

第二个判断则是从前一本《地下铁事件》延续下来,我们预期这本书中村上会节制自抑地扮演聆听者与记录者的角色。而尽职地聆听与记录,前提条件就是必须停止自己的价值批判。我们会以为:村上将让"奥姆真理教"教徒自己发言,村上不表明也不发表自己对他们所作所为的看法。

从浅层表面看,这两项判断不能算错。村上春树在前言里,就很诚恳地说:"我的工作是听取人们的谈话,将所谈的话尽可能化为容易阅读的文章。""深入去分析对方精神的细节,乃至对他们立场的伦理或理论的正当性加以种种评断,并不是这次采访的目的。有关更深入的宗教论点,或社会意义的追究,我希望能在别的地方由各个领域的专家去评论。那样应该会比较确实。和这作为一种对比,我在这里想要试着提出的,毕竟是从'地对地'的观点所看到的他们的姿态。"

换句话说,村上小心翼翼地不让自己摆出高人一等的姿态,不让自己流露出"你们怎么会那么坏、那么邪恶"的高姿态,也不让自己流露出"你们怎么那么笨、那么蠢,如此荒谬的事竟然也会相信"的高姿态。不管是哪一种高姿态,无疑都会丧失"地对地"的视角,也就看不到村上想要揭露的"奥姆真理教"的真相了。

毕竟,村上春树之所以会脱离小说家的身份,陆续去采访"沙林毒气事件"的受害者及"奥姆真理教"教徒,不正是因为日本的媒体、知识界中,找不到"地对地"的观点?在重大事件产生的迫切感影响下,在习惯性的傲慢态度支配下,别人都在还没弄清楚事实、感受之时,就先入为主地要解释、要评断了。村上对这样的现象深感困惑与不满。

不管是在《地下铁事件》还是《约束的场所》中,我们都看到过受访者表示:"像今天这样能好好让我们说话的采访,之前从来就没有过。"证明了村上春树的确认真做到了"地对地"的谦虚体谅的承诺,要不然也不可能从受害者与"奥姆真理教"教徒那里,挖掘出那么多深入、深刻的内容。

不过藏在这样的表层之下,在《约束的场所》中被彰显出来,大放异彩,进而改变了整本书性质与意义的,是这种"地对地"角度的另外一种可能性。

小说家与宗教狂热者

当村上春树以"地对地"的态度平等接近这些"奥姆真理教"教徒时,他得到了一种一般日本人几乎不可能具备的问题意识。其他人在面对"奥姆真理教"恐怖而邪恶的罪行时，基本反应除了道德位阶由上而下的轻视与鄙薄，就是设定这群人和自己的纯然异质性。大部分的日本人无法接受"奥姆真理教"教徒在麻原彰晃指使下，到地铁散放沙林毒气滥杀滥伤无辜的罪责，因而连带觉得如果发现这些人竟然和自己有相似雷同的地方，就仿佛自己的生命都会被那不可原谅、不可逼视的邪恶所污染侮辱了。

所以他们看这些人，只会看到和自己最不一样的部分、坏的部分。用这种眼光看法，为了保护自己不至于被牵连、被污染，"奥姆真理教"教徒非得是一群怪物不可。

然而从"地对地"出发的村上春树，却很快感受到，并且承认了自己与这些教徒的相似处、相通处。用他自己的话说："我和他们促膝交谈之间，不得不深深感觉到小说家写小说这种行为，和他们希求于宗教的行为之间，有一种难以消除的类似共同点的存在。其中有非常相似的东西。这确实是真的。"

这是个了不起的突破。村上春树竟然在"奥姆真理教"教徒，这些其他日本人避之唯恐不及的怪物身上，看到了和自己的相似性。而且相似的源头，不是任何琐碎无聊的行为，是被双方都视为生命当中意义创造的核心力量——"奥姆真理教"教徒的宗教追求，以及村上春树的小说写作。

从这个突破开始，《约束的场所》于是有了一个潜藏贯串在各章零星生命故事底下的主题主调。更重要地，村上春树先承认了自己与他们的相同处，反而才能准确地察觉出，自己和他们最关键的分歧点。

村上春树发现：自己和这些教徒，同样感受到与日本这个集体化社会，如此格格不入。日本，尤其是以前的日本，存在着强大的"多数机制"，用各种显性或隐性的奖惩手段，逼迫在那个社会里成长的个人，接受多数价值、多数意见。"多数机制"强大罩顶的情况下，可以想见，作为"少数"，不愿或无法融入多数群体的人，命运就很凄惨、坎坷了。

在"奥姆真理教"教徒身上，村上春树看到了自己青春期与社会"多数机制"冲突、龃龉的过去。这当然得归功于村上认真执行了"地对地"的采访原则，以及他作为小说家对个体的尊重与好奇，他总是先从受访者的身世背景耐心问起，才能发掘出别人和"多数机制"的不愉快经验。

逃避与追寻的辩证

村上显然认为，"奥姆真理教"教徒会离家投身于教团，一个重要因素是，他们的自我无法在既有的家庭、社会组构下获得伸张。"奥姆真理教"教徒们在教团里找到的，对他们具有最大吸引力的，就是他们遇见了其他同样不能忍受、不能适应"多数机制"的人。原本在"多数机制"逼挤下，觉得自己如此孤单，必须孤零零忍耐周遭歧视、指责的眼光，而且几乎相信了：自己是怪物，无法融入多数，都是自己的过错；这样的人竟然有机会遇到其他"伙伴"，心理上的温暖与解放，可想而知。

当村上说"小说家写小说这种行为，和他们希求于宗教的行为之间，有一种难以消除的类似共同点存在"时，他也就揭示了他自己小说经验的主要核心：小说之于村上，也是一种逃避与追寻的辩证统一。追寻真实自我可以发挥发展的机会，也就意味着必须逃离日本教育体制以及日本集体社会价值的控制。突然之间，我们更清楚明了了，刚出道成名的那几年，村上春树为什么反复地强调，他几乎不曾受到日本文学，尤其是日本小说传统的影响，他对这个传统极度陌生；我们也更清楚明了了，为什么有很多年村上一直拒绝被视为"很日本"的作家，也对别人在他作品里看到、找到的"日本性"，表示高度怀疑与保留。

村上的文学路数，的确是取径欧美。他对于欧美文学典故的熟悉程度，远高过任何日本事物。他流畅拈来西方名词的风格，编造出了一种独特的异国情调，构成了早期作品风靡日本的主要条件。然而在《约束的场所》里，村上春树才进一步检讨、揭露藏在这种风格背后的存在性理由：他是为了摆脱日本集体性才遁入小说阅读与写作世界的，难怪会对牵扯到日本的质素，如此避之唯恐不及。换言之，如果小说还写出了"日本味道"的话，对村上而言，就成了最大的失败与挫折，表示必须要靠拒斥、逃避日本多数价值才会浮现的村上自我，没有真正建立起来。

这一点，挑战、改变了我们前面提到的第一个预设评断。《约束的场所》以"奥姆真理教"教徒为主角，却意外地表露了最多的村上春树性格与写作的内在线索。

《约束的场所》揭露的还不止这些。正因为也经历了同样由受拘束、受压迫，到急于撞出自我与自由的生命过程，村上春树无可避免地察觉到这些"奥姆真理教"教徒的巨大矛盾。在访问狩野浩之时，村上说："因为我是小说家，所以跟你相反，我认为无法测定的东西是最重要的。"访问稻叶光治时，村上讲得更明白了："我想知道的是，在'奥姆真理教'这个宗教的教义中，所谓自己到底是设定在什么样的位置？在修行中到底要把自己托付给师父到什么程度，在什么范围内是由自己个人在管理的？我跟你们谈过话之后，这方面还没有弄得很清楚。"

比对书中其他内容，我们可以感受到，"这方面"是不可能弄清楚的，因为整个"奥姆真理教"最大的问题，至少从村上的角度看，就出在这里。

这些人来到"奥姆真理教"，原本是为了要寻找自我，伸张他们在世间"多数机制"下没有办法开拓的自由。可是一旦进入"奥姆真理教"，他们却服从于教主麻原彰晃的意志，一切听从教主的，反而更没有自我与自由。这的确是最大的矛盾。

威权的陷阱

如何解释这个矛盾的产生与持续存在？村上春树虽然没有明讲，我们倒不难从书里的八篇告白里，得到答案。

答案一是，"奥姆真理教"对教徒而言，发挥了一种"置换替代的自由"的功能。他们个人无法取得的自由，就投射在"奥姆真理教"上，"奥姆真理教"对抗日本社会所取得的自由，于是就被他们转而内化为自己追求自由的成就。他们在这里面得到虽曲折却实质性的满足。

从这曲折投射中，我们也可以看出：这些会参加"奥姆真理教"、留在教团里的人，对于靠自己的力量对抗社会、对抗"多数机制"，其实是缺乏信心的。他们不愿屈服于"多数机制"，但他们又没有勇气试着去做孤单的少数。"奥姆真理教"给了他们另一个选择——参加一个集结了许多同样适应不良的人的团体，靠这个团体的力量，来争取自我与自由。

然而"奥姆真理教"本身形成了另外一个"集体"。更严重的是，追求自我与自由一旦投射转折，很容易就会掉入另一种威权的陷阱，到最后，教徒错觉：如果代表、象征"奥姆真理教"的教主麻原彰晃获得了不受社会"多数机制"管辖的自由与自我，那么他们自己也就分享了这种自由的成就与荣光。如此错觉下，麻原的行为愈古怪愈任性，反而愈能巩固其教主地位与重要性。

我们还可以得到的第二个答案则是：即使教徒们开始感受到教团里的异常情况，因而不安、因而怀疑，他们也很难下定决心来脱离"奥姆真理教"。他们无处可去。在教团外面，是他们早就认识、早就无法忍受，让他们饱尝折磨的由"多数机制"掌控的社会。那个社会，与他们格格不入；那个社会的主流不接纳他们，总是给他们白眼。留在教团里，至少周遭互动的还是同样被社会多数抛掷出来的畸零受害者。

他们因为惧怕那个多数社会，而离不开"奥姆真理教"。因为离不开，也就半自愿、半被迫地接受各种合理化教团教主古怪、任性的说法。"奥姆真理教"与麻原教主拥有两项最强有力的合理化催眠说法。一种是"末日预言"，从十六世纪预言家诺查丹玛斯的著作里找到，一九九九年整个世界即将灭亡的预示。如果一切都要走到终点，人还能做什么？翻回来看：如果一切都要结束了，那么能够改变、挽救这个末日困境的努力，不管怎么荒谬奇怪，也都是可以接受的了。毕竟这是绝望中唯一的希望；毕竟一切终将毁灭，就算杀了人，被杀的人到末日时本来也是要被彻底毁灭的。

还有一种催眠力量来自"密宗金刚乘"，这是佛教中最讲究神秘法术，也最强调"方便"的一支。为了修行，为了达到"解脱"，有时候必须接受"方便"法门，在目的正确的前提下，手段的正当性也可获得保证。

这两种一般人不太可能轻易接受的合理化借口，在教徒们不敢、不能离开教团的心理背景下，就被内化成他们的自我价值。或者应该说，成为他们自我价值的廉价替代品，成为他们逃避自由、放弃自由的交代。

领悟了这一点，我们也就必须调整对《约束的场所》的第二项预设判断。村上虽然"地对地"地体贴倾听了"奥姆真理教"教徒的心声，然而在记录、呈现的同时，他也对他们进行了坚定而严厉的批判。

善恶论与速成觉悟

书中所收的和河合隼雄的对话录里，村上这样说：

> 我想写小说和追求宗教，重叠的部分相当大……不过不同之处在于……自己能够自主地负起最后的责任到什么地步呢？明白说，我们以作品的形式，可以自己一个人承担下这个责任，不得不承担，而他们终究必须依托于师父或教义。简单说这是决定性的差异。

这一差异，非同小可。以这决定性的差异作为起点，村上和河合进而在他们的对话里开展了至少三项更具普遍性意义的批判。第一是批判"奥姆真理教"及类似团体对"恶"的概念。"把善与恶截然分成两边,说这是善,这是恶,弄不好的话可能会很危险。如果善要驱逐恶,那么会变成善不管做什么都没关系。这是最可怕的事情。"

第二个批判是"奥姆真理教"及类似团体所提供的"速成觉悟"。不必经过长远的思考与困惑挣扎,竟然就得到了超越性的真理。用河合隼雄的话来说:"悟得太快的人,他们的悟往往对别人没有帮助。反而是那些经过一番苦难,花了很长时间烦恼'我为什么没办法悟呢?为什么只有我不行呢?'最后才悟的人,往往比较能帮上别人。拥有相当烦恼的世界,依然能悟,这才更有意义。"

这两项批判合在一起,才产生了河合的另一个建议:"不管组织也好家庭也好,我想某种程度上还是要认真去思考怎么样一面容纳恶、一面活下去,想一想该怎么去表现,怎么样去包容。"

麻原彰晃正站在这个具体建议的对面。他提供快速的救赎,同时提供教徒一种自命为善来摒除、隔绝恶的傲慢姿态。在这个善恶分离、以善来消灭恶或解救恶的故事里,麻原教主自己成了善的代言人、善的化身,以及善的权力使者。

村上与河合的第三项批判,正是:"麻原所提出故事的力量,已经超越他自己本身的力量。""故事所拥有的影响力已经超过那个说故事者的影响力,使那说故事的人自己也成为故事的牺牲品。"

这三项批判，尖锐指出了"奥姆真理教"教徒把责任推给教主，无法像小说家一样自己承担的真相。而这三项批判，也超越了对"奥姆真理教"与"地铁沙林毒气事件"的分析，触及了不同社会人类运用宗教权力中，基本的诈骗、堕落与腐化本身。

《约束的场所》扉页上引用了诗人斯特兰德的作品，最重要的应该是这几句：

> 这是我睡着的时候
> 人家承诺给我的地方。
> 可是当我醒来时却又被剥夺了。

村上春树捕捉到的，就是"奥姆真理教"原本许诺要让教徒们获得自我与自由，然而最后却比谁都更残酷、更彻底地剥夺了他们的自我与自由，这样的一场背叛悲剧。

对比《1Q84》中深田保的教团

在这里，"地对地"的态度，将自己和这些"加害者"放在一起同情比对的态度，有了更深也更尖锐的意义。那种"空对地"的鸟瞰角度，不正是忽略个体、创造高度紧密集体性的主要力量之一？不也正是这些人无法适应而逃入"奥姆真理教"的主因之一？

采访、书写《约束的场所》对村上春树是一趟冒险旅程，像是实践他自己反复在小说中呈现的人生实状——永远无法预测自己会掉进什么样的洞里，会在洞中遭遇什么，又能否从洞中出来。

他出来了，但也没出来。从那之后，"组织"变成了村上春树小说中阴魂不散的潜在主题，他反复以各种不同方式探索：组织到底是什么？组织和个人之间的关系是什么？人有可能离开组织而存在吗？在各种大大小小的组织之间，人究竟如何四处穿梭？还有更根本的：我们有可能摆脱"场所"而作为一个人活着吗？

《1Q84》里的"先驱""黎明"等团体，一眼就能看出和"奥姆真理教"有关，然而正因为有了写作《约束的场所》的深刻体会，村上春树没有理所当然地将它们描写成黑暗、邪恶的团体。

小说中描述深田保很认真地追究他成立的教团的性质与意义，让他甚至在死前都还对青豆说了一段解释的话。这充分显示了从《约束的场所》而来的态度——即便面对加害者，都应该先暂停谴责，先进行理解。如果已经先抱持谴责态度，必定会先入为主地看到这些人和自己不一样的地方，只看到那些自认为不会做、不可能做的邪恶行为，那么也就不可能真正理解。真正的理解牵涉冒险，要勇敢涉入，去看这些人和自己类似的部分，如此形成他们的完整图像，同时也等于对自己进行了意识黑暗底层的探索。

写作《1Q84》时，村上春树化身青豆和天吾这样高度内化组织性的角色去呈现"反社会者"。小说中刻意制造了一个反差，先是让我们觉得青豆的暗杀行为是正义的，那些被杀的人都如此可恶，都死有余辜，也就彻底接受了老妇人告诉青豆的：你没有做任何错事，我们在做对的事。

然而青豆终于接近深田保，有机会可以杀他时，她竟然下不了手。怎么会这样？在更进一步"地对地"地知道了深田保和他宗教组织的来龙去脉后，这样的观点、这样的知识，给青豆带来了什么影响？其实更重要的是：那又给读者带来了什么影响，我们会如何看待青豆的犹豫与她的终极暗杀任务呢？

影响我们看待青豆的，当然不只是对于深田保的认识，更牵扯到小说中呈现的青豆身世。

青豆和天吾在十岁时种下情丝，那是一份青梅竹马的纯真永恒之爱，而让两人彼此吸引的，是两人都早早就受"组织"伤害的共同经验。虽然两家大人属于完全不同的组织，却有着共同的坚持——对于组织的信仰与效忠胜过一切。

青豆的父母属于基督教"证人会"，青豆别无选择地被纳入这个组织，因而成了生活环境中最孤独的小孩。她被视为古怪到必须隔绝，其他孩子甚至不会霸凌她，因为霸凌都还要和她互动。她彻底疏离到很难和别人有互动。

天吾又何尝不是如此,他也过着一种别的小孩无法理解、无法接近的生活,因为父亲是最忠诚的NHK[1]收费员。在对组织的效忠程度上,天吾的父亲和青豆的父母其实没有两样。所有接收了电波的人家都必须付费,那成了他的信仰,绝对不会动摇的信仰。尽管,或说正因为他在组织中如此微不足道,他的信仰最为坚定,一直到死去了都还穿着NHK收费员制服下葬。

所以十岁时青豆去握住天吾的手,那是两个因组织而早早受伤的灵魂的碰触。那不是两小无猜的早熟情愫而已,而是在各自孤绝的环境中竟然辨识出同类,因此刺激出最强烈也最坚决的联结。他们不只是情定此生,在小说里甚至两个世界间的断裂都无法阻止他们的爱情。

这个背景同时也说明了,为什么是他们两人被拉进由深田保和组织所创造的,那有着两个月亮的世界。那个世界已经离开了由"老大哥"来控制的状态,转变成个人与个人间彼此牵绊同化,也就是个人都被改造为同一性的Little People(小小人),又倒过来被Little People改造了的世界。

在那里,"老大哥"退隐了,不需要有"老大哥"的监视,组织已经变得如水银泻地般无孔不入。后冷战时代的日本,人们都觉得自己是自由的,没有任何外在力量控制、决定每个人

---
1 NHK:日本广播协会。

该怎么做、该如何选择，不过这样的社会却并未产生具备独立个性、独立思想的"个人主义式"个人，而是大家都放弃追求自由，不觉得，也不想要为了追求自由或个性做任何努力。

欢迎来到由 Little People 宰制，因而更难察觉、更难反抗的世界。在这个世界里，几乎只剩下青豆与天吾还能保有个人意识，而他们个人意识的强悍性质很明显地来自纯粹爱情力量。他们心中有一个绝对无可取代的爱情对象，那个对象保有了最纯粹、最绝对的个别唯一性，反过来也保障了爱着的这个人是唯一的、无可取代的个人。

这既是村上春树在《1Q84》中铺设的浪漫底色，也是他对奥威尔《一九八四》的另一层致敬表现。

现实完胜虚构

二〇一八年台北国际书展论坛上，宝瓶文化的社长暨总编辑朱亚君提出了一份题为《现实完胜虚构》、带有强烈自我嘲讽意味的出版观察报告。

在此之前，台湾发生了震慑人心的"林奕含事件"，朱亚君也被牵扯在内。林奕含的小说《房思琪的初恋乐园》书稿最早是交给宝瓶出版社，朱亚君原来同意要出版，但后来顾虑林奕含的精神状况无法应付出版可能引发的压力，因而改变了决定……

朱亚君自我检视，今天的现实中有着诸多戏剧性事件，使得大家愈来愈觉得现实比小说更刺激更耸动，在排山倒海而来的光怪陆离的新闻中，谁还有兴趣、余力去接触、追求虚构的文本呢？

不过有意思的是，当朱亚君要描述发生在自己身上的事所留下的强烈感受时，她提到的是聚斯金德的《香水》，想起了群众被聚斯金德笔下的香水激发非理性、盲动的场景，正如同她亲身体验到的群众愤怒，不分青红皂白似乎就要以集体行动将她一片片撕开来。

反讽的是，《香水》是小说啊！观察强调"现实完胜虚构"的出版人，出于潜意识的习惯，要描述现实时，自然地动用了小说中的虚构场景。我们为什么还读小说，还需要小说？正说着"现实完胜虚构"的朱亚君给了我们一个坚实的答案：因为小说可以强化记忆，帮我们在印象中进行记录。诸多再戏剧性不过的新闻不断出现，却又都很快消失了，不只是不会再出现在新闻媒体，而且也彻底从我们的记忆中消失。

小说因为什么才能让我们记得？因为小说运用虚构的特权提供了解释。新闻只会呈现群众的疯狂行为，小说才会给我们来龙去脉，让我们看到群众是如何被聚斯金德调制的香水刺激操控而引发了狂暴情绪，加上解释，这件事就动用了大脑中的理解功能，被放入了长期记忆区。

"东京地铁沙林毒气事件"具有那种现实比虚构更荒谬的强烈戏剧性质。日本社会当然大受刺激,爆发了对于"奥姆真理教"与麻原彰晃的愤怒、仇视,大声质问:"怎么能做出这么不人道的事!"然而这样的激动内在却含藏着一份冷漠,愈是气愤、愈是仇视,也就愈是认定那样一个组织团体和自己完全无关,那是一个恐怖得不可思议、无法理解因而也就不需要去理解的邪恶世界。外表激动,内在冷漠;外表有多激动,正反映了内在认定自己和这些人有多远的距离。

这样的态度令村上春树不安。因为他的小说长期以来都在质疑我们理所当然处之的这个世界,借由虚构创造出各式各样其他的世界,他表明了基本态度:别以为你会永远安稳地活在这个"正常"的世界,这个世界充满了各种缝隙、缺口,使你不预期地就到了某一个"另一边"去了。那不是为任何特定的人准备的,不是为了要故意折磨谁,而是每个人都随时有可能遇到的。那才是生命真正的事实状态。

《1Q84》延续了《地下铁事件》和《约束的场所》,以虚构情境让这个重点更尖锐、更难忘——你如何确定自己活在既有的、理所当然的、安全的世界,而不是不知不觉中穿过了那缝隙、缺口到了另一个世界?你又如何认定自己会一直处在既有的、理所当然的、安全的世界,将另外的世界阻挡在外,如何确信那些不一样的世界都和你无关?

《1Q84》中"组织高于个人的世界"既来自奥威尔的

《一九八四》，也来自麻原彰晃的"奥姆真理教"，那就是村上春树要呈现的"场所"，一个并不存在"老大哥"监视胁迫的世界，人却自愿舍弃自由进入组织，自愿成为"受约束的人"。为什么会有这种心理动机呢？

第七章

两个世界
——读《1Q84》

《1Q84》与《一九八四》

读村上春树的小说几乎总是需要先做功课,他会在小说中埋下够多的坑,在不同的地方、不同的层次让你跌倒,让你明确感觉到这样的需求。

读中文版《1Q84》,我们会很自然地将书名念成1、8、4三个数字中间夹着英文的Q。如此从一开始就错了,就失去了村上春树设定的第一个典故:用日语读,"1Q84"的发音和"一九八四"完全一样。同音称呼来自小说的女主角青豆,她发现自己所在的地方天空中竟然有两个月亮,这绝对不正常,不是原来的那个世界里会有的。原来的是一九八四年的世界,所以她暗自将这个奇特的另类世界命名为"1Q84",将原来的"9"代换为同音的"Q",表示两个世界间只有微小的差异。

然而将故事背景设定在一九八四年,将书名取作念起来和"一九八四"完全一样的"1Q84",村上春树明显且明确地要求我们做功课——去读乔治·奥威尔的经典政治小说《一九八四》。如果你没读过《一九八四》,你不熟悉《一九八四》的内容,读《1Q84》时会有很多理解上的空缺。

如果不知道"老大哥"在奥威尔小说中的形象,我们不会知道《1Q84》中Little People的来历,也不会理解这些如同幻象般从"空气蛹"里冒出来的小小人,代表、象征什么。

这部《1Q84》出版，距离村上春树前一部大长篇《海边的卡夫卡》有相当久的时间，借着读者的期待，当时出版社在日本刻意将之炒作成一个重大事件，首刷印量创下了日本出版史上的新纪录，上市当天几乎所有的书店都在最明显的位置上堆满了《1Q84》。

不过出版社其实还留了一手。如此巨量开卖的，是《1Q84》的第一部和第二部，读者读了会觉得小说未完，但作者和出版社却都没有告诉读者是不是还有续集，续集什么时候会出。为制造这种神秘效果，第二部结尾还故意放了一段类似"后记"的解释。看到"后记"，我们会觉得书应该已经读完了，可是这篇又并不完全是作者在全书后面和读者沟通的"后记"，看起来比较像是编辑说明。

说明什么呢？说明这部书出版距离一九八四年已经有二十五年了，或许有读者会发现文中用到了一些一九八四年时并不存在或不会被运用的词语，请大家包涵，因为作者不可能忠实地回到一九八四年，彻底复制、使用当时的语言。

从内容和口气看，这篇"后记"又像是村上春树自己写的，一般编辑是不会，也没有立场这样为作者向读者致歉的。更深层地看，尤其带入了对于奥威尔《一九八四》的认识，我们反而应该将这一段视为村上春树建立这两部作品间联结的另外一种提示。

关键在于奥威尔的小说写成于一九四八年，之所以取名

"一九八四",是因为将小说背景设在未来,直接将自己所处的年份数字颠倒,形成了对于三十六年后世界的刻画,对应展现极权主义可能带来的结果,警告读者当下正在发生的政治权力威胁。

一九四八年写的小说,当然不可能准确预见、运用一九八四年真正在用的词语和表达方式,然而这绝对无损于《一九八四》小说的价值,因为"一九八四"在小说中本来就是作为象征而存在的,关键在于那样一个极权统治下的未来世界。对照地,村上春树要告诉他的读者,《1Q84》中的那个一九八四年也同样是象征,不是写实的,请大家不要画错重点去纠察词语细节的错误。真正重要的是,在这部小说中,村上春树为什么故意动用同样的一九八四年,这个年份在他的小说里又要象征什么呢?

作者的虚构特权

村上春树写作技法上的长项之一,是创造节奏紧密的实时现场感。《听风的歌》写的是一九七〇年发生的事,然而我们在近半个世纪之后读,却不会从中得到怀旧历史的时间差距。他的小说总是创造出一种和特定时代脱节的迷离感,因而得以传递普遍的人格、意识探索主题。

也因此很难想象村上春树要写历史小说。他习惯的、擅长的写法是呈现当代现实时空，或刻意抹去时空性质的情境。那他为什么要将青豆和天吾的故事如此强调，放到一九八四年的时空中？

第二部结尾的说明就是要表明，虽然时空设定在一九八四年，但村上春树没有要写历史小说，他不是会一丝不苟去做研究将那个时代气氛完整重现的作者，他叫我们不要对他有这样的期待，他一定会用到一九八四年之后才出现的语词、语句、语法，或犯了时代窜乱的某些错误。

如果不是和奥威尔经典作品的刻意纠结关系，村上春树不需要写一九八四年。选择一九八四年是因为他要将小说《一九八四》当作自己《1Q84》的前传，以这两部小说的互文呼应，而不是单独以《1Q84》的内容来传递更复杂、更深沉的讯息。

奥威尔是一位为我们示范了在文学领域中"好"和"伟大"的差别的经典作家。他写的小说《动物农场》《一九八四》经过了半个多世纪，一直到今天仍然在英语世界被视为高中生、大学生的必读教材，借由这两本作品能给予成长的一代重要的现代权力与政治常识引导。在这方面他的成就是伟大、不朽的。然而就小说论小说，纯粹以小说的标准评断，《动物农场》和《一九八四》实在不能说是好小说。

什么是"好小说"？我同意村上春树在《1Q84》第二章中，借由小松编辑评论深绘里作品所说的："好的小说至少要含有某种让我读不透的东西才行,那才是小说应该追求的;以小说而言,我对于自己读不透的东西评价最高,对于我能读透的东西一点兴趣都没有,这是非常重要的。"

小说作者拥有虚构的特权,能够在作品中创造非现实的世界来和读者沟通,因而当然应该提供和一般现实理解不同的途径,让读者碰触到平常在现实里碰触不到的某种更深层或更幽微、更隐晦的真相,这应该就是"呈现某些无法让人一眼看透的东西"的意思。

乔治·奥威尔的政治寓言

《1Q84》中设定的一个重要事件,是天吾替深绘里这位名不见经传的十七岁少女修改《空气蛹》这部作品,后来作品赢得了新人奖,进一步成为畅销书。

借由天吾和深绘里的合作,村上春树显示了写小说需要有两种天分、两种条件。深绘里身上有的,是值得被说出来的特殊经验、感受,甚至是独一无二的体验,然而她缺少了能够将独特体验改造得让其他人、更多人理解的写作手法。小说有一部分是经验、感受,那往往来自偶然,无法刻意设计、安排;还有一部分,是叙事技巧,如何诉说呈现如此独特的体验,而愈是独特的体验愈需要高超的叙事,才能跨越感受上的鸿沟,打动不可能有那种体验的人。

这是村上春树"引以为傲"的本事。在小说中创造出"空气蛹"、Little People、"猫之村",或让青豆穿上二十世纪八十年代设计师岛田顺子的高级套装去执行杀手任务,那都是不可思议、远离现实的内容,而村上春树可以写得让读者一直读下去,非但不会怀疑、厌烦,甚至可以从中取得阅读乐趣。

以这种严格标准来看,奥威尔的成就是比所有人都更早看清楚绝对权力的冷酷、腐败、矛盾、荒谬之处,在对的时间以相对简单、基本的叙事手法写成了令人难忘的小说。

从写作经历上看,奥威尔最擅长的文类其实是报道与评论,并不是小说。但他之所以能写出《动物农场》和《一九八四》,正源自丰富的报道散文与政治评论写作经验。长期对于政治的观察、思考,让奥威尔看穿了权力的核心本质——它必定是潜藏在表面现象以下的动机与野心,因而促使了他选择直接报道与评论以外的小说形式,在《动物农场》和《一九八四》中写出了动人的寓言与预言。

如果不只阅读《动物农场》和《一九八四》,而是连同涉猎奥威尔早期的小说《缅甸岁月》和他的报道、评论,就可以比较准确而持平地看到奥威尔真正最高的成就。他在欠缺写出好小说的技术条件下,受到强大的观察、思维刺激,完成了两部更有效表现观察与批判意见的小说。

奥威尔的政治信念引导他看到殖民者与被殖民者间的紧张

关系，高度不平等的安排导致即便有少数殖民者想要放下身段去接近殖民地社会，都被制度性的鸿沟给隔绝了。他的观察结果如此清楚，因而写成小说《缅甸岁月》时，殖民者与被殖民者角色分明，也就没有了那种好小说需要的"让人一眼看不透"的性质。

对比之下，《动物农场》和《一九八四》成功的根本理由，在于离开了现实，奥威尔找到了寓言和预言的形式。

《动物农场》和《一九八四》的共同主题是政治权力分配上的不平等，统治者与被统治者之间的关系，采用了不同的切入点书写。

《动物农场》的核心讯息是最有名的那句话："所有动物生来平等，但有些动物更平等。"这句话的对照来源是"人生而平等""人人平等"等响亮口号，嘲讽地对照在这种口号下产生了什么样的事实。

小说中描述原本由人类统治动物的农庄经历了革命，动物将人赶走取得了自主权。革命之所以成功，因为动物跨越了物种界限团结起来，要建立一个所有动物皆平等的理想环境。然而等到人被赶走了，动物之间的关系就开始变质，口号、概念不变，但实质上猪取得了愈来愈大的权力，凌驾在其他动物之上，为了合理化自己的权力地位，猪发明了那样一句扭曲的修正口号。

《动物农场》点出了二十世纪新时代政治和旧政治最大的差别——一切以平等为名。即使是最不平等的宰制、剥削，这个时候都在平等的名义下进行；甚至是借由平等的名义，而使得事实上的宰制、剥削更严重、更可怕。

自从法国大革命以来，过去曾有过的一切都经历了质疑，很多被推翻了。取而代之的理想目标是自由、平等、博爱，是美国的民主机制与民有、民治、民享，然而到奥威尔写作的二十世纪中叶，这些发展似乎都变形成了巨大的嘲讽。理想的追求带来的却是更不平等的权力状况。

《动物农场》以寓言点出，新的一代统治者最大的权力来源，竟然是平等的口号，将"平等"喊得再响亮不过，来掩饰背后极端的不平等，并且将明明不平等的情况，狡言称为"有人比其他人更平等"。于是过程中，"平等"这个词失去了本有的意义，甚至失去了所有的意义，变得完全空洞，于是语言本身也进而在被权力滥用的条件下彻底变质了。

奥威尔对于语言的作用极度敏感。他看出了语言在集体权力操弄下，甚至能够产生完全相反的指涉。借由口号，借由让人相信口号，创造出一个表面上称为平等，实际上比以前更不平等的社会，这就是语言具备的思想与行动影响力。

《动物农场》里的动物，原来因为害怕人类，屈从人类的力量而接受不平等；换成由猪治理时，它们的地位仍然极度不平等，远远低于猪，然而这种不平等却是出于混淆的信念，相信口号因而相信喊口号的当权者，让自己居于低下的地位。

在政治看法上，奥威尔很悲观，但《动物农场》以寓言形式，将故事在动物间搬演，冲淡了悲观沉重，让读者比较容易接受，这是这部小说受到欢迎的不可或缺的因素。

消灭反政府的词语

类似的主题、类似的悲观也出现在《一九八四》里。故事设定在一九八四年，其实纯粹是偶然，如果奥威尔早一年或晚一年写，可能就会将小说命名为《一九七四》或《一九九四》。重点在于有点远又不是太远的未来，以便让小说有着预言性，却又不脱清楚、强烈的现实联结。

那几年是冷战局势形成的关键时刻。丘吉尔首先提出"铁幕正在缓缓落下"的警告，随后奥威尔出版了《一九八四》，接下来世界看起来似乎就在朝他预言中刻画的方向行进。

小说中那个未来世界只剩下三个大国，尤其是其中的两个国家彼此激烈竞争。以前国与国的竞争冲突，是为了领土，为了利益，此时国家的芥蒂根源不同了，主要源自价值系统、意识形态上的歧异。

因此一九四八年奥威尔预言国家政治的最终权力会运用在垄断人的思想上。《一九八四》中主角温斯顿·史密斯任职于国家"真理部"负责编词典的部门，那就是通过规范能使用的字汇语词来控制思想的一环。

小说中奥威尔只是轻描淡写地形容，"真理部"必须达到的职务目标是编出每一版愈来愈薄的词典。这违反了人类历史上编词典的经验。词典向来是愈编愈厚，因为旧的字词还保留在书籍或口语中没有消失，而新的字词又诞生了。词典包纳了社会上能运用的语言总体，社会进化的表征之一正是愈来愈复杂的语言，得以用来承载、表达更复杂、更多样的观念想法。

词典愈编愈薄意味着要让社会上能用的语言内容不断减少。因为复杂、多样的观念、想法难以管控，要让人彻底服从，那就得釜底抽薪让语言变得简单，停留在简单的状态不准衍生。

官方将"不方便"的词语从词典中拿掉，规定人民只能使用词典中收录的词语，于是那些观念就随着词语废弃不用一并消失了，制造出对统治者最有利的情况。一旦所有和"推翻政府"有关的字词统统不见了，日常语言中没有这样的词语，相应没有这样的观念，人民就不可能主张推翻政府，心中完全不会有推翻政府的念头，甚至不知道推翻政府是什么。那是让政府最安全的彻底管控状态。

《一九八四》描绘了极权社会的情况，这是人类历史上的新鲜现象，对于人的控制渗透进思想层面，而不是单纯外表行为的要求。为了表达这种极端的权力不平等形式，奥威尔动用了寓言写法，写出了无所不在、永远都在监视的"老大哥"形象。"老大哥"表面上无所不在地照顾人民，实质上无所不在地收集人民的行为与思想资料。

小说中温斯顿察觉了"老大哥"的权力性质，而他之所以能突破严密思想管制，有了对"老大哥"的自觉反抗，源自爱情所激发的强烈欲望。那份欲望被"老大哥"压抑、否定了，促使他有了悲剧性的醒觉。

后冷战时代的世界

《1Q84》和《一九八四》有着密切的互文关系。奥威尔在一九四八年"投射描写"未来一九八四年的英国，村上春树则从相反方向，将二〇〇九年的日本社会投射回一九八四年。就像奥威尔不是真正要写一九八四年的英国一样，村上春树也不是要写一部关于一九八四年日本情况的历史小说。他召唤出二十五年前的日本社会，是为了审视二十一世纪初的日本乃至于世界的状况。

《1Q84》和《一九八四》同样是寓言。《一九八四》为我们解释了冷战世界的形成、极权主义的威胁，那么《1Q84》是要说明后冷战世界的模样，并探索冷战与后冷战历史时期间的关系。

看看《1Q84》中几个人物的背景。编辑小松和戎野老师是一九五九年爆发第一次"安保斗争"时的大学生；戎野和深田保则是一九七〇年第二次"安保斗争"时的年轻教授。很明显地,他们是左翼青年,反对美国,反对自民党长期执政的"五五年体制",反对团块势力,因为这些影响日本至深的因素取消了个体个性,所以他们致力于在日本成立另类社会,组织了革命团体。

《1Q84》中显现的这些现象是对《一九八四》的延续、呼应。他们组成的左翼团体后来分裂了,激进派主张直接以武力冲撞社会、推翻既有结构,也就是主张武装革命路线。这是"黎明派",后来和警察发生了激烈枪战后被消灭了。

分裂出来的温和派形成了"先驱"团体,到了一九七九年转型成为宗教法人,等于是从左翼变到右翼立场了,怎么会有这样的事?这正是《1Q84》中提出的核心问题。

在这一点上《1Q84》继承了《一九八四》揭示的现象,看到了在权力中所有的语言观念、价值信仰都产生了神奇诡异的矛盾统合,相反的意义有着同样的表述,一个词语可以代表完全不同的意思。另外,村上春树刻意对比奥威尔,凸显后冷战时代的最大特色——社会的主宰控制力量不再是"老大哥",而是其对面、相反的 Little People。

小说中描述深田保、"黎明派"与"先驱派",到后来青豆进入旅馆,看到了深田保变形后的模样。这里村上春树给我们另一个功课,要我们去了解"东京地铁沙林毒气事件"作为背景。

小说的第十八章标题是"天吾 不再有 Big Brother 出现的一幕",显示掌控一切的组织转成以 Little People 为中心。然后

第二十章描述深绘里去天吾家，睡觉之前叫天吾念书给她听。天吾选择朗读契诃夫的《萨哈林岛》。

契诃夫为什么写这本书？依照村上春树在别的文章里写的："契诃夫是一个医生，以科学家的身份，他或许想对俄罗斯这个巨大国家的患部之类的东西，以自己的眼睛检查一番。"如此理解契诃夫所做的，直接联系到村上春树自己对于"东京地铁沙林毒气事件"的调查。

村上说那个时候他对自己身为住在都会的新锐作家感到不自在，对于东京文坛的气氛感到厌恶，那些动不动就互扯后腿、装模作样的文学同行也让他不想亲近，对于居心不良的评论家更是只想保持距离。调查"东京地铁沙林毒气事件"是为了洗清这种文学污垢的理性行为，就像契诃夫想要对国家的"患部之类的东西，以自己的眼睛检查一番"一样。

他认定契诃夫也是因为内在有一种虚空的不安，所以选择去到西伯利亚的极东边，一个几乎没有交通工具到得了的地方，要证明自己不是窝在都会区里写想象的小说内容赚取肯定，而是能确确实实看到人，看到那些可怜的尼夫赫人。

"黎明派"与"先驱派"

青豆第一次察觉被她命名为"1Q84"的这个世界，是在下高速公路时发现警察的制服和配枪改变了。明明她早上才见过警察，怎么可能在那么短的时间中他们就改换了制服和配枪？别人告诉她警察制服两年前就换了，她感到无法置信，还特别去图书馆查旧报纸。在那里查到了警察和激进团体"黎明"在山梨县爆发激烈枪战，三名警察殉职，因而重新检视警察装备，有了改变。

换句话说，原来的那个世界和这个"1Q84"世界的分歧，是从那个事件开始的；也可以说，"黎明派"和警方的枪战刺激了另外一个不一样世界的形成。那件事不存在于原来的一九八四年的世界里，所以可以认知，这个"1Q84"世界和激进宗教团体组织有很密切的关系。

在这个世界里，最主要的存在是基本教义派组织，其成员都盲信组织，甚至认为失去了信仰就不值得活下去。这种态度分为显性和隐性，被消灭的"黎明派"是显性，和"黎明派"同根生长的"先驱派"则在显隐之间，后来离奇地转型为宗教团体，其发展、转型中最大的主使领导者是青豆要暗杀的深田保。

"黎明派""先驱派"是促成"1Q84"和原本一九八四年世界分歧的主要因素，然而除此之外，还有像NHK那样的隐性组织，涵盖了所有的人，代表了现代政府的公共强制力。而那样的强制力要发挥作用，NHK能够向所有人收费，要靠一群称职的执行者，他们对于收费工作抱持着一种信仰的热忱。

青豆查旧报纸时发现了另一条以前忽略的怪新闻。一个大学生满不在乎地对NHK收费员说："你凭什么逼我交钱？"竟然因此被收费员拿刀刺伤。大学生冒犯了收费员的价值信仰，所有的收费员被灌输信念，相信不交钱的人等同于偷国家电波的小偷，是应该被鄙视的小偷。小偷竟然还敢如此嚣张，对那位拔刀相向的收费员来说，那实在太过分了。

青豆和天吾是这种组织所造成的最无辜也最无助的受害者。他们都是小时候没有能力做任何选择时，被大人拖入了由组织信仰主宰的生活，因而和其他人隔绝开来，成为最孤独的小孩。这样的经历使得他们穿过两个世界间的缺口，掉进了"1Q84"的世界里。

显性和隐性极端组织的最大差异，在于教主的有无。深田保是个教主，其形象一部分是从电影《现代启示录》里脱化出来的。对这部影史上的经典，许多观众留下最深刻印象的往往不是马丁·辛饰演的男主角，而是由马龙·白兰度饰演的黑暗丛林之王。

看过马龙·白兰度在《现代启示录》中的演出，再看过麻原彰晃的照片，很容易就能对上《1Q84》中对于深田保的描述。和现实中的麻原彰晃不一样，而承袭自《现代启示录》情节的，是教主最后自愿走向死亡。马龙·白兰度饰演的角色要求他的接班人如何杀他的一幕，给观众带来很大的冲击，那和深田保交代青豆的情节极其相似。

《现代启示录》改编自康拉德的小说《黑暗的心》，将小说中发生在非洲刚果河上游的故事搬到越南丛林里。康拉德原著写的是欧洲帝国主义殖民的特殊统治现象，极少数的殖民者竟然能毫不费力地统治广大的土地与众多的人民。以英国为例，如果以人口数计算，他们在印度统治同样人口所投注的殖民人力，是在非洲的两百五十倍；如果以土地面积计算，那么前者的人力甚至是后者的一千两百倍！

看今天的非洲地图，好几个国家仍然有直线的国界，那很明显不可能是在历史中自然形成的，而是来自欧洲列强的瓜分。几个帝国主义国家代表坐下来，不必到现场，就依照经纬线分赃了事。但重点是，为什么那么容易？那么容易就瓜分，又那么容易就以最少的人力进行剥削统治？

那就不是靠枪炮武力优势了，而是靠文明的力量，殖民政府懂得如何利用当地人的迷信，创造出各种仪式来让他们服从。借由这种方式，殖民者将自己塑造成伟大的神，让被殖民者恐惧、威服，根本不敢反抗。

而康拉德挖掘、曝显的"黑暗的心"是殖民者装神弄鬼间，把自己都迷惑了，认定自己真的有那么大的超越力量，混淆了现实和自己打造出来的神话。极致的统治是让被统治者完全相信统治者的超越身份，但同时也几乎必然使得统治者相信自己不再是凡人，甚至不再是人。所有如此以权力打造出来的神明，内在都有着一颗最黑暗的"黑暗的心"，终究会给他自己带来无解的悲剧结局。

这是从《黑暗的心》到《现代启示录》再到《1Q84》的连贯主题。

组织与 Little People

《1Q84》和奥威尔的《一九八四》同样都描述了一个组织高于个人、以组织控制个人的世界，不过两者有着一项绝然的差异——组织控制力量的来源。在奥威尔笔下，那是无所不在、永远在看着每个人的"老大哥"，那是由上而下的监视体制，不只随时监视，而且从行为到心理全面监视。村上春树写的世界里没有了"老大哥"，那其实也不是一九八四年的世界，比较接近村上春树写作这部小说的二十一世纪初期的状况。

经历了"地下铁事件"的村上春树，活在二〇〇九年的现实世界中，没办法那么放心。《1Q84》要质疑提醒的是："老大哥"不在了，大家就都自由了吗？别忘了，还有 Little People，组织落入了更难捉摸、不知来历的 Little People 手中，而组织的权力与控制，持续存在。

在《约束的场所》中，村上春树试图以同情而非敌意的态度来了解"奥姆真理教"教徒，从而看到了这些人的特殊社会角色。这是一群自愿放弃自由、选择被"约束"的人，而他们的动机，来自教主给他们的一份"约束"承诺，那其实是很糟、很拙劣的骗局，但他们却被勾引且沉沦了。然而这些人不是真的那么独特，和其他人、和我们完全不一样，完全无关，让他们沉沦的力量，也有可能让我们沉沦。

是什么让他们沉沦？是那种必须属于一个团体，必须让自己符合团体要求，和其他团体成员一样的压力。这些人无法适应日本社会的团体期待，因而接受了麻原彰晃给他们另一个团体归属的承诺，来缓解心中的强烈不确定、不安全、孤寂痛苦。

那是一种必须维持自己做 Little People 的强烈冲动，不能独立长大、不能自主，非依赖组织不可，而使得组织维持了庞大的宰制力量，甚于"老大哥"的时代。

从习惯的角度看，有一个教主组成团体领导这些人。然而村上春树却呈现了另一个角度：其实是这些人的"Little People 态度"、一定要在组织中寻找依赖的需求，才创造出教主来。不是教主创造 Little People，而是倒过来，Little People 创造了教主。

小组织与大组织

一般的视角看到"奥姆真理教"的"反社会"性格，他们要以在地铁站施放毒气的方式制造恐慌，凸显日本政府无力保护民众，让民众起来推翻政府，彻底瓦解既有的社会秩序。不过他们对日本政府、日本社会的仇恨，源于自己被这个庞大组织驱逐出来，在那里找不到位子；于是他们要推翻那个大组织的手段，是先形成一个更严密的小组织。

一切骚动的源头，是组织之间的纠结：组织压抑、去除差异。因为差异性太大而无法融入大组织的人，把自己放进一个从另外方向看来更不容许差异的小组织，来对抗大组织，试图推翻大组织。

他们得到的"约束"其实很粗糙："将你的自由与灵魂交出来，我就保证为你推翻那个使你无法融入、迫害你的大组织。"

问题重点不在麻原彰晃有多坏，而在于为什么光凭那么粗糙的承诺，他就能组成"奥姆真理教"？一方面他并未清楚交代究竟如何破坏大组织，另一方面也没有表明推翻了既有社会后大家能得到什么。如此漏洞百出的说法为什么能吸引人？

因为他们缺乏进出不同世界的想象力，以至于连要求一个像样故事的能力都没有。这是村上春树作为一位小说家最敏锐察觉的，发现了自己和他们虽同样对大组织适应不良，却绝对不可能接受麻原彰晃的根本差异之处。在这点上，他实质批判了一般日本人那种将"奥姆真理教"教徒视为异类的态度，愿意看到、愿意承认自己和他们如此相似，才能找出真正的问题所在。

在《1Q84》中，他更进一步同情地设想，这样的教团可能是如何形成的，以小说虚构重建他们的原型历史。必须将之放进这样的历史中,才能解释访问教徒时挖出的大困扰——麻原彰晃竟然是如此不称职的一个教主,他的所作所为,尤其是他提供的教义信仰,和人们从事件的严重性而回推假定的,实在有太大落差了。

这就指向了日本社会严重缺乏想象力训练的根本问题,没有足够想象经验的人,才会被那么不称职的教主、那么粗糙的信仰故事迷得团团转。在《1Q84》中,村上春树没有要写麻原彰晃,他写了比麻原彰晃高明了许多,从《黑暗的心》《现代启示录》延伸过来的理想化教主形象,告诉我们如果将这种等级的人物放到日本环境中,会发生什么事。

答案很明显:会因而产生一个新的世界,一个极其恐怖的世界。

权力的秘密性

深田保是一个真正了解人心的教主,不是现实里又笨又糟的麻原彰晃。青豆去见深田保的过程中,其实一切都在深田保的控制下,青豆以为自己在执行任务,实际上却是她变成了深田保的工具。

青豆可以杀了深田保,深田保自己安排青豆杀他,"老大哥"消失了,然而这个组织不会瓦解,不会停止运作。因为他们早已经转型成由 Little People 掌控的形式了。Little People 传递神秘、具有高度煽动性的信号给少数的"知觉者",但"知觉者"自己无法将讯息转化为别人能理解的讯息,所以又需要"接收者"从"知觉者"那里接过信号,转译为一般人都能听懂的讯息传出去。

教主就是"接收者",他一面从"知觉者"那里收到来自 Little People 的信号,另一面将信号外在化,讲给追随者、群众听。这样的两面功能使得他拥有最高的权力。过去"老大哥"高高在上,由上而下送来指令,由上而下进行监管;现在教主却聆听下面最深处、如同来自地底的 Little People 的声音,将自己的权威建立在这个底层声音上。

村上春树对于写小说的目的有非常传神的比喻——如果现实是地面一楼的话,写实主义小说就是关于一楼的描述,心理小说则是要将人从一楼往下带到地下室去,而他自己要写的小说是不停留在地下室,去发现地下室还有一道楼梯,再通往没有任何人知道、没有任何人到过的地下二层。沿着这个比喻,我们很容易明了从地底出现的 Little People 的神秘声音,是集体潜意识。

教主依恃的,是听见被压抑下去的黑暗权力意识,再将这种潜藏的、不应该表现的意识转译之后传达给一般人,那样的讯息中带有强烈的诱惑,得以召唤团体成员服从——不是服从教主,实际上是服从自己的黑暗潜意识,如此构成了没有"老大哥"、不需要"老大哥"的新组织。

这样的组织无法从外面推翻,因为它不是由外在外显的"老大哥"统治的。推翻了教主、杀了教主还是无法解决根底上的Little People。所以只有从组织内部,破坏了从Little People到"知觉者"再到"接收者"这一连串装神弄鬼的秘密性,才能破解这样的权力控制形式。

于是深田保和深绘里的父女关系如此重要。深绘里写的《空气蛹》不是小说,而是组织内部记录,通过天吾的改写变成了人人都能看,也有很多人看的畅销书。失去了秘密性之后,教主和黑暗潜意识的连接就断开了,他听不到声音了,所以必须赴死让位给新的"接收者",让他们在新的秘密性基础上,重建组织。

理解的责任

传统权力体制中,有一样显然和弗洛伊德的潜意识理论密切相关。皇帝、教主或奴隶主都是男性,而且都有能掌控多数女人提供性服务的"后宫"。他们不需要压抑性欲,甚至可以自由展示性宰制,这既是他们的权力展示,也是他们权力的一项重要来源。

权力的其中一个性质就是违背、冒犯禁忌。大部分的社会都将女人的身体疆域设为禁忌，于是倒过来，当权者的象征就表现为能够恣意不受限制地侵犯任何女人的身体。所有统治者都总是要展现出左拥右抱的形象，夸张表演他们无视一般禁忌的行为模式。

依照弗洛伊德理论，性的压抑是潜意识形成的主要因素，性欲的扭曲也构成了潜意识的主要内容，当权者以其不受节制的性表现，象征、代表了集体潜意识；因而当权者同时也是巨大的性扭曲示范广告牌。

《1Q84》甚至涉及儿童性侵与近亲乱伦的两大性禁忌。深田保靠着秘密性和外界隔绝，让自己取得了近乎神的地位，于是他超越了所有的禁忌限制。小说里有庇护所中的小翼——尚未初潮的小女孩——被侵犯的事迹，那是使得青豆去进行暗杀的关键罪行，加害者所做的是对女性、对个人身体的终极违犯，绝对无法原谅。

然后还有深田保和女儿深绘里的肉体关系。为什么他们能有如此令人发指的行为？对这样的行为我们要如何理解、如何面对？这是小说中最令人不安的讯息。

很显然，要面对比要理解来得容易。小说前半一路引导我们随着青豆进入旅馆，我们完全认同青豆的行为、背后老妇人的思维与决定，应该用这种方式处置这种人，他们不应该活下去，没有资格继续存在于这个世上。

老妇人是因为女儿被以那种方式侵犯、虐待，后来又失去了女儿，于是对那样的男人产生了绝对的仇恨；青豆则是因为挚友大冢也同样遭遇过这种事，完全认同老妇人的态度，所以自愿扮演暗杀者。阅读中基本上我们都会同意老妇人对青豆说的："你没有做不对的事。你做的都是对的。"青豆杀了三个人，第一个就是大冢环的丈夫，然而她不会有良心困扰，我们也没有。如果真在现实里遇到这样的事，应该有很多人认为自己也会做同样的选择吧！

青豆穿着迷你裙去执行暗杀任务，我们会跟着在意、期待她完成任务，为之感到紧张、血脉偾张。但这不是村上春树要表达的重点。他将教主的邪恶形象推到极致，这个人比麻原彰晃厉害、张狂，干的事比麻原彰晃还恐怖，村上春树要问：遇到这种看来罪大恶极的人，你除了希望他赶快被除掉之外，还会有耐心愿意去了解他吗？

村上春树要传递的惊人讯息是：你们不许因而放弃了理解的责任。青豆刺杀任务的最后一段，读者紧张地要看青豆如何避开马尾头与和尚头的注意进入旅馆房间，但村上春树却偏偏安排了深田保说了一段青豆听不懂的话。他和女儿的关系、他承受的巨大痛苦，那是什么？

还有，深田保坦白了，其实他早就知道青豆的暗杀企图，大可以阻止青豆接近，他让青豆过来，是为了要揭露一些讯息。这里有着村上春树从《地下铁事件》《约束的场所》到《1Q84》中对读者的挑衅：遇到这种邪恶的人与事，你们都还仍然觉得只要将这些人杀了、用报复的方式解决就好了吗？你们不会好奇为什么有如此邪恶的人与事出现，你们不会担心快快解决了，将使得这个人或这件事从此变成永恒的谜吗？

肉体、感情与社会伦理

我们不得不随着青豆重新检讨：这整件事究竟是如何发生的？第一次"安保斗争"中的一个左翼青年学生，到了第二次"安保斗争"中变成了左翼青年学者，组织了一个反对日本社会体制的团体，接着团体经历分裂，激进派被消灭了，残存的另一部分竟然在一九七九年转型为宗教法人，走到最右去了。

村上春树不让我们掉过头去不理这些现象，而选择让我们通过"性"来知觉、来省察。《1Q84》有很多关于性的描写，然而却几乎没有一处可以称为"正常的性"。在一般社会的组构中，"性"有相关的三项条件：第一，肉体联结；第二，与肉体联结相应的情感；第三，受到集体认可的制度性关系。以这三项作为性的基本条件，那么小说中对性的描述都不符合"正常"的标准。

天吾和一位比他年长十岁的有夫之妇间有肉体联结，也有一定的情感，但绝对不在社会认可的关系范围内。而青豆的性联结不只是一次性的，近乎随意挑选，甚至还是工具性的，是为了发泄她杀人过程中的精神紧张压力。另外还有她和 Ayumi 一起去探险，不只是弄出了四人性交的闹剧般场景，还导致 Ayumi 被绞杀的可怕结果。

一步一步再导引到教主的性活动。在那里，性成为"听到声音"的关键，他要和女儿或其他未成年、没有生育能力的女童发生关系，才能听到 Little People 的声音。

这些性活动一个比一个荒诞。另一个极端荒诞的，还有青豆与天吾的关系。他们十岁时定情，握住彼此的手的那瞬间，形成了最强烈的、最坚固的爱情。然而在这段爱情中，两个人根本没有再见面，如何可能有肉体联结？小说从开头到结尾，男女主角之间不曾有肉体接触，但青豆却神奇地怀了天吾的小孩。那发生在一个只打雷不下雨，闪电也不亮的夜晚，天吾透过深绘里的身体穿越时空和青豆交合。

深绘里变成了一个通道，几乎像是取代了之前《发条鸟年代记》里的井，以及之后《刺杀骑士团长》里的地洞的穿越功能。青豆借由雅纳切克《小交响曲》和首都公路三号线路边太平梯，从一九八四年的世界进入"1Q84"的世界。《小交响曲》让她回想起对天吾的感情。天吾则是通过深绘里的身体进入"1Q84"，发现了天空中有两个月亮的奇景。

肉体、感情与社会伦理三项条件构成的性，在这个世界中如此难得，相当程度上表现出由 Little People 掌控的世界的组织化特性，显示了人的一种疏离状态，是那个世界中的荒凉景致。

李斯特的《巡礼之年》

写完大长篇《1Q84》到写下一部大长篇《刺杀骑士团长》之间,村上春树写了一部"意外的长篇"——《没有色彩的多崎作和他的巡礼之年》。这部小说标题中的"巡礼之年"来自李斯特一组重要的钢琴作品。回到李斯特的乐谱本身,所谓"巡礼"是法文的"pèlerinage",更常被翻译为"朝圣",但到了十九世纪,在浪漫主义的观念中另外取得了"壮游"的意思。

"朝圣"如何转化、联系到"壮游"?在交通条件很差的时代,刺激人离家上路、去到较远地方的主要动机,是"朝圣",为了宗教信仰的理由,去到特定的圣地,取得精神的提升与满足。历史上最有名,也最麻烦的圣地,是耶路撒冷,因为犹太教、基督教和伊斯兰教都将耶路撒冷视为圣地,都要积极前往朝圣,于是三教信徒不只很容易在这里相遇冲突,更进一步,三教信徒都要保护圣地,将其他不同宗教的信徒赶出去。为了从穆斯林手中夺回耶路撒冷,罗马天主教在欧洲掀起了"十字军东征",后来彻底改变了欧洲,乃至于全人类的历史。

朝圣有明确的目的地,要经历种种困难,上路了却不一定能到达,是一种和宗教紧密牵系的精神体验。到十九世纪,基督教的影响淡化了,然而追求精神体验的热情在浪漫主义中不降反升,仍然看重人离开舒适的生活、到路上接受各种不安危险考验的体会。圣人与圣地被抛弃了,转而为了自我成长历练而上路,那就成了"壮游"。

"壮游"之"壮"指向其不同意义,不是为了去到哪里的过程手段,本身就是目的,是在旅程中获得自我发现的独特超越性意义。李斯特将他的系列乐曲命名为《巡礼之年》,记录了自己作为艺术家、作曲家、钢琴家,生命形成过程中到过的不同地方,如何经由"壮游"找到自我,完成了自我。

最能反映李斯特浪漫情怀下的壮游经历——如何寻觅又找到了什么,同时具备音乐与文学、哲学深度意涵的作品,首推《奥伯曼山谷》。被放在《瑞士之年》里的这首曲子,标题看起来在描述一个地方,然而你到了瑞士却也到不了"奥伯曼山谷",因为那不是真实的地名,是法国作家瑟南古一本书信体小说中的虚构之处,那本小说就叫作《奥伯曼》。

瑟南古书中描写的奥伯曼山谷四季分明,冬天一片白雪皑皑,夏天则是全无保留的浓绿色。有一个人住在这里,不断向其他地方发送信件,对他来说,那里就是世界的中心,从那里发出他真诚的呼唤。从这里写的每一封信,虽然有不同的寄送对象,然而其内容彼此连贯,都是某方面的自我探索与自我开发记录。

李斯特的钢琴曲乐谱最前面引用了三段文字,两段来自瑟南古的虚构书信,第三段则是拜伦的一段诗。诗句表现诗人在探寻中找到了答案,他认定自己的生命应该要像雷电,爆发出巨大灿烂的光以及震耳欲聋的声响;然而同时他理解了更深一层的真相，这样的生命注定是没有人看到、没有人听到的一道雷电。

将瑟南古的作品和拜伦的诗放在一起，李斯特展现了这首钢琴曲讲的是关于孤独的自我英雄。他是英雄，具备着雷电般的光与声，然而创造出巨大声光的热情却又矛盾地使得他和一般世人无法共处。那是拜伦式的英雄，他愈是光彩夺目，世俗就愈是无法理解他而刻意忽视他，以至于他只能居于深深的山谷中，孤独地写着一封又一封信。

村上春树用了这个典故，在小说中写"没有色彩的多崎作"借由回首凝望生命中最深刻的一道伤痕，试图解开伤害来源之谜，来探寻自我，尤其是理解生命彻底孤独的情绪与情调是如何铸成的。

从《1Q84》到多崎作

《没有色彩的多崎作和他的巡礼之年》是村上春树写作生涯的一桩意外，本来只是要写成一个短篇小说的题材，却失控地被写成了长篇。了解村上春树的风格就会知道，要让这样一位严谨自律的作家在写作小说上失控，多么难得！

为什么这样一个故事会诱发村上春树愈写愈长偏离计划？我的解释是回到《1Q84》，看一段天吾和大他十岁的女友安田的对话。天吾童年时对校园生活不感兴趣,不过偶然听安田说自己小孩的事,天吾突然问安田有没有在学校被霸凌或霸凌别人的经验。安田的回答:小时候曾经霸凌过一个男孩,同学们约好都不跟他说话。天吾接着问:为什么要这样对那个男孩?安田表示其实根本忘了。

很明显地,《1Q84》里的角色安田忘了这件事的原因,《1Q84》的作者村上春树却没有忘记,尤其是他深深体认到被霸凌的那个男孩忘不了这件事,却一直无法知道自己被霸凌的原因。《没有色彩的多崎作和他的巡礼之年》就是从这里来的。

多崎作年少时在学校里有四个要好的朋友,五个人像一只手的五根手指那么亲近,然而突然有一天,其他四个人联合起来不理多崎作。多崎作如此受伤,以至于几乎完全改变了他的个性,还必须等到许多年之后,才有了足够的勇气要去一一寻找这些朋友,进行他的心理"巡礼",甚至是"壮游"。

在《1Q84》里天吾和安田的对话中,提到了一个重点——"霸凌主要是为了区分多数和少数",霸凌是多数对少数所做的事,参与霸凌的人借由欺负属于异质少数那边的人,来确认、伸张自己属于多数这边的身份。

霸凌不是谁欺负谁,而是多数欺负少数,霸凌者得到的,是属于多数的满足与安全感。面对、处理霸凌事件时经常被忽略的,是被霸凌者身上几乎一定带有特殊的异质性,他和别人不一样,所以引来了霸凌对待。换句话说,制造霸凌最根本的原因不是那些霸凌者的恶意，而是集体社会中认定多数就是"正常"、"正常"就一定比"异常"好，而且认定"正常"如此重要的价值观。

许多力竭声嘶强调霸凌问题严重程度的家长或社会民众，往往他们自己就是制造、维持这种价值观的主要力量来源。常常他们一边反对霸凌，一边对家里的孩子不断耳提面命，叫他们不能跟这种、那种同学在一起，被标举出来的，必定都是"异常"的小孩。他们自己不断在区分、强调多数才是对的，少数应该被疏离隔离，这种人有什么资格谴责霸凌行为呢？

村上春树提醒我们，霸凌的来源是"多数意识"，为了要维护属于"多数"的安全感，很容易就会站到霸凌者那一方去。他从霸凌者的角度简单说了这么一段回忆，在《1Q84》中只是一个小小的插曲。然而小小插曲中甚至没有出现的那个被霸凌的对象，之后就深植在他心中，他觉得应该将这个受欺负的弱者刻画出来，写着写着一发不可收，变成了意外的长篇小说。

孤独的少数

对于少数与多数的区别、站在少数立场呈现生活的艰难，村上春树真的极度在意。他不断提醒：大部分的人在不多思考、不动用反省时，会很自然地站到可以提供安全感的多数那一边,可是那些就是具备少数特质、无法加入多数的人怎么办?为这种少数发言,还被欺凌的孩子一个公道,不是那么容易处理,刺激村上春树动用了丰富的人生洞见与想象,同时也套用了他惯常的小说框架,受霸凌这件事成了多崎作生命中的那口井,他全无预期地掉了进去,从此再也不可能走回原来的路。如此作品也就需要长篇才铺陈得开了。

这部小说最独特之处,在于引用了《巡礼之年》作为贯穿的意象。对于生命的追寻,不断接受考验,"巡礼"或"壮游"到最后,必将终于看到、掌握到孤独的自我。

天吾也是一个这样的孤独者。他在和安田的对话中,"忽然想起很久以前发生的一件事,现在记忆偶尔还会苏醒过来,无法忘记,不过他没有提这件事,要提的话会很长,而且是一旦化为语言,最重要的微妙感觉就会丧失的那种事,他过去从来没对谁提过,往后可能也不会提"。

那件事就是十岁时伸手去握住青豆的手。联系到《巡礼之年》和多崎作,我们明白了,这两个小孩是因为都在"少数"那边,孤独,被霸凌,因而找到了彼此。天吾的父亲像是被大时代作弄的生命。他在中国遭逢战争,惊险逃回日本,受到了很大的冲击。小说中有一段悲哀的话:"天吾父亲在别人介绍下进入 NHK,是他人生故事的快乐结局。"意思是他在大时代中感受到自己的无力,此时他得到依靠,有了国家组织的雇用保护,不需要再独自去面对之前所遭受的种种折磨。

这让我们联想起远藤周作。远藤周作父母的婚姻在中国大连瓦解，因为他们对生活的认知南辕北辙。母亲对生命充满热情，拉小提琴时不放过任何一个音符，后来她将这份执着投注在宗教信仰上。如果不是母亲的这种痴迷，远藤周作不会成为天主教徒，更遑论成为天主教小说家。

父亲呢？远藤周作形容，他认为"一天只要没有发生任何事，就是幸福的一天"，他只要平顺过日子，不要任何变动，高度被动。被大时代动荡吓坏了的天吾父亲应该也抱持着类似的态度吧！进入NHK，他就可以躲在组织里不必再迎接、应对任何变化。他可以每天都得到没有发生任何事的幸福，因而是"快乐结局"。

他进入组织成了多数的那一边，真的是"快乐结局"吗？换从另一个角度看，活在多数中，他过的是靠出卖了人生中所有自我变化换来的安稳、无色彩的生活，而且吊诡地，正因为爸爸找到了组织，得以投靠多数，无条件过着多数的生活，天吾反而成了彻底孤独的少数。

青豆是"见证会"信徒的小孩，每天在学校吃饭时都必须大声祷告，引起所有人注目；天吾则是永远没有假日，任何假日的活动他都无法参加。两个人的家长都投入各自组织的多数，小孩却从学校这个组织游离出来，失去了团体依赖。他们和多崎作一样，都在童年时成为被霸凌的对象。

这样的孩子早早就必须面对一个"残酷而不亲切的世

界"——这是天吾的用语。这句话出现在他和深绘里初见面的对话中，他解释自己为什么会喜欢数学，甚至当上数学老师。数学是整个世界中对他最亲切的东西，只要够专注，数学就会在面前显现出一个方向。

数学是固定的，不会变脸、不会翻脸，够用心就能得到揭露一切的回报，让活在"残酷而不亲切的世界"里的天吾感到亲切，所以他喜欢数学。

他也喜欢小说，因为写小说才和深绘里有了互动关系。当他说："所谓数学这东西就像流水一样，凝神注视的话，自然可以看出那个水道，你只要一直注意看就行了，什么都不必做，只要集中注意力盯着看，对方就会明明白白地全部显示出来。在这广大的世界，只有数学对我这样亲切。"深绘里疑惑地问："如果教数学那么轻松的话，就没有必要辛苦地去写小说吧。一直只教数学不好吗？"

天吾的回答是：

> 实际的人生和数学不同，在实际的人生当中，事情不一定会以最短距离流动。数学对我而言，该怎么说呢？太过于自然了，那对我来说就像是美丽的风景一样，只是存在在那里的东西，甚至不必跟什么调换。所以在数学里面，有时候会觉得自己好像逐渐变透明了似的，有时候会觉得很可怕。

村上春树要我们体会天吾孤独的心情，他敏锐感受到自己活在一个不对少数者开放的世界，因而世界上多数人的生活与心情他都无法理解。数学透明而自然，但数学不是真实人生，作为孤独的个人，他需要有人生存在的意义，不能只靠数学。所以他借由小说改造周围的风景，这是小说的作用。

深绘里也写小说。但她和天吾很不一样，她写小说的理由显然也不同于天吾。深绘里和村上春树后来的小说《刺杀骑士团长》中的麻里惠是同一个模子造出来的角色。她们的意念、发言不受世俗习惯拘束，深绘里聊天时常常说"我不会对爸爸或任何大人讲这样的话"或"大人不觉得应该和我讲这样的话"；麻里惠也是，初见面时就突然对"我"说觉得自己胸部太小的事。

还有，这两个女孩说问句时都省略了句尾的"か"，以至于感觉上说的都是陈述句。为了要显现深绘里特殊的说话方式，村上春树将她的话都在引号中写成平假名，完全没有汉字。甚至在和天吾说着同一件事时，天吾的话中有汉字，深绘里说的就统统只有平假名。

深绘里说话的方式，会让人家觉得不能用汉字来记录她发出的声音，因而即使是日常生活中最简单的汉字词语都被拿掉了，只剩下纯粹标音的平假名。这是很有意思的文字实验，让人想起乔伊斯在《尤利西斯》和《芬尼根的守灵夜》中动用的种种实验写法。还有受到乔伊斯强烈影响的王文兴，他在小说《家变》和《背海的人》中，会穿插注音符号。明明念起来是一样的声音,为什么要舍弃惯用的文字改用注音符号?因为他要让读者强烈感觉到那声音,脱离了文字意象而更凸显出来的声音。

小说中尤其要凸显那是在天吾敏锐的耳中听到的声音。就连电话铃响,天吾听着都会产生"这是小松来电的铃声"的想法,对他来说,好几个人都有自己的电话铃响方式,例如牛河。那不是写实的,却还是会在许多人心中激起回响,因为我们对于声音的反应,经常有许多自己都很难描述的直觉差异。

当感受化为语言

天吾第一次见到深绘里时,觉得被她叫唤出了心中的一片空白——母亲的空白影像。这就是深绘里和麻里惠这种少女在村上春树小说中的主要作用,她们代表了没有被固定外表改造时的某种真实,乍然和她们相遇会将人带回社会化、集体化之前的纯真状态。

她们像是来自另一个更真实的世界,剥开了外表露出内在。因而用平假名记录说话的声音相应就比用汉字来得直接。

《1Q84》小说开头,出租车司机如同说谶语般告诉青豆:"不要被外表给骗了,现实往往只有一个。"深绘里和麻里惠她们代表那个更真实,或说那才是真实的世界,同时也是让人可以从迷失于外表假象的世界回归真实的通道。

当天吾想起青豆时，他没有对大他十岁的女友表白那是谁、是什么样的回忆，因为它"是一旦化为语言，最重要的微妙感觉就会丧失的那种事"。

现实到底是什么？活在一个"现实完胜虚构"的环境中，我们如何看待虚构的小说？很多人以为有了现实当然就不需要虚构、不需要小说，然而偏偏是在小说中，村上春树如此鲜活地提醒：但你有把握这个现实是现实吗？也许它其实是堕落的假象呢？

真实的世界会有真实的感受、真实的情绪、真实的经验，会有"一旦化为语言，最重要的微妙感觉就会丧失的那种事"。但我们活着的这个现实中有吗？感受、情绪、经验都是表面的、固定的，甚至都是别人已经先说过千百遍，都说烂了的。

我们经常错觉现实会直接呈现。不，现实总是先经过各种中介，像光线先通过了各种屈光透镜，才射入我们的眼底。这世界上很多"重要"的事以"新闻"的形式让我们知道，那就必然先经过了记者、主播、媒体、社会议论等重重的公共语言、多数的语言，然后才形成我们的认知。

我们领受的现实，是这种多重转手，由公共的、一般的、俗滥的表面语言描述传达的现实。那是真正的现实吗？那里面可能还有"一旦化为语言，最重要的微妙感觉就会丧失的那种事"？

千万要记得司机说的:"不要被外表给骗了。"现实只有一个,而且往往不是我们用语言转述、存记的那一个。唯一的现实中的个人真实性,被转化为多数人的外表意念,用多数人的语言诉说,一说就破坏了"最重要的微妙感觉"。人生中有些这样的事,被多数语言转化为外表的、统一的多数意念,就不再独特、不再微妙、不再个人,也不再自我了。

所以需要绕过外表,动用象征去描述现实,在虚构的状态下隐喻地表达,反而才能跳过众人的、固定的、庸俗的意念与语言。那样外表、庸俗、虚假的"现实"不可能完胜虚构,我们仍然需要虚构,因为那种"现实"有太多偶然、不相干的杂质。艺术,尤其是小说的虚构,相当程度上是去除杂质的过程,如天吾说的:"小说改造现实,然后突显你的存在。"

或用里尔克的诗句,那是"把人生活成命运"。意思是要点出:我们的人生最悲哀的就是当中有很多没有意义的时光与活动,绝大部分的人生现象都是没有意义的。所以我们动用艺术的虚构去拣选、去整理,尽量只留下有意义的部分,那样的人生图像于是显现出明确的方向、漂亮的秩序,在其间没有了偶然,人生减掉了偶然,就等于"命运"。

或者再换用和里尔克同时代的大诗人叶芝的说法:"人生是什么?当没有诗、没有艺术的时候,人生就只是早餐桌上的一堆偶然,没有任何事情是必然的。"所以需要小说虚构将人生化为必然的。

职业小说家

几乎所有的好小说，都是以细腻、精确的方式拣选了有意义的内容摆放在一起，产生了一幅关于生命的图像。村上春树特别"自慢"地表示："我是一个职业小说家，不是随便写写的。"对这一点他当然很明白。对这样写出来的好小说，我们应该用心读，才会知道作品中有多少偶然或无关紧要的东西。像《1Q84》篇幅如此庞大的作品，用心检验会发现其中并没有多少偶然或无关紧要的元素，这是很惊人的小说技艺成就。

《1Q84》开头，青豆在高速公路上听见雅纳切克的《小交响曲》，这不是偶然提到的一首乐曲，不只是联系到后面天吾展现出色音乐天分时的演出，而且也联系到重要的历史背景。

雅纳切克这首曲子，是一九二六年创作的，那一年在日本是昭和元年。村上春树一直在探讨"组织"，昭和元年正呼应了日本历史上最高度组织化的现象——军国主义的形成与兴起。大正时代在这一年结束，同时也结束了松散、骚乱的"大正民主"现象，转而一步步走向个人自由空间不断紧缩的军国主义发展期。

青豆想起了一九二六年的捷克，直接浮上来的想法是：雅纳切克不会知道未来长什么样子，一定无法预期不久之后，希特勒和纳粹军队就打过来了。接着青豆在出租车司机指引下找到安全梯，要从安全梯离开高速公路时，很奇怪地，她脑中竟然充满了情色的想象与回忆。小说在这里只说情色回忆的对象是一位女同学，后来我们会知道那是大冢环。在应该专心下楼梯时，青豆脑中全是两人在夜里亲热的画面。这样的描述没有任何偶然、无关紧要之处。

青豆之所以急着走下高速公路，是为了去执行袭杀大冢环丈夫的任务；而她之所以成为杀手，正是出于对那个男人的深深恨意，要为她深爱的这位同学复仇。因而执行任务途中她想起了自己和大冢环不只是心灵的，甚至是肉体的激情关系。

这是女性之间的性关系，是《1Q84》中最早出现的性描述。性在村上春树的作品中很重要，不过应该没有任何一部作品像《1Q84》，将之表现得那么丰富、那么有层次。《海边的卡夫卡》中因为涉及乱伦关系，有所保留，没有表现得那么明白；《刺杀骑士团长》中，性主要是人与人沟通与信赖的延伸端点。然而在《1Q84》里明确地排列了性的各种不同性质、不同作用。

最浪漫、最天真的性，发生在青豆与天吾之间，甚至进入了"超越"的境界，两人之间构成"没有肉体关系却有性关系"的神妙情况，村上春树借此凸显了因爱而生的性甚至可以超越时间、空间，超越现实世界的任何物理限制。

类似的写法之后会在《刺杀骑士团长》中再度出现，因真爱而产生了不受时空与肉体等具体条件限制、最理想的关系。和"因爱而性"形成对比的是"因性而爱"，在《1Q84》中是天吾和大他十岁的情人的关系；在《刺杀骑士团长》中则是"我"和年长女人的关系。他们之间有爱，但那样的爱离不开性，也因此其中牵涉的爱是有限的。

早在《1973年的弹珠玩具》中，村上春树就让小说里的"老鼠"爱上比他年纪大一些的女人，这成为"老鼠"决定离开家乡时最深的牵挂，但最终他还是不告而别了。《1Q84》中，年长十岁的女人后来就消失了，天吾接到电话通知那个女人已经消失，不会再来找他了，天吾也就接受了，没有再追究。相较于处理深绘里的事、为父亲念《猫之村》，当然还有对青豆的挂念，这女人就被推到背景里去了。"因性而爱"的爱是非常有限的。

"性光谱"与以暴易暴

小说中另有一种性，那是纯粹的欲望发泄，和爱一点关系都没有。青豆找了一个头发稀疏的男子发生关系，又和Ayumi在旅馆进行多人性交，那都是纯发泄。

还有一种小说中呈现得很醒目的，是和暴力与权力结合、不正常的性。这又有两种变形，一是非常庸俗、"恶之平庸"的婚姻暴力，也就是柳宅女主人和青豆借由暗杀行动试图要解决的问题；二是"先驱"教团神秘组织中取得权力的手段，借由性得以听到 Little People 的声音，化身为"知觉者"和"接收者"，升入教团的核心。

村上春树在《1Q84》中铺陈了他的"性光谱"，平行展示出他作品中另一项不容忽视的主题——暴力。对于暴力的思考，在很多本长篇小说中都占据了重要的地位。在他笔下，暴力分为明显的、容易理解的邪恶暴力，以及另一种用来制止暴力的暴力。

《发条鸟年代记》中的邪恶暴力代表是妻子的哥哥，《海边的卡夫卡》中是琼尼·沃克——田村卡夫卡父亲的形象或影子，《1Q84》中则是教主深田保。到《刺杀骑士团长》，这方面的描述更扩张了，有一九三八年纳粹在奥地利所做的事，以及日本的熊本师团在南京大屠杀中扮演的角色，都是邪恶暴力的代表。

对于这些暴力，村上春树刻意动用了隐喻来强化读者心版上的印象。《海边的卡夫卡》中虐猫的琼尼·沃克具有读过小说的人都无法遗忘的形象，成为一个鲜活的象征，让人看到那个威士忌的商标，就立即联想起所有的暴力事件。

村上春树当然厌恶邪恶暴力，然而他并没有停留在对于暴力的谴责上，而是持续思考——恐怕一直到现在都还没得到确切的答案——究竟应该拿这样的暴力怎么办？

我们知道他不是宽恕的鼓吹者，他不会主张：我们应该以宽容之心来感化邪恶、阻止暴力。在后期的小说中他显现了性格与人生哲学上暴烈的一面，和前期留给人的被动印象很不一样。大致是从《发条鸟年代记》开始，他转而设想以暴易暴，用暴力阻止暴力的种种可能，到了《1Q84》就有了柳宅女主人设计的完美的以暴易暴做法，让事情成为："反正我想杀的对象本来就有可能死于心脏病发作，我只是成全他罢了。"如此消弭了暴力源头。用这种方式解决邪恶暴力、救出受害者，以暴易暴可以获致这种效果，你会觉得不应该做？会良心不安吗？

在《刺杀骑士团长》中，他又提出了一次：雨田具彦去刺杀纳粹高官的做法对还是不对？村上春树借小说情节诱发我们思考，同时这样的情节也勾引着村上春树挖掘了自我内在相对暴烈的部分。那部分的他认真看待以暴易暴带来的正义，然而还有另一部分的他仍然纠结着杀人的绝对责任问题。

他让杀人成为不断浮现在雨田意识中的"未遂事件"，刺激后者画出了《刺杀骑士团长》那幅画，再以隐喻、想象的方式将"未遂"转化为"已遂"，改变了事件的意义，朝向譬喻倾斜。到底是"未遂"还是"已遂"，是动机还是行为，在小说中模糊不明，不可能有答案。

和《刺杀骑士团长》对照，《1Q84》更为暧昧。青豆执行了两次暗杀行动，表面上看两次都完成任务。然而"不要被外表给骗了，现实往往只有一个"。什么样的现实？其中一次暗杀是对象没有警觉，在不知情中被杀了；然而另一次实际上深田保知道青豆的企图，自愿让她靠近并鼓励她下手。

青豆不可能实现原本的任务要求。她虽然杀了深田保，却不是在他不知情的条件下。相反地，她变成是依照深田保的期待下手的，那还算是达成了原本以暴易暴的惩罚效果吗？

改写《空气蛹》

从《发条鸟年代记》历经《海边的卡夫卡》，到《1Q84》和《刺杀骑士团长》，小说中都存在着两种暴力，一种是源自邪恶权力运用产生的暴力，另一种是为了抵制、消灭邪恶暴力而动员的暴力。这两种暴力的关系如何处理、如何解决，看来村上春树尚未找到答案，因而使得他一再回到这个困扰主题，不断向自己与读者抛出问题。

相较之下，由其他的道德命题比较容易察知村上春树的立场。例如：天吾应不应该帮深绘里改写《空气蛹》？天吾参与改写了，也成功让深绘里得到新人奖，还让作品成了畅销小说。单纯从呈现小说创作上看，这件事证明了写小说需要两种很不一样的能力——"有话可说"和"知道如何说"，两者兼具写出来的作品必定能成功。

在写好小说这件事上，村上春树的态度很清楚。首先他既揭露了小说写作的秘诀，同时又变相表扬了自己。他的小说是符合了这两项条件而成立的，"有话可说"又能找到最好的方式说出来。当他以"空气蛹"和"Little People"为例称赞深绘里不可思议的精彩想象力时，我们不可能忘掉真正具备这种想象力的，是创造出深绘里这个角色的作者村上春树。

小说中他分好几次才将《空气蛹》的精彩之处完全展现。第三部里，过着隐居生活的青豆读着《空气蛹》，我们才跟着看到Little People从死山羊身上一个个冒出来。他们会移动，但是不超过一米，而且尺寸基本上就和《刺杀骑士团长》里的团长差不多，都是小小的人。又看到他们编织"空气蛹"，先从空气里抓出丝线，然后慢慢地编，"空气蛹"愈来愈大，那是多么精彩、多么漂亮的画面。

村上春树想象力下的产物结成一个花再多时间都探索不完的广阔网络，他非常明白自己具备了写小说的双重能力。既然如此，能够让好小说诞生，有非得要"由一个人来写一部小说"的原则吗？

天吾要介入修改，必须取得深绘里同意，作为原创者，深绘里没有任何迟疑，没有任何心理挣扎。深绘里信任天吾是一项因素，另一项因素则是深绘里是一个纯粹的原创者，她对于传播小说的内容没有兴趣，甚至没有概念，愿意让天吾去负责作品的传染性。

改写之事是由小松提议的。看村上春树对小松的描述，里面也没有什么谴责的意味。小松四十六岁了，从一九八四年回推，一九五九年发生第一次"安保斗争"时他正在念大学。他长得像个落魄的革命家知识分子，他对待小说有除了钱、成功之外的其他目的。

从"东京地下铁事件"到《1Q84》

"东京地下铁事件"给了村上春树多重冲击。和他作为小说作者关系尤其密切的，是造成这桩大事件的元凶竟然是区区"奥姆真理教"教主麻原彰晃。

让村上春树感到困惑，甚至尴尬的是：麻原彰晃凭什么制造出了这么大的灾难？麻原彰晃作为教主，聚拢了信徒，号令他们去无区别地毒害这么多人，从结果回推他应该是个不一般、有着特殊魅力的人。然而出现在大众眼前的这位教主，从各个方面看，都配不上这样的形象，他甚至连一个吸引人、能引发强烈迷信的好故事都说不出来，那是使得村上春树更为"奥姆真理教"教徒感到深深悲哀的因素。

这件事一直挂在他心上，到后来他很勇敢地尝试以"重讲故事"的方式来进一步探索。《1Q84》就是他重讲的故事，他要告诉大家，一个人要成为像样的教主应该具备什么样的条件，要有能力提供什么样的教条，用什么方式魅惑信徒。

他不是要提供道德谴责，而是要以自己重讲的故事来凸显日本社会这方面的悲哀——必须是一个严重缺乏想象力的社会，才会让麻原彰晃这种如此拙于编故事的人成为酿造大祸的教主。

大家应该都听过："你可以一时骗过所有的人，也可能永远骗过一小群人，但绝对不可能永远骗过所有的人。"即使只是一时骗过一小群人，但要他们死心塌地遵从命令，也必须编出像样的故事，这是村上春树出于小说家自尊的信念。

当他重说故事时，将焦点放在"孤独"上。这部小说中每一个值得被读者记住的角色，都是孤独的人，出于各自不同的原因而过孤独的生活。青豆、天吾、天吾的父亲、柳宅老妇人和她身边的Tamaru、小松、深绘里、教主深田保，甚至Ayumi和大冢环都是。

小说中反复探讨孤独。这些人的共同特性是与社会格格不入，对集体生活适应不良。这也是村上春树对日本的基本看法：一个强调集体性、追求人人相同的社会，必定会制造出许多孤独的人。集体社会要求每个人都加入多数，避免成为少数，霸凌行为就是以戏剧性方式对自己和他人表现：我不是少数，我站在多数那边。如果稍微带有一点少数特殊性，就会在这样的环境中成为孤独的人。

这样的人如何在集体社会中处理他们的孤独？村上春树重述的故事烛照出一条路——无法忍受孤独时，这些人会聚在一起彼此取暖，形成了反社会、反多数的组织。在《约束的场所》中他已经观察到"奥姆真理教"教徒就是因为太孤独了才会入教并崇信麻原彰晃，《1Q84》中他创造了"先驱"这个团体，相当程度上表现了具备强大号召凝聚力组织的"理想型"，对照现实中"奥姆真理教"的零零落落。

村上春树对"奥姆真理教"的信徒致上了最深的同情，他们被视为反社会的罪人，却是为了不值得的团体和教主献上自由；他同时也对日本社会提出了严厉的批判，社会的集体性不容忍使得这些人彻底孤独，又使得大部分的人失去了忍受孤独，遑论享受孤独的能力，才造成了如此荒唐的悲剧。

从左翼组织到宗教团体

村上春树将"先驱"这个有模有样的团体编入了他所熟悉、所经历过的日本战后历史。这个团体起源于两次"安保斗争"，对抗右翼的国家主义，所以刚开始抱持着类似共产主义的乌托邦理想——建立一个"人人各尽所能、各取所需"的团体，批判国家主义与资本主义，贯彻平等原则。

然而这样的左翼团体很快就因为不同路线争执而分裂。激进派团体"黎明"发动暴力革命而在枪战中被一网打尽，影响了留下来的团体"先驱"的选择。见证了"黎明派"的失败，他们转而选择与社会隔离、成为封闭秘密组织的路线，如此他们会吸收到的成员，自然都是对社会适应不良的极端孤独者了。

村上春树凸显了这条路线内在近乎必然的荒谬性——对于社会适应不良的孤独者要如何形成对抗社会，乃至推翻既有社会的团体？他们组成了自己的团体，幻想以集体的力量来对抗更大的社会集体，这本来就是荒谬的设定。在社会集体中感到疏离，被归入少数，为了寻求安全感，加入这个团体，借由放弃自我、完全认同团体来换取归属，于是这样的团体中绝对不会有平等，毕竟平等关系只能存在于独立的个体之间。失去个体性的同时，也就失去了平等的可能。

因此这个组织转型了。当老师告诉天吾"先驱"在一九七九年变成了宗教团体时，天吾简直不敢置信，因为他明明知道这本来是一个左翼组织啊！不过如果进一步追究到底什么是"宗教团体"，或许不会感到如此意外。

小说中的深田保和现实里的麻原彰晃有关联，但村上春树没有要将深田保写成麻原彰晃的化身，两者之间有着明确的高下之别。深田保开创了"先驱"，将团体封闭起来，创造出了神话，说服团体里的人相信他不再是原来的他，他能够听见"不一样的声音"，接收来自最高神秘权威"Little People"的讯息，成了神选之人，而得到了特殊权威与地位。

麻原彰晃不过是说自己能听见神旨，编造了一些发生在自己身上的神迹，就要所有的人都服从他，教主哪有来得如此便宜的啊！像深田保，要在封闭的环境中酿造气氛，形塑千回百折的故事，来表现自己被上帝选中的艰难过程，而且他还必须为了和神、和上主有这种神秘联结而付出代价，他是非凡的存在。过非凡的生活，就不能和一般人拥有同样的享受。

深田保作为教主是既神秘又迷人的，他从特殊的"知觉者"那里接收讯息而成为"接收者"，然后承受变化，从一般人面前消失，经过种种繁复步骤，才会被信众全心崇拜。

在教团里，每一个人一进来就被关于教主的神话、说法笼罩了，成员和教主间存在着无法拉近的绝对距离，见不到教主，只能间接听说关于教主的种种事迹。他完全不同于一般人，就连性行为，对教主来说都不会是、不可能是肉体情欲享受，而是被神化式地转化为某种包含了相反感受的经验，是一种痛苦中领受神的仪式，如此来显示他超越人的特质。

美丽而舒服的故事

深田保告诉青豆什么是"宗教"："世界上大多数人，并没有在追求可以被实证的真相。所谓真相，大多的情况下，就如你所说的那样，是伴随着强烈的疼痛的。而大部分的人并不追求伴随着疼痛的真相。"那么大家追求的是什么？是能让他们尽量感觉到自己存在意义的深刻、美丽而舒服的故事，正因为提供了这种故事，宗教才得以成立，这就是关键。

宗教要吸引信众全面献身，必须做到"提供美丽而舒服的故事",但人为什么需要这种故事?深田保说:"很多人借由否定、排除自己是无力而矮小的存在这个印象,才勉强保持不发疯。"

深田保注意到青豆似乎不需要宗教,便以她为基准来照映出其他人之所以需要宗教的理由:人无法面对自己那矮小、不见得有意义的存在,而宗教正是在告诉人们"你的存在是有意义的",而且有充分的能力及理由编故事说服并安慰你:因为你拥有存在的意义,所以你并不是矮小的存在。这种方式使人们能够坦然面对自己的存在,换句话说,大部分的人都在逃避自己的存在渺小而有限的事实,宗教则帮助我们更有效地欺骗自己,这就是宗教最大的作用。一旦它发挥这种作用,我们就可以不那么痛苦和焦虑了。

青豆所在的这个一九八四年的世界,不是奥威尔在一九四八年用小说所预言的那样,小松明白地说了这世界不会有"老大哥",政治权威由上而下的控制让位给了宗教由下而上的控制。前者的方法是让人们感觉自我渺小,面对巨大的权威只能乖乖服从;后者却是刚好相反,不是时时刻刻提醒人们有多渺小,而是针对人心中要放大自我存在意义的冲动,提供给他们虚象满足来迂回控制。

作为寓言,《1Q84》显示此时对自由最大的威胁是Little People,其最重要的特性就是"小",和我们每个人一样小,甚至比我们还小。他们从死山羊身上钻出来,用纤细的丝线编织着"空气蛹",那就是宗教的作用。表面上看起来放大你的存在,让你的存在有意义、不再渺小,实质上诱引你自愿加入团体并乐于牺牲自由。

奥威尔写的是一种"强控制"状态,村上春树写的却是一份诱惑,让人自愿交出自由。孤独的人格外难以抗拒这份诱惑,他们在这里找到了纯粹的团体,交出自由彻底属于团体,因而可以有在多数那边的归属安全感。

小说里多的是孤独的角色,不过他们走上了两条很不一样的路。一条是进入"先驱"让自己集体化、多数化;另一条,由青豆和天吾的爱情故事代表的,是坚持孤独的自我,不放弃个体性,昂然拒绝社会同化,也拒绝其他组织的吸纳。第二条路构成了对第一条路的严厉质疑:如何可能以更集体化、更没有自由的组织来反抗那个拘束他们、使得他们无法适应的社会?

要反抗社会只有一种方法,那就是坚持孤独、个体和自我。害怕孤独,真正要解决孤独的痛苦,只能学着和孤独共处,进而理解孤独的价值,找到真正能信赖的人,在诚意的关系中得到安慰。

不需要宗教的人

深田保对青豆说:"看来你不需要宗教。"因为青豆心中一直藏着一份没有阴影、纯粹的爱，那是她在十岁时对天吾许下的一个承诺。十岁那一年握着天吾的手时，她发誓要一辈子爱这个人，后来她和天吾分手，反而加深了这份爱情，因为这份爱都是作为可能性而存在——"没有实现的爱不会破灭，没有真正许诺的诺言不会毁约"。

从一个角度来看，这份爱没有阴影，因为是青豆自己一厢情愿，如此纯粹的信仰，几乎就是属于她自己一个人的宗教。青豆同意深田保说的，她不需要宗教，作为孤独的个体自我，她选择了不放弃孤独，保持和社会多数间的孤独状态，将自我依靠在一份纯粹而绝对的信赖上。有这样的信赖，人就不会被孤独的痛苦折磨了。

孤独的人都想摆脱那样的折磨，然而选择了不同的路，会得到不同效果。这部分有着作者村上春树的自述表白，他也是孤独的人，也想找到可以信赖的对象，然而他绝对不会信赖麻原彰晃，也绝对不会向教主交出个体自我意志。愈是孤独的人愈明白信赖有多重要，但同时必须了解寻觅信赖对象有多么困难。

"先驱"团体的人选择信赖深田保，青豆选择信赖心中的爱，天吾选择信赖当年青豆的眼神，这中间关键的差距在于由信赖带来的责任。

从《1Q84》中村上春树描写的 Ayumi 之死，贯穿到了《刺杀骑士团长》中的一段情节：青豆无法调查清楚 Ayumi 被杀的来龙去脉，然而《刺杀骑士团长》设想了那样的情境——将自己的生命交到别人手中，因而引发了对方施加伤害的恶意。《刺杀骑士团长》的叙事者"我"曾经两次面对这样的诱惑，一次是进入坑中的免色要他将楼梯抽走，另一次是女人将浴衣系带交到他手中，要他将自己勒死。

这些诱惑的意义以免色对"我"的发问表达出来："当我把自己的生命交付在你手中，你是否动过一丝一毫的恶念，想利用这个机会伤害我，甚至只是闪过这样的念头？"信赖关系必定存在这样的危险，深刻的信赖意味着让对方取得施害的权力，也就等于给了对方进行伤害的诱惑。会不会受到诱惑而有了运用这份权力的冲动？

村上春树一直在探索这个大部分人逃避不看的问题：我们有多少人在可以轻易伤害别人而不被惩罚的情况下，能够抗拒这样的诱惑，不去伤害信任你、将伤害权力交到你手中的人？

Ayumi之死，死因是她太孤独，太需要和别人有深刻的信赖联结，她将最私密的性关系乃至于性命交到一个人手中，孤独的痛苦使得她冒险去交换亲近的陪伴，结果付出了最大的代价。

Ayumi一再冒险追求的，不是性的刺激，而是在极度不安中产生的信赖关系。那就是《刺杀骑士团长》里设定的情境：没有人知道我和你在这里，即使你杀了我也不必承受任何代价，我还将可以勒杀我的系带亲自交到你手中，我完全信赖你，你会如何反应？你会辜负我的信赖吗？如果对方通过了诱惑考验，

Ayumi就能得到克服孤独的满足，觉得在这里有了一个和自己建立深刻信赖关系的人。但如果对方没有通过考验呢？

Ayumi很可能就是在这种情况下遇害的。

自由意志与自我陶醉

虽然青豆也曾和Ayumi一起追求这种性冒险，但两人的心理条件不一样。青豆在最孤独的时候遇到了天吾，坚信自己会一辈子爱这个人，坚信天吾不会辜负自己的爱，那也是一种彻底的信任。她因而不需要宗教，也因而只是让那些性经验停留在纯粹的性经验上，不牵涉人际信任关系。

那些性只是"通过"她的身体，意思是有那样的经验不会改变她是怎样的一个人。她后来才知道，或说才猜测，和她同行的Ayumi不是这种态度。Ayumi寻求的是更刺激也更危险的目的，找青豆同行，一部分正因为那样的行动中含藏着极度的不确定性，最终她毕竟还是受到了终极、不可复原的伤害。

暴力，尤其伤害女性的暴力，主要就是由此产生的。柳宅老妇人告诉青豆："会在家里以激烈的暴力对待女人和小孩的，往往都是懦弱的人。"日本的集体社会规范逼迫每个人认定家庭内部的信赖，家庭就是关起门来成员完全信赖彼此的地方，这样的假设岂不是给予了人不受监督、不被惩罚的伤害诱惑？必定有一些人无法抗拒这种诱惑，做出恶劣的伤害行为。

关键的重点仍然是：究竟该如何处理人与人之间的信赖？日本社会赋予家庭的信赖关系，反而引发了种种恶果，村上春树明显地表现出对家庭的高度质疑，甚至强烈批判。

对照他前面写的《海边的卡夫卡》，小说的故事根底是再明白不过的杀父娶母情节，然而在古希腊戏剧中，引发弑父的力量是外在的命运，到了村上春树笔下，却转为内在于家庭、近乎宿命的暴力与压迫，使得儿子唯有诉诸类似的极端暴力才能离开这样的情境。

懦弱的人受不被发现、不被惩罚的条件诱惑而运用暴力，因为他们的自我不健全。这又联系到《1Q84》描述的那个 Little People 取代了"老大哥"的世界。在这个世界中，当人感到自己的存在没有那么渺小，或他渴望他能够觉得自己没有那么渺小时，反而最容易被控制。使用暴力带来了自我膨胀的效果，所以对懦弱的人有更大的吸引力。

小说中有一段青豆和 Ayumi 的对话，讨论了自由意志与自我陶醉的区别。在"老大哥"的控制下，人的自由意志被堵住了，无法伸张；换成 Little People 统治时却倒了过来，人受控制时会产生自我陶醉的满足，生出自我的假象。

在这方面，《1Q84》显现出预言小说的性质，虽然故事时空设定在一九八四年，然而所描述的情景可能更接近村上春树写作、出版的二〇〇九年，甚至更后来的世界。

到了我们今天的现实，应该是"老大哥"和Little People巧妙地通过网络、大数据和数位科技结合在一起了吧！根据二〇一八年的数据，英国伦敦整座城市里一共装设了三十万台监视器，每一个生活在伦敦的人，包括观光客，每天平均会入镜三百次，将这三百个画面连接起来，这个人一天的生活基本上就无所遁形了。尽管家中不会有监视器，但每次进门出门的画面都被完整记录了，那还能说在家里就有隐私保障吗？

大数据下的自由意志

在"大数据"的环境里，我们对这样的事应该有更深的感触吧！不只是搜索过浴室玻璃清洁剂，连续几天各种清洁剂广告就会不断跳出来让你看到；有时候和朋友聊天谈到了有人去葡萄牙旅行，随后社交网络上就会跳出许多葡萄牙风光照片，也会有旅行社的葡萄牙行程广告；视频网站上帮你安排自动播放的影片常常都让你既惊讶又感兴趣，原来还有这种影片啊！

即使明明知道大数据如何被运用，我们每天还是不断上网提供大数据，以便让各种厂商乃至政府机构更了解我们，有更多、更准确的手段可以影响我们，甚至控制我们。网络提供的方便实在太诱人了，将人绑得愈来愈紧，实体货币、信用卡都快速被数字支付取代了，同时也就使得一个人的消费行为全都被详细地记录下来。很多人现在出门可以不必带钱包了，但绝对不能没有手机，一切都在手机里，也意味着一切都在你看不到，却可以将你看透的云端资料里。

云端数据能准确知道你喜欢吃什么，什么时候可能空闲、感到无聊，最有可能用什么方式打发时间，如果要看电影会被哪一部电影吸引，如果要听音乐会想听什么样的音乐，也知道你有了可以旅游的余钱时最可能冲动付费买下去哪里的机票。

大数据搜集所有资料，交给大运算，自动算出了这些结果。这里没有监视、掌控的"老大哥"，却形成了比"老大哥"更严密、更有效的监视、掌控。当年的东德组构了水银泻地般无孔不入的史塔西系统，将每个人都纳入系统中。史塔西的资料排起来长达一千七百公里，然而这么庞大的资料带来了运用上的困难，要让资料完整，就相应带来资料量过大而难以方便、快速翻查搜寻的问题，反而削弱了管控的效力。

这是中央集权"老大哥"的内在极限。当前全世界的大数据资料，大约每两天就有一千七百公里的史塔西档案那么多的内容，而这样的数据库联结上分布在各个公司机构、基于不同算法进行运算的机制中，可以分散利用，更有效渗透到每个人的生活细节里。

从好的一面看，这些机制提供了"客制化"——根据每个人不同爱好、不同需要的服务，不只是准确地提供你意欲的，还进一步猜测到你可能会要的，等于是洞视、挖掘你的潜藏欲望，比你自己还了解你的深层心理。潜藏的部分浮现变成表面动机，于是你的行为和你的习惯被改变了。

这算是操控吗？相应地，在这种情况下，我们如何理解自由意志？自由意志又是什么？

两个月亮

青豆和 Ayumi 对话时说："这到底是自我意志，还是自我陶醉？"这段对话之后，她们谈论一场性冒险的经验，然后离开法国餐厅，就在此刻，青豆第一次发现天上有两个月亮。这是村上春树特意精巧设计的，青豆必须面对自己进入另一个世界的情况，而在这个世界中，其中一项特质是自我陶醉取代了自我意志，人们以为的自我意志选择作用，其实是堕入自我陶醉中而被引导的。

在"1Q84"这个新世界里，自我意志和自我陶醉分不开了，因为操控的不再是"老大哥"而是"小小人"。"老大哥"比我们的自我意志来得高而强大，面对"老大哥"我们知道自己的屈服，那份屈服中的受辱感受，保留了反感、反抗的缝隙。《一九八四》的主角温斯顿有了写日记的冲动，表示他要保留某些不让"老大哥"知道的感受与思想，那就是一道缝隙。在"老大哥"的高位与强大对照下，人的存在意识被挤压而有了渺小自觉。个体意识有了残缺之处，刺激出证明自己仍然是个体的需要，写日记就是满足此需要的一种尝试。

发现天空中有了两个月亮才意识到自己处于不一样的世界，这暗喻着由 Little People 控制的环境不会给人明白的威胁，相反地，如同深田保说的，会给你"美丽而舒服的故事"——放大你的个人、自我，给你答案，说服你生存是有意义的，一切都是你的自由选择。小说结束时"先驱派"大骚动，引来了众多记者，记者看到的每个成员都没有任何古怪之处，而且每个人都强调是"自愿"加入教团的。那就是诉诸自由意志放大自我、提升存在感的效果。

"老大哥"早已消失无踪，就连青豆、Tamaru 等人掉入这环境，也愈来愈弄不清楚究竟哪些是真实的选择，没有把握哪些是自我陶醉的假象，在误解中踏进了别人设好的陷阱。

《1Q84》是和奥威尔的《一九八四》同样可怕的预言，预示了一个充满自我满足假象的世界。创造自我假象的技术将随着时代而不断进步，到今天在大数据与大运算联手下，每个人都参与了这个世界的控制机制，那不也就是说每个人都是 Little People 吗？

预言和寓言最主要的作用在于唤醒意识，让读者更重视自由与暴力——各种有形无形的暴力取消了自由，看到暴力最容易提醒我们自由之可贵。

日本战后的政局

从"日本文学名家十讲"前面几本书中，我想大家应该有了很深的印象——其实日本重要的作家与作品，都和日本战败的历史经验有很深的关系。村上春树出现时，被称为"新世代文学旗手"，他又表现出一种和日本文学、社会传统疏离的姿态，乍看下似乎就应该摆脱了战争与战败的阴影，不再以那段历史经验为其背景了。然而稍微细看却不是如此，从《听风的歌》开始，村上春树不断回到自己念大学时亲临其境的"安保斗争"，实质上以"安保斗争"作为小说疏离风格与情绪的根底来源。

村上春树在早稻田大学经历的，是第二次"安保斗争"，其渊源毕竟还是要追溯到战后美军占领时，由麦克阿瑟将军指挥的"盟军最高司令官总司令部"，简称"GHQ"，掌握统治日本的权力。必须派大军占领日本，主要是对战争最后期日本人的"玉碎"口号，以及相应表现出的固执坚守态度心有余悸，不过真的到了日本，美国人看到的现实和想象中大不相同。

麦克阿瑟将军接受了建议，以保留天皇制换得了日本社会的普遍支持，非但没有想象中的游击队持续反抗，甚至连最偏远、最乡下的地方，都表现出对美军的热烈欢迎。日本表现出如此的驯服与亲善态度，加上一九五〇年爆发朝鲜战争，快速改变了美国的政略，它不再视日本为必须小心提防的潜在敌人，转而将其当作可以有效利用的盟友，甚至是冷战集团架构中的属国。

因而等到占领要结束时，美国做了几个重要安排：在日本国内政局方面安排了"自由党"和"民主党"合并，形成能够在国会中占有绝对多数的"自民党"，保证政治上的安定；在日本对外关系上，安排了《日美安全保障条约》，确保日本在西太平洋可以扮演好美国阵营中的防共角色。

日本有了新国会以及自民党组阁的政府，那是看似民主、实则专政的体制，在美国的主导下，推动了对另外两个政党，即社会党与共产党，尤其是对共产党的强力打压。两个党受到极大冲击，一九五五年的大选中，日本共产党没有获得任何席次，等于是在政坛实际运作中不存在了。共产党内部分人士迫于情势，发表了彻底放弃武装革命的宣言，引发党内分裂，激进派年轻人退党，选择加入工会进行基层斗争，他们后来成为"安保斗争"的左翼主力。

一九五七年自民党选出了新党魁，继而其成为日本新首相，这个人是岸信介。岸信介曾经在东条英机内阁中担任商工大臣，因而战后被列为甲级战犯在东京审判中受审。有着这样的背景，竟然大审过后才十一年就重新爬上了完全不同政治体制中的最高权力位置，这个人的灵活身段令人不得不刮目相看。

另外岸信介出线，具体显现了美国为了冷战布局决定和日本右翼势力合作，一起反共。岸信介是日本右翼势力的代表，此时他的态度当然是高度亲美的。太平洋战争后期他担任商工大臣，负责筹措军需来支持战争对抗美国，现在却一翻转，因为能有效服务美国人利益、愿意依照美国人要求签订《新日美安保条约》而得到了首相大位。

左翼发起"安保斗争"

一九六〇年五月十九日，日本众议院在反对党退席抗议下由自民党主导强行通过《新日美安保条约》。因为日本国会是两院制，依规定，对于众议院通过的法案，参议院有一个月时间另行审议、修订，如果一个月内参议院没有提出修正，法案便正式生效。

于是在那一个月内，日本爆发了要求参议院行动的"安保斗争"。目的很明白，就是要在还来得及时，阻挡新的《安保条约》生效。然而参议院同样掌握在自民党手中，要让他们违背党意行动，只能靠激烈的社会运动压力。

于是这段时间中以学生为首发动了一波又一波的抗争，再从校园延烧到街头，社会骚动，上万人上街游行。然而自民党不为所动，因为他们背后的美国不为所动，终于拖过了六月十九日的最后期限，《新日美安保条约》正式生效。

到六月二十二日晚上都还有超过十万名东京市民上街，先包围国会，继而包围首相官邸。当时三岛由纪夫站在国会屋顶上俯视抗议群众，在当晚写下了极为有名的评论文章，在文章中称呼岸信介为"小小的、小小的虚无主义者"（小さな小さなニヒリスト），意指他是一个没有信念、没有原则的政客，他的左右逢源、无可无不可、全看权力风向行事的风格是惹恼日本国民的主因。

因为以《新日美安保条约》为焦点，而且有着"六月十九日"如此明白的最终决战点，驱策整个社会动员的庞大动机，毕竟在明确受挫后快速瓦解了，以至于在当时的人心中留下了非常强烈、清楚的印象。如此巨大的社会能量短时间爆发出来，却仍然不能拿既有秩序、既得利益者怎么样；民族主义者和民主主义者都厌恶的《新日美安保条约》，竟也如期通过生效了，那么群众运动、群众意志的展现还有意义吗？

这样的挫折与无奈之感，延续到了第二次"安保斗争"。第一次"安保斗争"由日本右翼民族主义者和左翼社会主义者奇妙地联合起来推动，并且有国际上新兴势力发展前景为助推力。一九五五年在印度尼西亚召开了万隆会议，会中最重要的人物是中华人民共和国总理周恩来，他在会议中主导了"第三世界"的观念与组织出现。

在当时的混乱暧昧状况下，日本竟然也参加了万隆会议，给日本左翼留下了深刻的印象。他们一直记得，曾经有过那样的时刻，日本差点就加入了"第三世界"，在他们心中，日本没有非要紧跟着美国的道理，日本可以、应该在"第三世界"中发挥更重要的作用。

第一次"安保斗争"以宏大的动员规模名留青史，同时日本左翼工会势力发展也到达高峰，不是由学生发动、主导的。斗争失败后，部分年轻人（主要是大学生）为了维持组织动员系统，在一九六〇年的暑假发起了"归乡运动"，要将反美、反战思想扩展到全日本各地。方法很简单，号召从外地来到东京、在东京经历了"安保斗争"洗礼的人，回到自己的家乡，去传播、提升意识，甚至进行串联编组，累积反对美国介入、反对再军事化的草根力量。

短短几个月后，"归乡运动"还是挫败收场。那个年代的日本，高中生考上大学的只有十分之一左右，大学生是精英极少数，带着这样的精英背景回到家乡，在农村里根本无法和当地人沟通，甚至没有什么人听得懂他们使用的语言。更进一步，他们还发现了自己的无知，要向农民宣传反对美国，却不了解现实中日本农村与美国间的密切关系——日本战后重建的一大经济力量，来自农业加工产品对美国外销，那是农村繁荣的基础。

矛盾的"安保斗争"

山梨县是"归乡运动"中的一个新闻焦点，有大学生在那里遭到了驱离。

山梨县的主要经济命脉是出口蚕茧，养蚕，等蚕结成茧了，送到印度尼西亚等地的缫丝厂加工，形成纺织原料。发生"安保斗争"后，蚕茧外销额一度大幅滑落，当地农民认定就是这些"闹事"的人害的，结果这些人竟然还要来教他们如何正确理解经济生产与对美贸易关系，双方不只是立场对立，而且在知识上也有很大差距，以至有了严重冲突，爆发激烈的驱离事件。

从此之后，左翼力量消沉了，主要潜伏在东京的两座精英大学——东京大学与庆应大学中，以两所大学为中心转型内化。经过一番检讨，显然由上而下去启蒙农民的态度是行不通的，要保有革命的可能，必须转向为"由内而外"，这个口号后来成为左翼大学生的重要战略指导原则。

《新日美安保条约》在一九六〇年生效，有十年期限，十年后将再度面临存续问题。还没有满十年，在一九六七、一九六八年间，日本社会就已经在酝酿第二次"安保斗争"的气氛了。尤其一九六八年，全世界有美国学生激烈的反越战运动、法国学生和工人联合的五月风暴等，促使"彻底废止《新日美安保条约》"的运动提前登场。

此时"由内而外"的策略占了上风，抗议者选择从大学校园开始，再向外冲击日本社会。第二次"安保斗争"爆发时，村上春树是早稻田大学的新生，身处反体制运动中，受到青年反文化直接冲击，却使得他感到双重的格格不入。他本来就不怎么适应集体性的教育体制，他也无法自在地融入反体制的团体，因为那其实也是有着高度强制性的团体，他只能冷眼旁观，因而更加孤僻、疏离。

他所经历的，正是校园里学生组成的小组织来对抗外界的大组织，以组织来对抗组织。当时还不到二十岁的村上春树就对这件事感到矛盾、存疑。在《挪威的森林》里有一段明显表白这种立场的文字：

> 罢课解除……重新开始上课，最先去上课的居然是那些罢课学潮中居于领导地位的家伙。他们若无其事地进教室来写笔记，被喊到名字时乖乖地回答。这就奇怪了。因为罢课决议依然有效，谁都没有宣布终结罢课啊。只因大学引来机动队破坏掉障碍栏而已，照理罢课还继续。而且他们在决议罢课时大放厥词，把反对罢课（或表明疑问态度）的学生臭骂一顿，或群起批斗一番。我还跑去找他们，问问看为什么不继续罢课，要来上课呢，他们答不上来。因为没有理由可答。他们怕出勤率不足学分会被当掉。这种家伙居然喊得出要罢课，我觉得真是太可笑了。这种卑鄙家伙就会见风使舵。

因为看不惯这些人的做法，小说里的"我"——渡边彻明明人在教室里，点名叫他时他也不应，以实际的、纯粹个人的行为来反抗,也才因而吸引了具备同样异质自由精神的小林绿的注意。

《1Q84》里的小松编辑属于第一次"安保斗争"的那一代,不过在从第一次到第二次的十年间隔中,日本的大学招生量大幅扩张,到一九七三年高中毕业生升上大学的比例增加到超过三分之一了。大学生的身份、地位有了剧烈变化,丧失了原本的高度精英性质,连带地,他们的社会意识当然也变得不一样了。

日本企业的高度集体性

一九六〇年接在岸信介之后担任首相的池田勇人提出了很不一样的政策目标,代表日本政治的新阶段。池田内阁最响亮的口号是"所得倍增",要让日本的平均国民生产总值在十年内翻一倍,惊人的是这个口号的实现竟然不需十年,在一九六七年就实现了。

此时日本经济出现了高度成长,生产总额每一年几乎都以大于百分之十的幅度快速激增,并在过程中形成了新的战后企业结构。很短的时间内,日本劳动人口中的三分之二,绝大多数的都市居民,都成了企业雇员,虽然还有三分之一的劳动者选择当自主工匠或开小商店,但这样的发展形式被认为不适合大学生。

大学生人数激增,精英意识下降,一毕业就以进入企业做雇员为理所当然的出路。实质上他们的人生选择大幅紧缩,不只在于如果不想进企业,如果不能适应企业的工作环境就会无处可去,而且企业给予的"终生雇用制"保障,固然提供了高度安全感,却也堵住了离职换工作的另外出路。

日本企业组织性强,规约性也很强,工作模式尽量标准化,成为一个企业雇员,今天、明天、本周、下周、今年、明年……工作与生活保持着高度一致性,社员的前途极其固定也极其有限。

上一代因为军国主义而高度集体化,到了战后四年出生的村上春树他们这一代,集体化的魔咒没有解除,以企业雇用的形式降临在他们身上。村上春树是极端怪胎,从早稻田大学毕业后罕见地没有进过任何一家企业,先是开了一家爵士酒吧"Peter Cat",接着在二十九岁写出了《听风的歌》获得"群像新人奖",很快转为职业写作者。

在高度规约的社会中,他是个不依循轨道、不安于现状的人。他会记得一九六八年大学中那些宣称要推翻体制的人,他们掀起的"全学共斗会议"不只很快就烟消云散,而且这些人还很顺从地纷纷进入排山倒海而来的新体制。

加上这样的背景,我们会比较容易理解《1Q84》中出现的另外一部"小说里的小说"——《猫之村》,为什么村上春树要安排天吾去念这部奇怪的德文小说。

人应该消失的地方

《猫之村》的故事是有一天一个人搭了火车去到一座空荡荡的城镇，那里没有人，不知道人去了哪里，过了一段时间，人还是没有回来，倒是猫回来了，在那里居住、开商店的都是猫，所以称为"猫之村"。故事结尾处，这个人等不到能载他回到原来世界的火车。

"猫之村"是"人应该消失的地方"，人在这里是异数，就像那些活在日本集体社会中却适应不良的人一样。适应不良的人会产生自己不该在这里、该消失才对的想法，想回去自己所属的世界，或是寻找一个有同类的世界，在那里得到自由。这样的冲动中，你觉得只要能离开此处就对了，就可以安心了。

《猫之村》故事里的这个人搭上了梦幻列车，载着他离开了讨人厌的世界，让他消失，去到了另一个世界。刚开始那个世界中没有任何一个人，只有遍地的猫，看起来很不错，然而再待下去却发现猫竟然也表现出人模人样的行为，讨厌的人不过是改以猫的形式存在罢了。就像奥威尔《动物农场》里的寓言，赶走了人之后，猪取代了人的位置，在用人的方式思考、行为。

以为自己逃离了人群到了猫群中应该可以自在了，却发现事与愿违。《猫之村》是《动物农场》的一个投影，即便没有人所构成的组织系统，这个村庄有着一样的运作模式，因为居民都是猫，反而让唯一的人的边缘性、异质性更加突出，猫群将会循着气味把人给找出来。

《1Q84》对应奥威尔的《一九八四》，小说中的小说《猫之村》则对应奥威尔的《动物农场》。

一个厌恶让自己显得格格不入的集体组织的人，萌生了从这个体系中消失的梦想，于是进入了都是猫的世界，然后失望地发现，这个由猫组成的社会，和外面的体制基本上是一样的，在这里，人反而连躲在群众中不被注意的空间都没有了。

村上春树绝对不相信以小组织来反抗大组织对个人压抑的做法，对照奥威尔小说中的讯息，他显示了他的批判意见——"奥姆真理教"或"先驱"教团重演了日本极端左翼的历史，想要借由武装革命推翻社会，只会被社会抢先消灭，于是改变方针不直接挑战大体系，却转而建立让大家可以共同消失的地方，然而只要是形成组织，那就不会是可以让个人自在发挥生活的环境。尤其是这种组织高度仇视外在体系，使得它们比外面那个令人厌恶的社会更严格集体化，更反对个人与个性。

《猫之村》中火车后来不停站，那个人回不到原来的世界，在那个世界里他真的消失了。以这个寓言对应现实，我们确实看到了那种对普遍集体环境适应不良的人，去组织了自己的团体，或投身其他的团体，常常是和宗教有关的团体。他们和其他人脱开了关系纽带，在小团体中将社会视为成员的共同敌人而编结了更紧实的纽带。

填补空白

村上春树对于"奥姆真理教"的信徒感到愤怒：麻原彰晃这样一个连好故事都说不出来的人，你们竟然也信，就将自己的自由交给这个人，按照他说的去行事？既然你们原本觉得如此受不了日本社会，怎么会本末倒置，选择将自由交给教团来解决这个难题呢？

我们可以体会，也能够尊重村上春树的愤怒，不过对于这件事我们应该同时看到另一面。那就是吸收对社会适应不良者的团体所发挥的作用，是以"集体的个性"来取代"个人的个性"，那正是麻原彰晃的成功之处。

麻原彰晃计划无差别释放沙林毒气，来表明"奥姆真理教"是和日本体制势不两立的团体，然而这种"个性"不属于团体中任何一个成员，而是属于整个团体，凸显"我们的集体"与"社会普遍集体"绝不兼容的态度。如此吸引了大组织中无法适应的人站过来，在组织的集体个性中得到满足。对他们来说，放在集体中的个性给他们保护，才敢于将之表现出来，如果是个人的个性，早就被社会吞没了。

但对村上春树来说，这些人为什么不能体会这中间的根本矛盾呢？所以小说中深绘里一再提醒天吾要记得从"猫之村"回来，不要陷落在那里，要记得实现自我个性的追求，不该为了躲避没有个性的人群而躲去另一个没有个性的猫群里。

在后来写的《刺杀骑士团长》中，骑士团长说了一段话："人总是会躲避自己已经知道的事，不愿承认自己知道这件事。"这句话可以用来形容已经猜到自己身世之谜的天吾，所以他不断逃避爸爸，最后终于鼓起勇气去见爸爸，不是为了得知什么，而是要逼迫自己面对已知的事实。

小说中真相是靠牛河和那个孜孜矻矻的侦探向我们揭露的，不过天吾本人早就对于造成自己如此孤独的根本因素心中有数。他认为自己不是爸爸的亲生儿子，是在不得已的情况下被领养的，所以他和爸爸长得完全不像，他小时候成绩表现优异，爸爸也不会感到骄傲、光荣，反而是产生了嫉妒的反感。

天吾终于去到疗养院得知答案后，父亲就失去了活下去的动力而自我封闭起来，进而化为生灵，去到天吾的住处向待在那里的深绘里敲门催款，然后又转去敲青豆隐藏住处的门。天吾从父亲那里得到的答案中有一句关键的话："人生不过就是填补空白，而我是很认真地填补空白的一个人。"

回到《猫之村》的故事，那原本是一个没有人的地方，于是猫就来填补空白，意味着从组织的眼光看去，重点在于不能留空白，有位子就该填满，至于来填空白的是人还是猫，没有根本的差异，反正都会在填入之后被组织改造成一模一样的性质。

从天吾父亲的人生经验看去，所谓组织不过是由需要人去填补的一个个空白所构成的。NHK是这样的组织，组织不会管你到底是谁，要求的是你没有个性、取消个性地去填补空白，认真地填补空白。

组织改造了天吾的父亲，他是一个彻底的填空者，除此之外人生没有别的意义，也失去了和现实联系的一切动力，直到生命尽头。他唯一会做，也是唯一在意的，就是去敲每一扇门，向那些躲藏起来的人追讨电波费，甚至在生命尽头都还因这深刻执念而化为生灵继续去敲门。此时被他敲门的，是深绘里与青豆，她们的生命情调刚好相反，是坚持个人个性、拒绝组织，所以成了组织的眼中钉，想尽办法要将她们找出来。

天吾父亲接受组织灌输的意义，造成了他生命的悲剧，也为天吾带来了彻底的孤独。

"1Q84"的世界

深绘里躲到天吾家，天吾却离开自己的住处前往父亲所在的疗养院，开启了他的"猫之村之旅"，在那里认识了几位护士。天吾父亲去世后，安达护士和天吾有一段对话，显示出村上春树的一个核心观念——人死了会在环境中凿开一个洞，必须想办法把洞填起来，不然对周遭的人很危险。一些秘密随着生命被带走，彻底消失，形成了对活着的人的威胁，即使他们往往意识不到威胁，却正因为意识不到而更危险。

这是什么意思？村上春树指出了一种存在责任感，人的生活中有很多知道了不会带来任何好处的事，然而"存在"这件事却必然牵涉一份直觉冲动，会想要知道这些可以不知道，甚至最好不要知道的事，那是存在责任感的一部分。

村上春树通过他的小说反复提醒：人会在完全没有防备的情况下，突然被这种"知的责任"抓住了，对这样的事念念不忘，甚至因而失去了正常生活的能力。《挪威的森林》里直子的姐姐死了，男友木月死了，直子无法摆脱想要知道他们为何选择自杀的执念，最终付出了自己的生活与生命为代价。关键因素就在于那两个人死了，带走了所有直子觉得非知道不可的秘密，直子无法说服自己反正知道了也不可能改变什么，对自己没有任何好处，但她就是无法跨越死亡界限知道答案，这两者的绝对冲突夺走了直子的青春与爱，夺走了她的一切。

天吾无法贯彻不想知道、不必知道的态度，明明晓得知道了不能如何，也没有什么好处，但还是无法阻挡想弄清楚那个爸爸到底是不是亲生父亲的冲动，刺激他决定去"猫之村"。在那里，临终的父亲说了一句看似无厘头的话："那是不说明就无法了解的事，通常就是说明了也不会了解吧！"但其实，这话是最真切的，指出了我们要探求真相的努力，大部分都是徒劳的，然而作为人活着，我们却不可能就这样接受而不去探求、不去寻找说明。

村上春树在小说中记录了许多这方面的挣扎。人生中这种考验常常伴随着死亡事件出现。人死了会带来一份惊觉：有些事再也无法问出来了。这个人活着的时候我们没有那么积极，非去问不可，总觉得还有机会，但当死亡来临，只有这个人才知道的秘密就跟着他离开世间了。不可能知道了，反而吊诡地让我们觉得非要知道不可，将自己置入了这种充满挫败感的状态。

我们无法自然地接受有一件事、一个秘密永远成谜了。村上春树告诉我们：说服自己接受这件事已经是永远解不开的谜，是需要勇气与努力的，不然就会因为带走秘密的人死了，而被投掷到那个纠结的洞中，再也出不来了。

天吾必须找到离开"猫之村"的路。在故事中，火车不再停站了，那个人再也回不到原来的世界，陷在"猫之村"里。天吾也没有从"猫之村"回到原来的世界，他进入了"1Q84"的世界，那是和一九八四年的世界有着不同运作逻辑的另一个世界。

真实与赝品

"1Q84"的世界最明显的表象,是天空中出现了两个月亮。最先发现两个月亮的是青豆,后来天吾也发现了,所以前两部安排他们的视角轮流出现。到了第三部中,牛河也看到了两个月亮,他模仿天吾坐在滑梯上而看到了两个月亮,对着两个月亮发呆,于是到第三部,就多加了牛河的篇章。

初见两个月亮,天吾像是见到了自己笔下的景象。深绘里的小说原稿中有提到两个月亮,小松建议天吾以更多细节去凸显这个会让读者感到奇特、不可思议的现象,没想到竟然在现实的天空中出现了他描述过的景象。青豆曾经尽量不动声色地问人家有没有看月亮,但包括Tamaru在内,她问的人都没有发现两个月亮,他们看到的天空并没有异样。

两个月亮中,一个是"正常的",另一个则比原来的月亮更小更丑,因而两个月亮并存就显示出鲜明对比。这第二个月亮,可以说是像赝品般的另一个月亮,看到这个月亮带来的感受是:啊,原来我们拥有"真正的月亮"。月亮的真实性是在出现了抄袭仿冒品时格外彰显出来的,一个是本真的、原有的,另一个是伪造的,两个月亮之间的关系如此,两个世界之间的关系亦复如此。

小说中编辑小松曾经一度失踪,后来重新出现去找了天吾,告诉他自己被绑架的经过,并猜测教团的动机。小松找到了一个方向：也许天吾改写的小说中写的都是事实，如果那样，小说揭露了什么样的事实？

在那个教团中，真实个体的母亲却会生出仿造的赝品，赝品试图模仿、扮演和母亲一样的角色，以至于有时被误认为母亲。然而实质上，就像天空中出现了另一个月亮，那个月亮是假的，这里的母亲也是假的。

女儿是由 Little People 从空气撷取丝，织成"空气蛹"创造出来的。女儿是母亲的赝品，形成虚假的母女关系，在真实世界里，母亲通过性关系而有了女儿，在教团中，性与生育间的关系却倒过来，是倒错的。性是人之所以形成的关键欲望，带来了肉体上的欢愉，进入无可取代的狂喜状态，然而教主深田保只有在身体最疼痛时才得到性兴奋，而且他和三名巫女交合，巫女却根本没有子宫，怎么可能怀孕生育？

这种关系呈现的是双重倒错：肉体交合依赖最深刻的痛苦，而且对象是没有子宫的巫女。这样的性行为当然是假的，或说，是原本性行为的赝品、虚造。

在第一部中，女孩小翼被送到柳宅女主人的庇护所，因为她在初潮未到时就被迫与人性交，是可怜的受虐儿。不过后来小翼失踪了，小说也没有交代她的去处，那是因为放在一九八四年的世界里，用暴力、伤害、虐童的概念无法完全理解发生在小翼身上的事，必须放在"1Q84"世界的逻辑中才能说明。小翼和深绘里都是巫女，她们是假的母亲，就像天空中出现的另一个月亮；她们带着残缺，具备了双重的赝品性质；她们不是通过正常生育手段来到世界中，而是从"空气蛹"里生产出来的；她们没有子宫，却在这个世界里主要担负性行为，假装为了怀孕而进行活动，前提是痛苦，结果是彻底空虚。

性爱与真爱

和虚假的性对照的，当然就是"真实的性"。村上春树为了凸显带有高度浪漫理想色彩的"真实的性"的价值，不只去创造了逆反的虚假的性，还创造了青豆和天吾间非现实的隔空交合。

这种浪漫信念在后来的《刺杀骑士团长》中有更清楚的描述——"性"是两个人之间最深刻的沟通，"性"应该要在双方极度信任的模式中产生。村上春树极度看重这种"由爱而性"的结合。既无爱情也无沟通的"虚假的性"是最可怕的关系。

回头看《挪威的森林》，困扰直子最深的痛苦，也就在于她无法和木月，也无法和渡边彻建立那样的爱情信任沟通关系。她无法理解为何一生中只有二十岁生日那晚接受了渡边，只有那么一次深刻的爱，对于自己无法进入那样的爱的境界，直子始终无法释怀。相对地，小说中永泽不断在经历无爱、无沟通的性，那么不管他多聪明优秀，在人际上他都成了最大、最可怕的灾难制造者，终于将那么善良、那么好的初美逼上了绝路。

Little People通过"空气蛹"——缺乏真实的爱，也没有正常生育程序——创造出"女儿"，她们的功能就是作为"知觉者"这种"工具"，接收Little People的声音传递给"接收者"，让"接收者"拥有接受天启的特殊权威并成为教主。

《1Q84》故事的起点是深绘里缠卷在这种关系中成了"知觉者"，不断接收声音传递给"父亲"深田保。逐渐地，深绘里无法忍受被Little People的声音控制，不能忍受自己的存在意义就只是扮演"知觉者"的角色，她想要摆脱这种不堪的处境，因而去写了《空气蛹》这篇小说。

深田保和深绘里是父女，深绘里来自深田保，深田保的教主权威又来自Little People；反向来看也就是Little People控制深田保，深田保控制深绘里，然而处于双层控制下的深绘里，却产生了反抗Little People的动机与力量。

深绘里将所见、所经历的都写下来，那是一个充满奇异性质的故事，有很多不可置信的情节，然而那份内在的写实性感动了具备丰富小说阅读经验的小松和天吾。深绘里缺乏写小说的技巧，不过小松和天吾有足够的能力，可以从中辨识她写出的内在真实性，经过天吾协助改写，这些经历取得了高度鲜活的叙事力量。

这背后是村上春树对于小说的信念。借由书写小说，可以让因各种理由而形成的、不符合一般常识认知的现象被建构成读者愿意接受的另类事实，于是原本常识中所认定的现实就受到了比对挑战，不再那么理所当然，从而使人得以离开对于常识百分之百的信任与依赖。

没有小说的话，人就只会活在单一的现实中，完全依赖现实来生活。小说将不符合现实的事物建构为另类叙事，让人体会到有另外那样一种世界存在的可能性，甚至相信有那样一个世界的存在。

深绘里讲出了那样的故事，小说内容被众多读者接受，引发了"先驱"教团和 Little People 的骚动。

从"报复者"转型为"保护者"

青豆怀孕后躲了起来，有一天她做了一个梦，突然对自己和上帝间的关系有了领悟，让她意识到自己仍然相信神的存在。她回想小时候如此孤独、那么痛苦，因为身为"证人会"成员的父母坚信上帝，所以激发她相反地希望这个世界没有上帝，如果没有上帝，她就不用被迫表现那些妨碍她融入正常生活的古怪行为了。上帝是使得她如此受折磨的源头因素。

然而对于上帝的强烈抗拒与厌恶，反而在青豆心中形成了无法磨灭的烙印，她再也不可能遗忘上帝、摆脱上帝。此时上帝从无意识中被叫唤出来，借由梦境给予她新的生命领悟。

在梦中青豆赤身裸体，有一个女人从高级车上走下来，将外套大衣盖在她身上，对青豆来说，那就是上帝的形象。这等于是她重新认识了上帝，不是她父母在"证人会"中所理解、所信奉的那个上帝。上帝不是拟人的形象，也不是掌管谁上天堂、谁下地狱的至高权威；上帝不是"伟大的钟表匠"，不是纯粹的自然规律或最终的造物者。上帝是抽象的公平，他照顾弱者，给予协助与保护，这是上帝最主要的性质。

青豆如何得到这样的认知，而能和她记忆中那么讨厌的上帝和解？有一段伏笔藏在她和柳宅女主人的对话中，青豆说可以感觉到自己内心的愤怒在消退，老妇人的回应是：因为她体内产生了某种东西取代了愤怒。体内的某种东西是她所怀的孩子，这项改变平息了她的愤怒。

她不再那么愤怒，因为多了必须保护的对象，之前经历大冢环事件的那个"报复者"青豆，正在转型为"保护者"。她因为无力保护大冢环，之后又来不及救出 Ayumi，她的遗憾转化为报复的愤怒。但到此时，青豆确切知道自己正在扮演保护者的角色，于是投射将上帝视为终极的保护者，也是青豆自己的理想形象。她要参与上帝的终极性质，以保护者的身份成为上帝的一部分。

上帝的赝品

要弄清楚奥威尔的《一九八四》与村上春树的《1Q84》在对待威权上的伦理联结,有另一本经典值得参考,那是汉娜·阿伦特的《极权主义的起源》。

从书名就显示了阿伦特的一种强烈立场,她主张"极权主义"是特殊的历史现象。阿伦特强调这种统治方式是空前的,起源于二十世纪,也只存在于二十世纪。

我能理解阿伦特的用心,却不得不站在历史专业本位上挑战她的主张。"极权主义"当然有其历史渊源,我们当然应该对"极权主义"进行历史溯源的探究,并从中得到重要的认识。

例如"极权主义"与上帝观念间的纠结关系,或更精确地说,"极权主义"如何和上帝权威瓦解带来的普遍危机间,有着因果互动。

上帝地位下降,其他权威取代了上帝而升起,是西方从传统进入现代的转型关键。人不能再依赖上帝,从而必须承担远比之前多的责任,那是"现代意识"很重要的基础。

原本上帝是全知全能、无所不在也无所不知的,让人对之有了根深蒂固的恐惧,限制了人的行为,甚至限制了人的动念。上帝必然知道一切,形成了对基督教世界中每一个人的恒常监视,上帝永远看着你,你的所有行为都必须对上帝负责,都在全能上帝那里既被记录又被评判。上帝以及代表上帝的教会因而渗透了每一个人的生活，层层捆绑每一个人，必须在如此被监视的前提下做出生活上的所有决定。

上帝及教会权威不断陵夷下降，到十九世纪彻底瓦解，必然让西方人产生了心灵上的空洞，也给社会规范带来了巨大挑战。没有上帝全知全能的保证，每个人可以躲起来做只有自己知道的事，也可能破坏了规范却永远不会被揭发受到惩罚，那么人还如何信任别人，甚至如何信任自己？

原先罪与罚之间的正义安排是由上帝保证的，此时就出现了可怕的漏洞。之前有末日审判的信仰，见到恶行或恶徒，人们总认为反正到了审判日上帝终究会给予适当的惩罚；但现在上帝不在了，人可能做了坏事却不必付出任何代价。

从这里有了极权主义出现的重要契机。奥威尔所描述的"老大哥"不就是上帝的降级替代吗？人们接受"老大哥"的一项底层原因在于无法忍耐一个完全不受控制的世界，没有更高的权威来执行正义感觉上很可怕，宁可由"老大哥"取代上帝来管理秩序。

"老大哥"是人，等于是假装的上帝，也就是上帝的赝品，连上帝都被推翻了，难道"老大哥"能够一直存在？不会的，那么接着还剩什么，或由什么来进行人们所期待的控制呢？

村上春树说：那就只剩下 Little People，下一个阶段的退化版、赝品了。"老大哥"堂而皇之地随时监视，Little People 却有着迂回的运作形式，先控制"知觉者"来接收神秘讯息，再由"知觉者"将声音传递给"接收者",赋予"接收者"教主权威,去管辖、控制其他人。

"老大哥"与 Little People

这过程是一层一层的堕落造假。身为小说家,村上春树敏锐地察觉了今天的环境中充满了各种"故事",人们依照故事的诱惑、指引行事。有些故事叫你拿出钱来消费,有些故事让你将选票投给特定的政党或候选人,故事如此重要,尤其是故事能被打造得具备行动影响力,成为群体社会运作的关键。

然而作为杰出的小说家,村上春树又感慨当下有那么多粗制滥造的故事,连麻原彰晃编得那么糟的故事竟然都足以控制信徒,酿造出那么大的灾难。他因而创造了比"奥姆真理教"更像样的"先驱"教团,来表达对这种控制模式的强烈质疑。那是虚构假造超越声音而遂行的人对人的控制,更是从上帝到"老大哥"不断降级的想象权威,显现出荒谬、滑稽的模样。

Little People 从空气中搜集丝线,用一条条丝线慢慢集合成"空气蛹"。叫"空气蛹",因为它看起来是用空气中的材料编织而成的。这里的隐喻是:降级后的权威是无中生有、自己编出来的,如此侥幸、琐碎的说法,竟然能够在组织里赋予教主权威,变成一种依据,从这个角度来看,所有教团都是虚假的。

而这种教团能在日本社会生存，因为日本是着重多数、歧视少数的社会，其成员会害怕成为少数而无法维持独立判断与独立尊严，在威吓恐惧中，具备少数异质性的人容易被那样的故事吸引。反过来看，那种环境里的多数，也必然缺乏个性而谈不上独立尊严。这是强调多数优势造成的结果。

在教团中为了维持不像样的控制，只能靠隔绝、封闭。不让其他人探知内情，教主才能保有不称头的谎言撑持起来的权威。写完了《1Q84》后，村上春树接着写了《没有色彩的多崎作和他的巡礼之年》，就是延续了对于隔绝环境与霸凌少数两种现象互动的探讨。

在这样的社会中，作为少数有什么选择？小说中显现的，第一种选择是取得教团的保护，但必须付出牺牲自由与个性的代价；第二种则是由青豆和天吾所代表的，坚持自己的个体独立性，宁可忍受少数的孤寂，甚至刻意选择不离开孤寂。

延续到《没有色彩的多崎作和他的巡礼之年》，村上春树呈现了多数霸凌少数，少数因而压抑个性，会带来多么深刻而长远的伤害。书名中之所以在多崎作的名字前面加了"没有色彩的"，是为了凸显霸凌带来的后果：他失去了个性，也失去了色彩。而那"巡礼之年"意味着终于决定出发去寻找答案，找到答案了才能解开他害怕有个性、拒绝有色彩的困扰。

"我知道你在那里"

《1Q84》进入第三部，最醒目的是出现了牛河这个角色，甚至将他抬高到和青豆、天吾均分篇章标题的地位。在此之前，第一、二部由青豆、天吾的视角分别叙事，小说逐渐聚焦在两人的爱情上，而这两个人愈来愈迷人，到了甚至连他们的缺点都发散光彩的程度。

这两个人十岁就发现了真爱，甚至决定了自己的人生意义。天吾虽然因父亲职业的关系而与同学疏离，但他数学很好，运动也很好，非但不会被同学霸凌，甚至还被青豆辨识为保护者而去牵起了他的手。这两个人虽是环境中的少数，却不是典型、可信的受霸凌受迫害的角色。

现实中真正会被霸凌的，是像牛河这样的小孩，光是外表就足以引来歧视。这是一个又丑又卑微的人，看起来像是可笑的反派。然而继续读下去，我们发现村上春树有不同的计划。他先是诱引我们用社会多数的眼光嘲笑、鄙视牛河，进而提醒我们如此站到社会多数那一面，可能甚至必然犯了的错误。

牛河是一个混在多数间的少数，他如此丑陋卑微，正因为丑陋卑微而无法真正融入多数，无论如何积极服务多数，都仍然保留了最明显的少数性质。小说中他架了相机监拍从天吾公寓进出的人，有一天深绘里转过头来望进镜头中，牛河有了很奇特的感觉，觉得这女孩穿透了镜头，看见了在镜头后面的他，而且那不是严厉的眼光，只是在说"我知道你在那里"。

牛河感动了。因为平常他出现时，人家给他的都是难堪、不正常的眼光，深绘里却以平静、平淡、直接的方式承认他的存在。从深绘里的眼光中，牛河发现了自己的个体性，于是得到了突破，接着他就看见天空中的两个月亮了。

变得和青豆、天吾一样。不过这件事其实也并不奇怪，因为他们都是最孤独的人。之后村上春树安排了牛河的悲惨结局，又联系到新的"空气蛹"。Little People 知道了青豆和天吾要离开这个世界，所以只能利用牛河来制造新的领导者。

教团的运作中，其实使用权威的是教主，但他必须去制造出更高的来源，让别人认为有那样的声音讯息神秘地传过来。就像我们看到的"三太子扶乩"，一个人起乩画沙盘，要有另一个人看着那鬼画符般的笔画解读其意义。为什么要那么麻烦，由两个人来进行仪式呢？为了要使得那讯息显得更神秘，阻绝别人的怀疑。

而且最好让讯息通过最孤独的人，最少和外界沟通，甚至根本无力和外界沟通的人。一来这样的人在孤绝中可能会听到奇异的声音，二来别人很难从他们那里探问出教主权威来源的秘密。

通过深田保的故事，村上春树另外要显现的是，以这种方式建立权威，其实对教主自身也是折磨，他也必须付出相当的代价。必须维持许多仪式，被仪式包围着才能保有那份神秘，从中得到权威。既要人们相信有超越讯息的存在，又要让他们绝对无法自己解读讯息，必须祈求教主的解释。这过程中教主的人格与生活也被扭曲了。

村上文学的核心价值

从《地下铁事件》、《约束的场所》到《1Q84》，村上春树清楚地表达了小说家的立场，小说与报道的根本区别，以及从中显现出的小说的必要性、不可取代之处。

他自己也写了报道，然而报道终究以现实为对象，再如何深入、精彩，不可能离开现实，更不可能超越现实。小说是以很不一样的方式来映照现实，写出了另一个世界，借由那个世界和现实的差异让人们认知、体验现实。小说将我们带离现实，创造了一个足以乱真的世界引我们进入，仿佛在那样的世界活过了之后，我们回头看现实，必然不会再将之视为如此理所当然，会对过去忽视的某些面向重新认识，或产生了过去没有感受到的不满。

例如有了在小说中担任杀手的青豆，对照提醒了这个现实里的女性身份。作为"新世代文学旗手"，村上春树写出了很不一样的女性形象，一种只存在于小说中，却带有真实迷人魅力的女性。

这种女性强悍、有个性，具备高度自我意识与自我追求，由内而外展现了特殊的风采。这样的角色塑造，从小林绿到青豆，为村上春树召唤来了大量女性读者，尤其是年轻女性读者，才足以创造出那样的社会阅读事件。

在这方面，村上春树回应了二十世纪八十年代以降的全球性潮流。那是性别意识不断升高，对于性别权力分配格外敏感的时代。我们可以借用流行的"身份政治"理论来解读村上春树所有的女性角色，进行正面或负面的评价，然而我更想强调的，是村上春树创造的世界对一般读者的影响。他提示了另一种生命的可能，将另一种存在写得如此活灵活现，乃至连冒险、危难都如此迷人，必然会使得原本困在多重拘束中的读者，得到一些刺激启发，鼓励他们对照现实，形成不再必然接受现实的松动态度。

这是村上文学的核心价值，也是小说作为人间经验，最主要的意义与贡献。

村上春树年表

1949年　出生　　　出生于京都市伏见区，双亲皆为中学老师，村上春树为家中独子。出生不久后，搬家到兵库县的西宫市。

1955年　6岁　　　进入西宫市立香栌园小学就读。

1961年　12岁　　　进入芦屋市立精道中学就读。虽然家长鼓励他阅读日本古典文学，但村上对此兴趣不大，反倒埋首于父母订阅的河出书房《世界文学全集》与中央公论社的《世界文学》《世界历史》，整套书籍反复阅读，成了他接触外国文学世界的第一扇窗。

1964年　15岁　　　进入兵库县立神户高中就读。此时期开始大量接触外国文学，阅读了肖洛霍夫的长篇名作《静静的顿河》，也开始接触美国的爵士乐文化。

1967年　18岁　　　高中毕业后报考法律系落榜，遂复读一年。长时间待在图书馆内沉浸在阅读的世界中，更加确认自身的兴趣是文学而非法律。

1968年　19岁　　　进入早稻田大学第一文学部戏剧系（演剧专修），认识高桥阳子并与之交往。他就读大学时期，正值日本"安保斗争"学运风潮，村上春树虽然受到反叛思潮的

		影响，但始终保持着外围旁观者的距离经历了这场学运，也将部分经历与观察写进了《挪威的森林》。
1971 年	22 岁	尚未大学毕业，不顾家人反对休学一年，与交往中的女友阳子结婚。同年 10 月，搬到位于文京区的岳父母家居住。
1974 年	25 岁	在国分寺开了一间爵士咖啡馆"Peter Cat"，店名取自他过去所养的猫。店里白天卖咖啡，晚上变酒吧。
1975 年	26 岁	从早稻田大学毕业，毕业论文的题目为《美国电影中的旅行观》。加上休学时间，总共经历了七年的大学生涯。
1977 年	28 岁	因原店址房东另有扩建计划，将爵士咖啡馆搬到东京千驮谷。
1978 年	29 岁	4 月，在明治神宫球场看棒球，躺在外场的草坪上喝着啤酒看比赛之际，萌生写小说的念头。于是继续经营咖啡馆，打烊后就执笔创作他的首本小说《听风的歌》。耗费约六个月的写作时间完成，投稿文学杂志《群像》。
1979 年	30 岁	以长篇小说《听风的歌》获得群像新人奖。小说刊登于《群像》6 月号，7 月由讲谈社出版单行本，正式开启他的写作生涯。同年《听风的歌》亦入围"芥川赏"、野间文艺新人奖。
1980 年	31 岁	出版长篇小说《1973 年的弹珠玩具》，并以此作入围

		"芥川赏"、野间文艺新人奖。
1981年	32岁	决定要成为职业作家,将咖啡馆转让。搬到千叶县船桥市,同年翻译出版菲茨杰拉德的作品集《我所失落的城市》。《听风的歌》改编成电影。
1982年	33岁	出版《寻羊冒险记》,以此作获得野间文艺新人奖。
1983年	34岁	出版首部短篇集《去中国的小船》。与插画家安西水丸合作,出版散文集《象场喜剧》。
1984年	35岁	将《日刊打工新闻》上发表的专栏散文结集,出版散文集《村上朝日堂》,再度与插画家安西水丸合作。后来《周刊朝日》请村上延续该形态的专栏,持续结集推出"朝日堂"系列散文。同年出版短篇集《萤火虫》。
1985年	36岁	出版长篇小说《世界末日与冷酷异境》,并以此作获得谷崎润一郎奖。同年出版短篇集《旋转木马鏖战记》。
1986年	37岁	前往欧洲长期旅居,地点包括意大利、希腊、英国等。开始执笔《挪威的森林》。同年出版散文集《村上朝日堂的卷土重来》《朗格汉岛的午后》,短篇集《面包店再袭击》。
1987年	38岁	出版长篇小说《挪威的森林》,亲自参与了书封设计,以红绿两色区分上下册,并在书腰文案上自行将之定位为"百分之百的爱情小说"。至二〇〇九年数据统计,该书在日本销量已突破千万,是村上春树最具代

		表性的作品之一。同年推出散文集《日出国的工场》。
1988年	39岁	出版《舞·舞·舞》，为《寻羊冒险记》的续作。同年出版散文集《村上朝日堂 嗨嗬！》。
1989年	40岁	《寻羊冒险记》英文版出版。
1990年	41岁	出版旅行文学《远方的鼓声》《雨天炎天》，以及短篇集《电视人》。《电视人》入围第十七届川端康成文学奖，同年同名短篇被翻译刊载于美国《纽约客》杂志，后者以此为起点，持续刊载村上的短篇小说，为他踏上国际作家之路奠定基础。
1991年	42岁	<u>应邀到美国普林斯顿大学担任访问学者</u>。旅美期间开始构思写作长篇小说《发条鸟年代记》。
1992年	43岁	出版长篇小说《国境之南，太阳之西》。
1993年	44岁	转至美国塔夫茨大学授课。
1994年	45岁	出版长篇三部曲小说《发条鸟年代记》的《鹊贼篇》《预言鸟篇》，同年将他于美国普林斯顿大学任教时的生活随笔散文结集出版为《终究悲哀的外国语》。
1995年	46岁	3月日本东京发生"沙林毒气事件"，村上春树5月自美国返回日本后，决定首度尝试纪实报道的文学形式，针对该事件的受害者与见证者等人进行采访。同年出版长篇三部曲小说《发条鸟年代记》的《捕鸟人篇》、极短篇小说集《夜之蜘蛛猴》。
1996年	47岁	以《发条鸟年代记》获得读卖文学奖。将在美国塔夫

茨大学授课时的生活随笔散文结集出版为《旋涡猫的找法》，被视为《终究悲哀的外国语》的续篇。同年出版短篇集《列克星敦的幽灵》。

1997年　48岁　　出版纪实报道文学《地下铁事件》、散文集《村上朝日堂是如何锻造的》，并与知名插画家和田诚合作出版《爵士群像》。

1998年　49岁　　出版纪实报道文学《约束的场所：地下铁事件Ⅱ》。同年出版旅行文学《边境　近境》以及长篇小说《人造卫星情人》。

1999年　50岁　　以《约束的场所：地下铁事件Ⅱ》获得桑原武夫学艺奖，以《发条鸟年代记》入围国际IMPAC都柏林文学奖。出版旅行文学《如果我们的语言是威士忌》。

2000年　51岁　　出版短篇小说《神的孩子都在跳舞》。

2001年　52岁　　出版旅行文学《悉尼！》，再度与和田诚合作出版《爵士群像2》。同年将其在《anan》杂志连载的专栏结集成《村上广播》。

2002年　53岁　　出版长篇小说《海边的卡夫卡》。

2003年　54岁　　翻译塞林格的《麦田里的守望者》。

2004年　55岁　　出版长篇小说《天黑以后》。

2005年　56岁　　《海边的卡夫卡》英译本被《纽约时报》评选为"二〇〇五年十佳图书"，村上春树的国际知名度日益提升。同年出版短篇小说集《东京奇谭集》、散文集

		《没有意义就没有摇摆》。
2006 年	57 岁	获弗朗兹·卡夫卡奖、弗兰克·奥康纳国际短篇小说奖、世界奇幻奖以及日本的朝日奖。
2007 年	58 岁	获得早稻田大学坪内逍遥大奖,并以《盲柳与睡女》获得桐山环太平洋文学奖。同年出版散文集《当我谈跑步时我谈些什么》。短篇小说《神的孩子都在跳舞》被美国导演罗伯特·洛格瓦尔改编成电影。
2008 年	59 岁	获得普林斯顿大学的荣誉博士学位。
2009 年	60 岁	获得耶路撒冷文学奖、西班牙艺术与文学勋章。同年出版长篇三部曲小说《1Q84》的第一部、第二部,为当年日本"年度最畅销图书"第一名,并以此作获得每日出版文化奖。
2010 年	61 岁	出版长篇三部曲小说《1Q84》的第三部。《挪威的森林》改编成电影。
2011 年	62 岁	出版散文集《无比芜杂的心绪》《大萝卜和难挑的鳄梨》,后者获得《达文西》杂志该年度散文类选书第一名。
2013 年	64 岁	出版长篇小说《没有色彩的多崎作和他的巡礼之年》、散文集《爱吃沙拉的狮子》。同年以《1Q84》获得雅典文学奖,入围国际 IMPAC 都柏林文学奖。
2014 年	65 岁	出版短篇小说集《没有女人的男人们》。同年获得德国《世界报》文学奖。

2015 年	66 岁	出版散文集《我的职业是小说家》、旅行文学《假如真有时光机》。
2016 年	67 岁	获得加泰隆尼亚国际奖、丹麦安徒生文学奖。
2017 年	68 岁	出版长篇小说《刺杀骑士团长》。
2018 年	69 岁	获得法国艺术与文学勋章。
2020 年	71 岁	出版散文集《弃猫》《村上 T》，短篇小说集《第一人称单数》。
2021 年	72 岁	《没有女人的男人们》中收录的短篇《驾驶我的车》改编成同名电影，获第七十四届戛纳国际电影节最佳编剧奖、第七十九届金球奖最佳外语片，并获得奥斯卡金像奖四项大奖提名，成为首部入围最佳影片的日本电影。
2022 年	73 岁	获得法国奇诺·德尔杜卡世界奖。
2023 年	74 岁	出版《小城与不确定性的墙》。